ARCADIA

LAUREN GROFF

世外 桃源

[美] 劳伦·格罗夫—— 著

邓晓菁—— 译

漓江出版社
桂林

图书在版编目（CIP）数据

世外桃源 /（美）劳伦·格罗夫著；邓晓菁译．—桂林：漓江出版社，2016.10
书名原文：Arcadia
ISBN 978-7-5407-7854-5

Ⅰ．①世… Ⅱ．①格…②邓… Ⅲ．①长篇小说－美国－现代 Ⅳ．① I712.45

中国版本图书馆 CIP 数据核字 (2016) 第 155334 号

责任编辑：周向荣

特约编辑：王嫣婷　田奥

封面设计：COMPUS·道辙

出版人：刘迪才

漓江出版社有限公司出版发行

广西桂林市南环路 22 号　邮政编码 :541002

网址：http://www.lijiangbook.com

全国新华书店经销

销售热线：021-55087201-833

山东临沂新华印刷物流集团有限责任公司印刷

（山东临沂高新技术产业开发区新华路 1 号　邮政编码 :276017）

开本：880×1240mm　1/32

印张：11.25　字数：218 千字

2016 年 10 月第 1 版　2016 年 10 月第 1 次印刷

定价：48.00 元

如发现印装质量问题，影响阅读，请与承印单位联系调换。

（电话 :0539-2925659）

献给贝克特

目录

女人们在河里，唱着歌。

这是比特最初的记忆，尽管那时候他还没有出生。那条蜿蜒在山间的路，那个开着孩子一碰就合上花瓣的黄色花朵的驿站，一切都清晰得像是昨天。河水在弯道处变作深绿，暮色四合之时，车队决定停下来过夜。那是个幽蓝的春季夜晚，冷飕飕的。

河岸上，卡车、巴士车，还有客货车围成一圈，像野牛群一样挡着风，双层的"粉红风笛手"在中央。汉迪，他们的头儿，正站在风笛手的车顶上向即将逝去的一天进行拜日式。孩子们赤裸着身子在营地边儿上疯跑，冻起了一身鸡皮疙瘩。男人生起篝火，调好吉他，开始了炖菜和薄饼的晚餐。女人们在冰冷的河水里洗衣服，在石头上敲打着织物。最后的天光中，暗影渐渐蔓延，从她们的膝盖上，从闪着肥皂泡的水流里。

比特的母亲，汉娜，直起腰身来扯一张床单，就像给水面剥去一层膜。她整个人圆滚滚的：脸颊，身体，金发盘成一圈辫子。工装裤肚子的部分被撑得紧绷绷的，那是比特的藏身之处，他正一点一点生长着。他的父亲艾彼在岸上，停下手头的事情望向汉娜；而她却侧着头，听身边的女人们歌唱，唇角漾起笑意。

后来，晚饭的香气被燃木的烟氲和为防寒生起的篝火所覆盖。更多的乐声：汉迪用他出了名的沙哑嗓音唱《青蛙先生求婚记》[1]，还有《迈克，把船划上岸》《寂静之声》。洗过的衣物晾在灌木丛上，如鬼魅一般摇曳在视线边缘。

比特不可能记得所有这些：那时距他降生还有几个星期的时间，他们的世外桃源阿卡迪亚三年之后才开始建立，电台里都在说着1968年的学生运动，他不可能记得溪生战役[2]还有格勒诺布尔[3]冬奥会，不可能记得那个穿越整个国家、像跳房子一样行进的车队，那个有着幽蓝暮色、金黄篝火和鬼影床单的夜晚。但是他真的记得。这回忆紧抓住他，由阿卡迪亚讲着，一遍又一遍地讲述，直到它变成那个著名的群居村，直到这故事在他脑海里生根成为比特自己的。夜晚，篝火，乐声。艾彼挡着寒风的脊背，汉娜倚着艾彼炽热的前胸。比特自己蜷缩在父母中间，裹在他们的幸福之中，幸福着。

1　《青蛙先生求婚记》（*Froggy Went A-Courtin*），一首早在16世纪就出现在苏格兰并流传至今的英语民歌。（本书脚注均为译者所注。）

2　溪生战役，美国越南战争中规模较大的一次著名战役，发生在1968年1月到4月间，美越双方均宣称取得这场战役的胜利。

3　格勒诺布尔，法国东南部城市，曾于1968年举办世界冬季奥运会。

太阳之都

比特醒来的时候,他已经在路上了。二月,天还黑着。他五岁。父亲把比特塞进自己外衣的拉链里边,那地方再暖和不过,艾彼的心跳像鼓一样在比特耳边敲。他们从居住的面包卡车里下来,踏上"临时桃源"霜降的地面时,比特还是半梦半醒。卡车、巴士车、加盖的小房子们在昏暗的光线下漆黑地扎成一堆,在某年某月的某一天桃源屋真正建成之前,这便是他们的家。

锣声响起,召唤他们参加礼拜天的晨会。人流在黑暗中涌动。他闻到了母亲烤的面包味道,感觉到风带着大湖区的寒气吹向北方,听见森林苏醒时窸窸窣窣的声响。空气中有种莫名的兴奋,有轻声的、充满爱意的问候;还有小小的雪花,什么人的大麻烟卷味儿,一个女人的声音,隐隐约约。

比特再睁开眼睛,世界正在第一缕曙光中变得温柔起来。被踩踏的雪下面冒出几簇干草丛。他们来到绵羊草坪,他觉察到现在人们的身体离得更近了,彼此聚在一块儿。汉迪的声音从比特的身后响起,飘荡在整个阿卡迪亚上空,在冬日清晨八十多个追随者的头上。比特扭过身来，看到汉迪坐在森林边缘臭菘花的栗色卷边中间。他又转回身，将下巴搁在父亲脖颈跳动的脉搏上。

比特个头很小，完全是个微型男孩。他常常被一把抱起，带在身上。他一点儿都不介意。这样既能获得大人们充满抚慰的温暖，又总能不易觉察地存在。他可以在那里观察，他可以听。

艾彼的肩膀后面，远处的山顶上，桃源屋成堆的砖影阴森森地矗立。盖在腐烂屋顶上的柏油布正舔着房梁，它们被风吹起来的样子，像野兽喘着粗气的肚子。装了一半玻璃的窗户如张开的嘴，玻璃齐全的窗子则像盯着比特的眼睛。他把目光转向一边。艾彼身后有个老头坐在轮椅上，他是米琪的父亲，他喜欢从山坡上往下冲，把孩子们吓得四处乱逃。恐惧再一次侵袭比特，急速逼近的轮椅，吱吱嘎嘎的声响，老头经过时一闪而过、大张着的没牙的嘴，哗哗飘着的有锤子镰刀图案的旗子。狂飙老头——汉娜这样叫他，还要撇一下嘴。犹太复国主义者——其他人这么叫他，因为日落时分他会大声叫嚷这些东西：锡安山，牛奶和蜂蜜，丰饶的土地，让他的子民栖息的地方。有天晚上，比特听到了，他问：狂飙老头知道自己在哪里吗？艾彼低头看着站在木头玩具中间的比特，一脸困惑。在哪里？比特答说：**阿卡迪亚啊**。他指的意思就是汉迪经常提起这个词的方式，用他圆圆的佛像一样的脸，用曼妙的语句建造一个社会，要让其他人同样能够看到长满水果和粮食的田野，阳光，音乐，彼此关爱的人们。

不过在这清冷的早晨，狂飙老头倒显得渺小模糊，不至于那么恐怖了。他在米琪给他裹着的格子呢毯下，几乎睡着了。他戴一顶猎人帽，护耳部分放了下来。他的鼻子发出哨响，还向外喷着气儿，让比特想起放在炉盘上的茶壶。汉迪的声音浇灌周身……**劳作，如同快乐，变化显然是自然的呼唤**……对还没完全清醒的软软的腿脚来说，这些话似乎过于沉重了。拂晓的晨光愈发明亮，狂飙老头的样貌也显得愈发清晰。他鼻子上贯穿的血管，他脸上的暗斑。他突然醒过来，向比特皱起眉头，他的手在膝上挪来挪去。

……上帝，汉迪说，**或者永恒之光，在每一个人的心中，在每一寸土地上。这块石，这方冰，这棵树，这只鸟。一切都值得我们善意相待。**

老人的脸在发生变化，惊愕的表情逐渐覆盖了他面容的苍老。恐惧中的比特简直不能望向别的地方，眼睛眨着眨着就定住了，睁得老大。比特等待那个峭壁一样的鼻子里呼出下一口雾气。雾气没从老人鼻子出来的时候，就仿佛在他自己的胸口打了个结。他从艾彼的肩头抬起脑袋。老人的嘴唇上缓缓浮起一层紫色；雾，还有冰，覆盖在他眼球上。静止就像条线穿过老人的身体。

比特的背后，汉迪正在讲他几天后就要开始的音乐巡演，为了宣扬世外桃源的理念……会离开几个月的时间，但我对你们**自由人**有信心。我是你们的**古鲁**，你们的**导师**，却不是你们的**领袖**。因为当你们有个足够好的**导师**，你们都将是自己的**领**

袖……比特周围的人发出了一些笑声，某个地方的小维尼发出一声尖叫，汉娜的手从比特的身侧移向他的帽子。帽子已经滑落了一半，她帮他往下拉了拉。他的一只耳朵冰凉。

汉迪说：铭记我们共同体的创建之本。和我一起说出来。声音响起：平等，爱，劳作，致力于满足每个人的欲求。

一首歌被唱响，唱一首充满信念的歌，那黑暗的过去曾教会我们，他们唱道。艾彼的脚在比特身下和着节奏跳动。唱一首充满希望的歌，那光明的现在已带给我们；面向初升的太阳，开始我们崭新的一天……歌声停了下来。

一阵沉默。一阵呼吸。自由人的人群里传来很大的唵响，惊醒了布满阿卡迪亚房顶的乌鸦。日出的光彩绽放在它们身上。

这完美的黎明，即使是老人也显得美丽，他双颊发亮皮肤下的青色胡须，他下巴的柔软曲线，他耳朵上的细血管都被镀上了一层金色。他在生动的光线里变得柔和了。他被弄得好看了。

最后的动静也归于沉寂，就在汉迪开口说"谢谢，我的朋友们"之前，米琪把手放在她父亲的肩上。然后她脱下手套，用光着的手去摸老人的脸。正当整个阿卡迪亚受到触动，心灵被震撼，彼此拥抱，分享它的正能量的时候，米琪的声音穿透人群，爸爸？她叫出来，先是低声，然后大声喊起来：爸爸？

不知道为什么汉娜要一把抓住比特，急匆匆带他回到面包卡车的家，而艾彼还要留在那里帮米琪的忙。也不知道为什么今天会有加蓝莓干的麦片粥这样特别的早餐，而汉娜站在窗前一句话不说，只是冲着她的绿茶吹气。甚至还有艾彼进来时说的那些莫名其妙的话：业力轮回，生老病死乃自然规律，就是说人终有一死，瑞德里，亲爱的。尽管艾彼尽力解释，比特还是不明白。他只看到那个老人变得更美。他迷惑的是他父母亲脸上的忧虑。

一直到汉娜把早饭的脏碟子摔在桌上然后哭起来的时候，他们所压抑的悲伤才被释放出来。她匆匆跃出院子，奔向粉红风笛手，到接生妇玛丽莲和阿斯特里德那儿寻求安慰。

艾彼朝比特很勉强地一笑。他说，你妈妈没事，小比特。只不过她今天早上受了点刺激，因为她自己的爸爸现在情况也不是很好。

比特从这话里嗅到了谎言的味道。汉娜不太对劲已经有段时间了。比特决定让这种不真实慢慢自己消散。

那个住在路易斯维尔的汉娜的爸爸？他问。秋天的时候，外祖父母曾经来过，一个戴着猪肉饼帽子的胖男人，一个穿着一身粉嫩、神经兮兮的像泡芙一样臃肿的女人。比特被紧紧地抱了一下然后听到她说，真小，女人声音发颤。我本想说不满三岁的，竟然有五岁啦！他们用眼睛的余光望着比特，汉娜从紧咬的牙缝间挤出一句话：他不是发育迟缓，他很正常，他只是个头小了点，看在上帝分上，妈妈。那一顿饭，粉红女士连碰都没碰，她只是隔个几秒钟就拿手帕擦擦眼角。那是一场很不愉快的对话，然后胖外祖父和肿外祖母就离开了。

父母的车刚开走，汉娜的眼睛里已经噙满愤怒的泪水。她说，让他们在布尔乔亚的地狱里老朽去吧。艾彼冲她温柔地笑，一分钟之后，汉娜脸上的怒气已经消失。不由自主地，她也笑了。

这会儿艾彼说道，对，你在路易斯维尔的外祖父。他得了一种萎缩症。你的外祖母想让妈妈过去探望，但是汉娜不愿意去。不管怎样，我们可舍不得她。

是因为那个**秘密**，比特说。每个人都在小声谈论这个**秘密**，从汉迪宣布他的音乐巡演以来，已经一个月了。汉迪一离开，他们就要完成桃源屋的建造，这样大家就可以搬出临时桃源那个松松垮垮的巴士车和加盖房的大杂烩，最终，能够住在一起。三年前，自从他们买了土地找到了房子，就这样想了，但他们总是被饥饿和劳作分神。桃源屋将是汉迪回来时大家送给他的礼物。

艾彼的眼睛眯起来，嘴唇张开，露出他红胡须里的结实牙齿。我猜这已经不算秘密了，既然连小孩子都知道，他说。

他们玩起了钓鱼的游戏，一直到汉娜回来。她的脸色依然阴沉，但已经平静许多。她告诉他们，阿斯特里德和玛丽莲被阿米什邻居叫去帮助接生了。打招呼的时候，汉娜把脸放在艾彼的颈窝里，还在比特的额头上温柔地一吻。如同从叹息到呼吸的过渡，生活重新释放回生活。汉娜转身给柴火炉子生火，艾彼开始修补他在面包卡车旁搭建的小披屋上那条漏风的裂缝。他们吃过晚饭，艾彼用口琴吹了个曲子，夜里三个人一起蜷缩在简陋的小床上，比特睡了，如父母亲壳里的一粒山核桃仁。

森林太黑暗太深邃，重重地向比特压过来，他必须飞奔才能逃离那些粗糙多瘤的树干，逃离风在树枝间的呻吟。他母亲让他别跑出视线之外，但他慢不下来。待他奔到离门楼不远的林间空地，他的脸已经被冻得发疼。

提图斯，麻脸大个儿，把门拉起来。他看上去挺老，甚至比汉迪还老，因为他在越南受过伤。比特崇拜提图斯。提图斯管比特叫拇指神童，他能够一手把比特拎起来，有时候还塞给比特一些从**外面**偷带进来的好东西——包着玻璃纸的粉色椰子蛋糕，或者像充血眼睛一样的胡椒薄荷糖——完全无视对糖的禁令，还有在制作过程中显然可能导致的对动物的伤害。比特相信，这美味所带来的火辣辣的化学反应正是阿卡迪亚之外那个世界尝起来的味道。提图斯偷偷递给他一块用皱皱的黄纸包着的齁嗓子的黄油司考奇，冲他眨了下眼睛，比特把脸埋在他朋友油乎乎的牛仔裤上，待了一小会儿才赶紧走开。

整个阿卡迪亚的人都聚集在冰冻的路上等待告别。汉迪和他的四个金发孩子——埃里克、莱弗、赫勒和艾克，坐在蓝色巴士的车鼻子上。他的正牌儿妻子，阿斯特里德，高挑，浅色头发，正仰头望着他们。她从自己的脖子上解下一串大麻项链，系到汉迪的颈上，又亲吻了他的眉心。引擎发动声之外，收音机里还高声演奏着一曲撩拨人心的乡村歌曲。汉迪的另一个妻子，莉拉，黑发间插着羽毛，和瘦削、矮小的希罗——她的另一个丈夫——坐在一块儿。乐队成员与亲人拥抱告别之后，费力地把东西拖进巴士车。汉迪把孩子们抱下来：艾克虽然比比特小一岁，但个头已经高出比特几英寸；赫勒，像她父亲一样不好惹；莱弗，好像总是气鼓鼓的样子；胖胖的埃里克自己从车上滑下来，结果膝盖先着了地，他使劲忍着不哭出来。

在门楼前，韦尔斯和卡洛琳不知为何争得面红耳赤。比特的朋友金茜瞅瞅母亲又瞅瞅父亲。风把她的小卷发吹得乱七八糟，但她的脸仍保持苍白和平静。

从路上传来甜美的铃声，还有人声。不知从何处，冒出几个硕大的宽脑袋，拖着树枝形状的长穗儿。比特的精神为之一振。出现在路上的是杂耍歌手们，汉斯、弗利兹、萨默还有比利羊，他们身穿白袍，扛着亚当和夏娃的人偶。这些都是新近完成的作品，赤裸，硕大，带着兴奋的性器。杂耍歌手们周末出发参加游行和集会，在音乐会的舞台上表演舞蹈，有时候也靠街头卖艺赚点儿零钱。此刻，长袍表演者们弯着腰，在巨大又怪异的人偶身体下面唱歌。结束的时候，所有人都欢呼起来，他们把臃肿的大怪物塞到大众厢式货车的后面。

再见——再见——再见，棕色皮肤的小狄兰在斯维·福克斯的怀里喊道。比特跑向朋友科尔特兰，这家伙正在拿小棍儿戳一个结冰的小水坑玩儿。科尔[1]把小棍儿给了比特，比特也戳起来，然后又把小棍儿给了科尔的弟弟狄兰，狄兰拿着小棍儿四处挥舞。

辣姜伊登，腹部高隆正怀着身孕，她在蓝色巴士的发动机盖上撬开了一瓶汽水，站在那儿揉她的后背。她铜色头发的下面，白色牙齿闪闪放光，让比特想要起舞。

---

1 科尔是科尔特兰的小名。

汉迪大声喊着说他们会在春耕之前回来，**自由人们**高呼好啊，泰山递上一个啤酒冷藏器，那是汽车队卖了一个引擎换来的。阿斯特里德在莉拉漂亮的唇上给了长长的一吻，希罗也是，然后滑到了地上，还有其他的吻别。乐队成员的女朋友和妻子们拥在车窗玻璃上，之后引擎的声音越来越响，巴士启动，开上了县公路。每个人都在欢呼，有的人哭了。在阿卡迪亚，总是有人在哭。还有人在跳好玩的舞蹈，笑着。

赫勒在巴士后面跟跟跄跄地跑，为她的父亲哭泣。她老是掉眼泪，这个头大大的、长相怪怪的小女孩，常常号啕大哭。阿斯特里德把赫勒抱起来，女孩趴在母亲的胸前大声哭泣。巴士的声音渐弱直至消失。被它们抛在脑后的声音却在宁静中显得加倍地响：树枝间冰雪的脆响，风像砂纸一样掠过被雪覆盖的地面，悬挂在门楼前的祈祷幡呼啦啦地飘，还有橡胶靴踩在冻泥巴上咯咯吱吱的声音。

比特转过身，发现所有人都望着自己的父亲。

艾彼冲大家咧嘴一笑，现在剩下的，不会音乐的有四十多人。他们看上去人数好少。艾彼高声喊道，好啦，大家。你们准备好在锯末和金属屑上拼命了吗？

准备好了，他们叫道。比特踱回到汉娜身边，把头靠在她的胯上休息。她为他挡着风，用自己的热量温暖他的脸。

汽车队，你们准备开足马力到纽约州的处女地，去把车救回来，偷回来，再想尽办法卖掉换取我们所需的东西吗？

没错，好！花生喊着。在他身后，奇迹比尔和泰山连连举起拳头。

女同胞们，你们准备好打扫，擦拭，涂抹，打磨，照顾小孩子，张罗面包房、豆浆屋、洗衣房、烧饭，清洁，砍木头，做能让我们自由人变得更强壮所需要做的一切吗？

女人们的呼声，飘在比特的脑袋上方，阿斯特里德用她怪异的抑扬顿挫的语调对汉娜说，好像这一切不是我们已经在做的似的，已经。比特看向其他地方。当阿斯特里德说话的时候，她露出她的牙齿，它们实在太黄太乱了，比特感觉自己就像在看人家的隐私一样不自在。

所有母婴房里的准妈妈们，你们准备好缝制窗帘，编织毯子，让房间变得更加温馨舒适了吗？稀稀拉拉的几声"是"，母亲们面面相觑，一个婴儿开始放声大哭。

艾彼喊道，男人们，你们都准备好在又冷又臭的老房子里干活，把它翻修一新，让它有下水道、房顶和所有应该有的东西了吗？哟！男人们用真嗓子混着假嗓子高声地叫。

艾彼的脸色变得庄严起来，他举起一只手。有一件事要说明，我的兄弟姐妹们。我知道，咱们这儿是不分等级尊卑的，但是因为我拿过工程师的学位，希罗这些年来做建筑工头也经手了不少项目，我们想，大家有事情要向我们报告，好不好？我们只不过是稻草人老板，所以如果你们有什么很棒的想法，一定要告诉我们。就是说在你们将自己的动议付诸实践之前，交给我们来操作，避免我们浪费时间和材料去返工。不管怎么样，正经话就说到这里。我们今天还有差不多四个小时的大白天可以享用，而我们要在三个月的时间里，把一座摇摇欲坠的19世纪的楼房——叫它孤儿院或者别的什么也好——彻底改头换面。让我们开足垮掉一代的马力，热火朝天地干起来吧。

一声令下，一阵忙乱，人群加速向前移动，在一英里长的起伏不平的冰路上行进。他们有说有笑，他们热情满溢，他们踌躇满志。比特最近一次进入桃源屋的时候，看到一个浴缸里生出棵小树，房顶上的洞能看得见云和太阳。能拥有一座完好的房子，结实而又温暖，该是件多么美妙的事啊。如果和父母睡在一个小巢里是幸福，那么想象一下和80个人睡在一起的感觉吧！孩子们在大人的腿间奔跑着，直到斯维媞把他们聚拢在一块儿，带他们抄近路到"粉红风笛手"去玩耍。

比特落在后面，感觉有点不对劲儿。他转过身。

汉娜一个人站在门口。她周围的地面泥乎乎的。比特听到一只鸟的低鸣。他开始朝着自己母亲的方向往回走。当他终于快到她跟前时，她依然显得很小。他跑过去。她在艾彼的一件旧毛衣里缩成一团，打着哆嗦。她的脸也皱皱地缩进毛衣里，虽然他知道她已经24岁，但她看上去比埃里克还小，比金茜还年轻，就跟比特一样大。他脱下自己的手套，把手放进妈妈的手里。她的手指冰凉。

她感觉到他的手，她从她的高度低下头来对他微笑，他在这个缩小的女人身上又一次看到了自己的母亲。她说，好的，比特。好的。

一场暴风雪袭来。比特梦到一群硕大、饥饿的狼瞪着红眼睛围住了面包卡车。它们发出凄厉的号叫，用爪子乱抓着门。他吓醒了。他想要找他的妈妈，但却是艾彼起身过来，他让比特望向窗外，仿佛洁净纯白的床单从天而降，到处都是雪。艾彼热了豆浆，用最柔软的毯子把比特像面卷饼一样包起来。为了哄比特入睡，艾彼开始讲他出生时候的故事，对此，比特也知道那么一点点儿。比特·斯通，第一个桃源人的传奇，那仿佛是另一个故事，它被反复讲述，几乎已经属于每一个人。大一点儿的女孩甚至在"粉红风笛手"里拿这故事玩过家家，用刚出生的婴儿来代替比特的角色。

你是在大篷车上出生的，艾彼柔声说道，那时我们一帮追随者，跟着汉迪到处寻找精神食粮。最多也就二十来个人。我们去听音乐会，一直待到结束后的聚会。我们每到一处，就看到群居村落，有些还不错，有些就不成。有蒙古包，有穹顶屋，有温馨的山林小屋，还有直接搭在城市建筑里的帐篷。虽然其他人都在做着类似的事情，我们却萌生了一个主意，想做件不寻常的事儿。纯粹的。和土地共生共存，而不单单只是住在它上面。远离商品恶魔而生存，白手起家创造我们自己的生活。让我们的爱成为照亮世界的灯塔。

不管怎样，那个时候，汉迪是我们当中唯一受过医护训练的，他在朝鲜战争中做过随军卫生员，他以为汉娜只有五个月身孕，因为她肚子看着没有那么大。所以我们就来了，开车穿山越岭，想从俄勒冈开到博尔德，一场暴风雪突然袭来，银币一样大的雪花扑在挡风玻璃上，你肯定想不到，汉娜就是选择在那个时候"发动"的。我们当时坐在那辆小小的大众野营车上面，那是汽车队用来进城的车。我还在车上装了小炉子什么的，很漂亮，可我们就在一辆这么小的车上，跟着整个车队，沿着狭窄的山路往前开。我知道必须得赶紧追上汉迪，因为我对接生一无所知，甭管是足月的还是早产的。于是我们拼命往前赶，时快时慢，一路超着车，在左侧车道开，要是对面有车开过来的话，我们一定没命了。最后我们超过了"粉红风笛手"，我让整个车队的速度降了下来。在写着"瑞德里，怀俄明州，pop.5000"什么的路标那儿拐了弯，我想那儿会有医院，但是因为路标上有雪，我们走错了路。开啊开啊开啊，过了一英里又过一英里，天都黑了，我们看见灯光，于是停下来，车队把我们和"粉红风笛手"层层围起来，给我们挡风，门开了，一个满身是雪的人冲进来。我本来以为是汉迪，结果你猜是哪位？是阿斯特里德。

汉迪正在巴士车顶上看人脸呢，她说（艾彼说这话的时候用了阿斯特里德特有的语调，比特忍不住咯咯地笑）。他刚吃了三片麦司卡林[1]。不过，我有维多利亚时期文学研究的博士学位，我自己生过三个孩子。我可以在你们生孩子的时候帮上忙。

她可能只是想打个下手，但我知道的远比她少，所以我说，好啊，那太棒了。于是我们脱光了衣服，因为这样比较自然，阿斯特里德指挥我干这干那。去烧开水！把这些刀子煮一下！

---

[1] 麦司卡林主要来源于名为乌羽玉的仙人掌植物，其种子和花粉的成分具有致幻作用。

拿些干净的毛巾来！但是我刚把热水端来，汉娜就已经晕倒了，就这样，你来到了世上，浑身是血，噗的一声，呱呱坠地。说实话，我都没敢抱什么希望。你那么小，像个苹果，几乎一动不动。你甚至都哭不出来。你可怜的肺简直太小了。但是阿斯特里德把你清洗干净，塞到你母亲的胸前，你求生的欲望那么强烈，小人儿，你立刻就开始吸她那个像你的小嘴一样大的奶头。阿斯特里德大叫了一声，又钻到汉娜的肚子下边，因为，你猜怎么了，又有一个东西从那儿出来，是你的胎盘。

艾彼停顿了一下，心不在焉地拍拍比特的头。

阿斯特里德把它用印花布包好，让我带着一把铲子出去，我奋力穿过风雪走到黑色的湖边，透过冰冻的碎石在地上挖了半天，终于把它都埋好了，说了几句感激的话，之后又步履艰难地走回来。

后来就是早上了，太阳升起来，我要告诉你，那时可美极了。阳光照在结冰的湖上，就好像光亮是从湖的深处散发出来的，冰看上去像那些紫色山峦脚下滚热的一层铅，教堂的钟声从城里传来，祝福着你，我们的奇迹宝贝。之后，城里的人出来，都很害羞，带着面包和其他食物，把它们放在我们野营车的车头。阿斯特里德在那天早上意识到了自己的使命。她的双手要用来将孩子带到这世界。你是个礼物，她说。她用一条厚厚的羊毛围巾给你裹了一层又一层，然后到杂货商那儿给你称体重。你只有三磅，不多不少。跟一个小得可怜的冬南瓜一样大。

杂货铺的老太太是个脾气暴躁的德国丑女人，她一直在她

016

那堆难看的土豆和卷心菜中间对我们这些留着长发长须的人骂骂咧咧，但是她一看到你脸色就变了，突然变得特别友善，我是说，就像有一缕光从她的嘴里射出来。她说，哦，这如果不是嬉皮士生出来的最小的小不点儿[1]才怪呢！

这就是你的来历。瑞德里·索雷尔·斯通，用一个我们不曾去过的城市命名。我们嬉皮士中最小的那个小不点儿。阿卡迪亚元老级的成员。我们责无旁贷的继承人，艾彼说。他的眼睛有点不舒服，然后又好了，他用鼻子在比特脖子上蹭蹭，比特觉得痒，于是笑了起来，面包卡车里无形的哀伤仿佛不治而愈，这让他们忘掉红眼睛的狼群和暴风雪，以及汉娜的疲倦和正在向他们压来的充满辛苦劳作的早晨。

没有汉迪的最初几天，世界仿佛失去平衡。他不再能给哭泣的人或颠沛流离赶来的人送上安慰，他不再兴高采烈地在每个工作单元转悠给大家加油鼓劲。没有了蓬乱的灰胡须，没有了眨得飞快的眼睛，没有了他弹奏的吉他或尤克里里或班卓琴的悠扬乐声。有那么几天，当有人掉队跌坐在地上时，滑到他们嘴边最自然不过的词就是汉迪。那时才只过去了一个早晨，比特本来一点儿都没有想汉迪，后来他被摔倒在他前面的小维尼绊了一下，擦破了皮，他开始等待汉迪从"粉红风笛手"上走下来，扶他起来，深情地望着他的眼睛，好像把无穷无尽的

1　小不点儿即 bit，音译比特。

力传给他，对他说，哦，小小的比特，你没事的，男子汉，不要害怕。疼痛是你的身体在提醒你，要多加小心。事实上是可爱的斯维媞·福克斯吻了他的手掌，用凉水帮他洗手，还在上面贴了胶布。艾彼负责组织工作人员。阿斯特里德负责处理争执，吩咐用拥抱疗法或者工作瑜伽来化解紧张。来自单人帐篷的两个小伙子互生怒气，有一天在做瑜伽时他们几乎清除掉了桃源屋楼上所有发霉腐烂的石膏，效果简直不可思议，而且现在他们成了最好的朋友，经常互相搭着肩膀。音乐虽然没有之前那么棒了，但依然还在：录音机、吉他，还有口琴。仿佛他们的全部棱角都渗开了一些，流到汉迪原先在的空间里，就像盘子中间的米饭被吃光了之后，旁边分开放着的炖菜就会渐渐混在一块儿。

　　睡梦中，深夜里，比特听到汉娜嘟哝说：没事，我只是累了。

　　真的？要休息一下吗？我相信我们可以一起造出一只赛犬来……

　　不，亲爱的。

　　布料的声响，什么东西在他的脚边窸窣。

　　说起来那事儿。

　　嘿。等等。对不起。宝贝，对不起，不。

　　我们以后也不了吗？你这么想？再也不能了吗？

　　我只是说。我更希望不。

好吧，巴特比[1]。

他父母轻轻地笑着，他们停下来时，有一种异样的沉默。比特倾听着，一直到他的听力逐渐消失，他只把亲吻的声音带进了自己的梦乡。

像一台开足马力向前跃进的拖拉机，阿卡迪亚进入了飞速运转时期。总有人累得喘不上气，总有人在拼命奔跑。人们用很长时间来谈论腐木和环氧的问题。夜深人静时，面包卡车会突然响起敲门声，有从雪城、罗切斯特、奥尔巴尼和尤提卡投奔这里的无家可归者，有的来自车队进去寻找配件的废弃房子。早上，艾彼一边轻抚做工复杂的壁炉架或者奇迹般出现在八角谷仓庭院的皂石水槽，一边吹着口哨。他是滚动着一连串新计划的旋风，他会突然爆发出只有自己明白的笑，他的能量感染到其他人，甚至让比特都想要手舞足蹈。

比特编了首歌，他每时每刻都在给自己唱着：重创一新，重创一新，重创一新，修修补补擦擦抹抹……重创一新。

晚上，艾彼一边做着大豆干酪和洋葱玉米馅饼，一边冲他笑着说，应该是"重装一新"，亲爱的。但是汉娜抱了抱比特，

1　巴特比是美国小说家赫尔曼·梅尔维尔（1819—1891）著名短篇小说《书记员巴特比——一个华尔街的故事》的主人公，除了完成抄写员的工作，他对其他的人和事不闻不问，过着心灵上与世隔绝的生活。

轻声说，我觉得你的词用得挺好。重新——创造。重新——想象我们的故事。她用她柔软的手指在他的下巴上摸了摸，他的母亲，他笑了，为能够取悦于她而带给自己的快乐。

早上，汉娜把热腾腾的咖啡倒进艾彼的水壶。她给他们做了"炒素蛋"，新鲜豆腐包了一层金黄的营养酵母。艾彼昂首阔步地上山去修缮桃源屋，工具腰带叮当作响，汉娜则出发去面包房干活儿。

比特在和莱弗、科尔用木块搭城堡，他看见汉娜步履艰难地穿过四方院回来，走上面包卡车。他等了整整一天，可是她并没有出来找他。夜色在窗子上蔓延开来。四方院周遭寒冷的空气混着回家的男男女女的说话声和脚步声。家庭活动房一片嘈杂，"粉红风笛手"把孩子们散布到暮色里，炸洋葱和豆豉的味道从单人帐篷区传过来，小宝贝菲利普尖细的哭声与一个被他吵醒的更小的孩子——诺拉或者戚维——的声音此起彼伏地呼应。门开了，门又砰地关上，呼唤回家的叫声在临时桃源回响。最后，比特让斯维媞给他穿戴整齐，然后独自走回家。

汉娜从床上坐起来，舒展了下身体，然后背比特到外面去撒尿，她光着脚在冰冻的地上跳。茅厕里的气味闻起来像弄湿了的麝鼠，虽然在风中还显得挺暖和。汉娜瞟了眼钉在墙上的手纸盒，忍不住骂出声来，那里边装满了从《生活》杂志上剪下来的亮亮的方纸片。亮亮的，意味着擦屁股的时候又硬又凉，之后还会特别痒。

他们进了屋，感觉面包卡车里潮湿的寒气似乎比外面还要冷一些，雷金娜站在厨房桌旁，面前摆着一条面包。她转过身，轻轻挥了下手。嗨，她说。

嗨，汉娜说着，把比特放了下来。他跑向面包，揪下一块来吃。比特发现汉娜没有来接他吃午饭之后就藏了起来，从早饭起就一直没有吃东西。他饿坏了。汉娜伏下身去准备在柴火炉的一片白灰上生火，松果燃起了零星的火苗。

我们今天下午在面包房很挂念你，雷金娜说。我抬起头想请你做格兰诺拉麦片，才发现你不在了。她盘着的黑色发辫上有面粉，颧骨上也粘着什么亮亮的东西。她的眼睛很小，深深地嵌在头上，眉毛就像乌鸦的翅膀。

我不舒服，汉娜说。她的声音发紧，但是她拿火柴去点煤油灯的时候，在灯光映照下，她的脸又看来很正常。我不想让任何人也跟着生病，所以我想我最好还是回家。

喔，啊哦，雷金娜说，好吧。只是现在大家都忙着修整桃源屋，如果你这样做的话，就只有我和奥莉在面包房了。你事先告诉我们的话，一切还好，但是在我们都很依赖你的时候，这就真的糟透了。

对不起，汉娜说，明天我会在那儿待一整天的。

是因为秋天发生的那事儿……雷金娜正说着，汉娜发出"嘘"的声音。比特仰头看到雷金娜正望着他。

真的？雷金娜说。我是说，躲躲藏藏可的确不是我们的风格，你知道吗？这事关生命……

他还太小，汉娜说。我们将来会找机会告诉他的。这是我们的选择。

汉迪说孩子不属于个……

他是我的孩子，汉娜用更强硬的语气说道。我不在乎汉迪怎么说。如果你有过孩子，你就会明白。

两个女人转过身，各自去拿东西来看：汉娜拿起一根火柴，雷金娜去看咖啡壶。空气里充满着比特永远也不会懂得的成年人沉默的语言。那好，雷金娜说。她重重地放下咖啡壶，抱起比特，眯起眼睛看着他。小比特，要保证你的妈妈努力工作，好吗？阿卡迪亚可不能有懒虫。

好，比特轻声说。

门在雷金娜身后关上。汉娜说，多管闲事的母狗。

比特等他肚子的那阵酸痛劲过去，然后说，什么是母狗？

就是狗姑娘，汉娜答。她咬了下嘴唇，向外吹了口气。

喔，比特说。阿卡迪亚不允许养宠物。比特并不是在问那个他从图画书里知道的理论上的东西，而是迫切地想更准确地了解：狗，究竟是什么样子，或者为什么人们想养着它们。金茜曾经用豆奶喂了三天小兔子，后来被她妈妈卡洛琳发现了，让她把兔子放回树林。金茜哭个不停，卡洛琳耸耸肩说，别这样，金。你知道这里不允许拥有私人财产。还有，你真的想让动物朋友听从你的使唤？

小彼得不是我的奴隶，金茜抽泣道，我爱小彼得。

小彼得会长大，成为一只可以在草坪上跳来跳去的强壮的大兔子，它本该如此，卡洛琳很严肃地说。第二天，那蠕动的粉红色小东西从金茜放它的树叶垫子上溜走了。现在孩子们多了个在树丛下寻找他们这个小伙伴的游戏。经常会有人跑来对孩子群宣布，他们敢肯定用余光瞥见过小彼得，它像团鲜肉那么粉嫩，在刺藤间跳跃；一个神奇而温柔的小生物，他们共同分享的秘密。

汉娜天没亮就把比特带到了低矮的石头建的面包房，他醒来时发现自己待在角落里的面粉袋上。屋里很热；架子上的长条面包胖墩墩的。饱满的生面团让比特觉得饿，某种热腾腾的东西在比特睡意蒙眬的头脑中升起，他悄悄爬到汉娜站着的地方，她正用屁股靠着搅拌器，跟雷金娜和奥莉说话。比特从下面拽了拽汉娜，汉娜漫不经心地弯下腰，他撩起她的T恤，用嘴去够她的乳房。

汉娜把胸部避到一边，把上衣放下来，让它紧贴在身上，又轻轻用手将他的脸推开。

你已经长大了，不能再这样，宝贝，她说，然后站起来。

房间在比特眼中颤抖起来。奥莉嘟囔着什么阿斯特里德喂莱弗一直喂到八岁，雷金娜一边说着什么一边递给比特一个软软的椒盐卷饼。汉娜说着什么——什么——不能的话，但是比特并没有听得确切，他的哀伤是耳际震耳欲聋的风。

天黑得没法工作的时候，艾彼才回家。他的外套和工装裤上落满了锯末。脱掉手套，他的手上满是划痕和裂口。晚餐时，汉娜打了个大大的哈欠。比特和艾彼能看到有个小人在她喉咙口那儿跳来跳去。她说，我太累了。她有时候在睡前用苏打粉来洗脸和刷牙，有时候则不这么做。夜晚很漫长。艾彼抱起比特，给他念自己手头上正在看的东西（《新政治》《无政府与有组织》和《疯狂》杂志）。比特可以认出一些句子，可以跟随艾彼声音里情感的起伏，可以自己念出标题。世界的一些部分具有了形状，就像拼图玩具里的那些条块。但是这个拼图是鲜活的；它能够变化；新的条条块块自动拼到一起出现在他面前，总是要比他在脑子里努力将它们拼在一起要快些。

他抵抗着睡意来想这拼图的事。他的父亲洗了盘子，又从溪边打了水进来，这样明天早晨他们就不必再费事，等到他用沉重的手解开衬衫的衣扣，他已经，进入了，梦乡。

有一些东西，比特知道，是发生在表面的，还有一些东西是被掩盖在下面的。他想象着自己站在水流中央，大风迎面吹来。即使在最幸福的时刻——仲夏的乐享日，年末的祈福日，收获节，那些即兴安排的小节目——在载歌载舞和开心争论之间，畅饮苹果酒的宴会上，角落里也总有一些肌肉发达的年轻人，流露出令人不快的眼神。他们来阿卡迪亚时总是喃喃自语，骗子，妈的，还不如……去丛林……用刺刀挑死婴儿？那个老哈莉特，她不戴胸罩的乳房在肚脐上摇来摆去，她在床底下私藏食物（可怜的人，比特曾经无意中听到有人说，在列宁格勒大围困时她亲眼看着父母饿死）。还有奥利，是大篷车队的原始成员之一，最初两年他曾经单枪匹马用金属片来挖建八角谷仓和桃源屋之间的秘密隧道，用来储存水桶、罐头、火柴、毡布和碘盐。奥利苍白柔弱，像藏身在溪边的蝾螈一样；他常常会抽搐，频繁眨眼，或者话还没有说完就突然沉默。

这种不快有时甚至还传染给了小孩子。比特不愿意走进免费商店的水果屋，不管那些桶里皱巴巴的苹果有多么好吃。有人在那儿贴了张黑白的海报，上面画了个留着络腮胡子、怒目圆睁的男人。比特太害怕，有些话在老大哥眼前都说不出来；即使大人走进去，他们看到那张海报，也都会赶紧出来。

汉娜和艾彼在小时候都有过同样的梦魇：一间昏暗的屋子里有一个胖女人站在他们面前，头顶上传来警报声，在桌子下忙乱地躲藏，一道白色的闪电。这些梦最近经常纠缠汉娜，她越是想逃，蜘蛛网便收得越紧。多数时候，直到初升太阳的光亮在面包卡车的毡布上慢慢融化开来时，梦境所带来的恐惧才逐渐消失，只在空气中留下一股油乎乎的气味。

但是这个早上，比特独自醒来，心跳得慌乱。窗上的冰柱映在破晓的红色光芒下，让比特忍不住光脚踏在雪上，抓了一块在手中。回到屋里，他把冰柱舔着吃掉了，品尝这冬天的味道，带着柴火的气味，沉睡的宁静还有冰带着痛感的晶莹剔透。他的父母仍在睡梦中。一整天来，那秘密的冰柱就端坐在他的身体里，成为他自己的东西，如一片寒冷的刀锋，它让比特感到，想着它，本身就是件勇敢的事。

他观察自己的父母吻别。他们的唇从彼此的脸颊上滑过，当他们转身的时候，艾彼用一只手拍拍他系腰带的地方，汉娜则在阿斯特里德叫了一声什么的时候皱起了眉头，阿斯特里德手里捧着一堆脏衣服正在四方院的另一面等着。比特吃了一惊；他到现在仍然没有想通，他的父母亲彼此实在太不相同了。艾彼是独一无二的，红光满面，谈笑风生，从一切事情中积聚他的能量，一门心思要造出个漂亮的桃源屋；但是汉娜却有两个。夏天的汉娜已经离去，那个爱着大家的汉娜，那个趁孩子们睡觉时收齐他们的靴子，根据靴子的主人在上面画猪啊、马啊、鸟啊、青蛙脸的汉娜。他那笑口常开的母亲，那个总是动静特别大的人：她把所有的身体机能都发挥到极致，肠胃的管乐齐奏可是一个无比庄严的时刻，她放屁的声音惊天动地。屁星，她给自己起了个绰号，带着不无得意的表情。那个汉娜像男人一样强壮。每当有人喊"劳力！"，想找人帮忙推陷在泥里的卡车，或者从小河里挖沙子来和淋浴房的混凝土，第一个出现的总是她，干活时间最长的也是她，她无袖上衣的脊背就像任何一个男人那样紧实，那样有肌肉。那个小声讲笑话逗得周围的女人噗嗤一笑的汉娜；这个汉娜有时候会拉上面包卡车的窗帘，打开她本不应私存的小巧的秘密箱子——因为阿卡迪亚的所有财产都应该是共有的。然后她会拿出一张精致的桌布，那是她曾祖母的比利时蕾丝。她端出像皮肤一样柔美的瓷制茶杯，还有十幅微型油画和一套装在桃花心木盒子里的银质餐具，五种不同用途的叉子，全都雕绘着小小的百合。她把一切摆好，然后冲壶薄荷茶，用偷偷搞到的白糖做陈皮饼干，这样比特和她就可以一起开有整个下午那么长的茶会了。

瑞德里·索雷尔·斯通，人应该闭上嘴嚼东西！夏天的汉娜会用她孩童时仪态老师的那种刻薄嗓音说话。应该把餐巾放在自己的膝盖上！她和比特煞有介事地碰杯，两个人配合默契地让茶具发出悦耳的声响。

但是这个汉娜正在自己的身体里酝酿一个新的人，她让冬季悄悄进来。她开始盯着墙壁发呆，她容忍自己很长时间不解开发辫。她忘记晚饭。她金色的皮肤褪成苍白，眼睛下面发青。这个汉娜望着比特，就好像隔着异常遥远的距离努力想看见他。

比特和提图斯·斯莱舍在门楼砍木头。他把从斧头下溅出来的木屑集中起来，放在桶里将来做燃料。

你想谈谈你的烦心事吗？提图斯问，比特低声说，不。

他们看见美国队长开着一辆从汽车队取来的嗒嗒作响的旅行车经过。这个趣皮士要去萨默顿进行心理治疗，由州政府出钱。阿卡迪亚里有不少人是领食品券或者残疾津贴的。如果太长时间没有新的人交钱，福利机构会通知他们过去。美国队长原本是个英语教授，但是被毒品刺激过太多次之后，他的脑子出现了问题。现在他把之前的长长的大胡子剃得只剩下两点，穿着一件美国国旗做的纱笼裙。比特曾经听到阿斯特里德为他辩护：没错，他是神经兮兮的，是这样，她说。但是他也有清醒的时候。比特推测她是指美国队长喊出"山姆大叔需要我"或者"尼克松是信天翁！"的时候。

他为什么叫美国队长呢？比特问道，看着旅行车排出的蓝色气体卷起又飘散。为什么不叫莫顿教授？

提图斯靠在大斧头的把手上。他因为流汗而冒着气儿，他的汗衫完全是布满茶渍的马克杯的颜色。没有女人跟提图斯住在一起，给他洗衣服，所以他的衣服总是脏兮兮的，除非汉娜或是别的女人趁他出门时偷拿出来给他洗。他闻上去就像变馊的萝卜。他说，人们在这里要选择自己做什么样的人。这是大家说好了的。几乎每个人都有自己取的绰号。人们到这儿就是要成为他们想做的那种人。泰山，奇迹比尔，俏莎莉。说到最后一个名字时他脸一红，比特沉默而又好奇地观察着他的这位朋友。

一辆汽车在长长的土路上停下来。提图斯走到门口，用头巾擦擦脸。四个穿着带穗儿皮衣、手里拿相机的年轻人从车上下来，把车门在身后重重地关上。嗨，伙计，其中一个人叫了声。提图斯说，不，不，不。你们要是真打算在这里生活，伙计，我们欢迎，但如果不是，那就请你们尊重我们的隐私。

噢，是这样，我们来自罗切斯特市一所大学的报社，一个男孩子说。你们好像没有电话。我们想找汉迪做个采访，行吗？

我特别迷他的音乐，一个红耳朵的小个子说。他是原汁原味的美国人。

四个人都咧着嘴笑，他们显然相信对汉迪的崇拜可以成为入场券。

对不起，提图斯说。

帮帮忙嘛，伙计。我们也是嬉皮士，又一个人开口说。他从后备箱掘出一个30磅的袋子。我们拿来了一些甘薯给免费店。就让我们四处逛逛吧？我们晚饭后就离开。

提图斯脸上掠过一丝强硬。我们不是动物园里的动物，他说。你不能拿花生来收买我们。

是甘薯，那男孩说。

提图斯将斧子抢到肩头，阔步走近这帮男孩。他们退身四散，只有一个还在原地没动。有时候，提图斯必须得来点硬的，才能把这些偷窥者赶出去。比特很害怕他这位彬彬有礼的朋友有时不得不为此变成一个丑陋的陌生人。整个下午，比特都待在林子里，戳戳冰挂和结冰的小水洼玩儿，直到最后他太冷，再也坚持不住了，才回到面包卡车的家。他进了门，把手指放在汉娜后脖颈上，她这才一激灵醒了过来。

艾彼欢呼着回到家，儿童侧房有屋顶啦！也安好了管道。那儿暖和又不透风，孩子们有地方住了！

比特手舞足蹈，汉娜尽情地舒展开身体，将温暖的气息从毛衣里释放出来，她小声说，那太好了。

早上，伴着雪的清新，一队女人拎着拖把和水桶走进了桃源屋。她们要来一番擦抹涂刷，要重新装饰地板，刷上石膏。汉娜和她们在一起，她的脚有点发抖，看起来皮包骨头。

比特，亲爱的，汉娜催促道。去"粉红风笛手"找孩子群玩吧，可比特连声说，不不不不不。自从汉迪奔赴巡回演出的那个大日子之后，比特还没有进过桃源屋。最后，汉娜只好让比特跟着她。他坐在装着醋和碎布的小红车上，膝头放着一包海绵。汉娜拉着他走过泥泞的地面，落在其他人后面。女人们在清冷的空气里彼此打招呼；她们笑着。桃源屋房顶上的男人们像田野里的土拨鼠那样直起身，望着女人们穿过种着苹果林的阶地走来。他们发出狼嚎一般的叫声。艾彼用双臂在头上搭出一扇大拱门。

但是当女人们走过庭院进到室内，她们说不出话来了。那儿有大块的、污秽不堪的窗户，一个古怪的、蹲式旧火炉，高高低低的挂衣钩，一堆发了霉的桌子。蜘蛛网因为他们的进入而在墙上晃晃悠悠。很早以前应该有人在地板中央露过营，烧出了一个黑色大坑。天花板上的石膏一块块、一团团地剥落下来，露出了裸着的板条，在石板依稀可见的古旧字迹之上，有人用刀刻了一个大大的"Fuck"。比特用脑子拼出那个词，又小声地把它念出来。女人们都呆住了，睁大了眼睛。

戴着老奶奶眼镜、性情爽快的多洛特卡放下水桶，卷起衣袖。她把自己的灰色长发辫盘在头顶上，像戴上了皇冠。女士们，她叫道，惊动了墙上那些毛茸茸的尘污，它们就像水下的头发一样散开，飘浮。这下我们可有活儿干了，不是吗。

有活儿干了，不是吗，女人们柔声地附和。

有人给了比特一块抹布，让他坐在桌旁，吩咐他擦桌子，但是他却望着女人们用扫帚拂去墙上的污物，看密密麻麻的蜘蛛网慢慢地掉下来。

他发现，他可以不被觉察地溜出去。

在大厅里，他听到男人们在什么地方敲击的声音。还有音乐传来，是熟悉的，亨德里克斯的声音从电台里传来，但因为距离，以及墙壁的阻隔和锤子敲打的声音，乐声显得断断续续。音乐的声响，打扫的声响，建造的声响，所有的声响都混杂在了一起，成为一场暴风雪，到处是风，到处是不宁静。

在大厅的尽头，有一个嵌入式的椅子缩在一扇小窗下面。他想试着爬上去，但他刚一碰，椅垫就塌了下来。他躲开飞扬的尘土，还有像雪一样落下来的发霉的蜘蛛尸体，他走向更暗的地方，那里的墙壁随着楼梯变成锯齿状。他爬上阶梯。有些台阶都缺掉了；他跳过去，他一跳，就会有什么东西从他脚下进入那个缺口，他慌乱地向上猛爬，恐惧在他的喉咙里发出一种苦味，心在胸腔里颤抖，终于到了下一个楼层。他闻到松木和锯末的气味，还有上面新房顶刚装的横梁的气味，但是他必须绕过地上那个参差不齐的大洞。他继续摸索前行，转了一个弯。一扇门在他经过时开着，他向里边望。那个房间宽敞、黑暗，是礼堂，他记起有人曾经这么称呼它。屋顶上铺着一大张毡布，那里曾经是一整片天空。

汉娜告诉他，他不可能记得他们来到世外桃源那天的情景。他那时才三岁，她说，没有哪个三岁的小孩能够有那么好的记性，能对任何一天有记忆。但是他却记得。大篷车队走了那么长时间的路，变得越来越壮大。他们每到一处，就有人加入他们的队伍，带来更多的卡车和巴士。最后，50个自由人都筋疲力尽。他们在一家军需用品店捎上提图斯·斯莱舍的时候，他跟他们说起自己那个从一位叔父那儿继承了纽约上州六百英亩土地的父亲。提图斯跟他们在一起仅仅待了一个星期，那天他从一家药店的电话亭走出来，轻描淡写地说，办妥了。

他们开了一整个晚上车进入乡村深处，在一个飘雨的春日清晨抵达了目的地。巴顿·斯莱舍是个矮胖子，他老泪纵横地迎出石头门楼外，向失散多年的儿子伸出了双臂。他们走进"粉红风笛手"，曾经做过律师的哈罗德检查了文件。州政府要求在契据上署一个人名，他们同意留汉迪的名字，虽然不动产是大家共同拥有的，平等地。所有文件都签好了之后，提图斯才开口对他的父亲说话。我们一向不和，老爸，但现在我想，一切都扯平了。作为回应，巴顿·斯莱舍靠在儿子宽阔的胸膛，提图斯一动不动地站在那儿，承受着这激情。

然后，有人放了一支罗马焰火筒，所有人都欢呼起来。

自由人第一次静静地徒步穿越树林去看他们未来的家园，树上残留的雨水落了下来。男人们用大弯刀将生长过剩的枝蔓砍断，女人们抱着孩子沿着男人开好的道路前行。他们来到绵羊草场，气喘吁吁。小山上有巨大的建筑，出乎所有人的意料：巴顿·斯莱舍说他以为那儿只有田地，根本不知道还有房子存在。一片红色砖墙的桃源屋在上面耸立着，房顶还有一丛乱七八糟、生长旺盛的石楠，楼后面是像灰色巨船一样的八角粮仓，草丛还隐没了一些石头造的附属建筑。他们往阶梯上走，脚踏泥泞和杂草，最后来到隐秘的砂岩台阶。苹果树光秃秃的，已经有些年头，在树干之间，覆盆子疯了似的生长。去年秋天被风吹落的果子积在下边，成为甜得过头的泥，漫在他们的鞋边。他们走出来到达石板门楼，聚集在巨大的正门前。

"In Arcadia Ego"，有人念出来。他们望向门楣，那些字草草地刻在了上面。

阿斯特里德说，阿卡迪亚。意思是说，阿卡迪亚，亦有我在。普桑[1]曾为此做过一幅画。那句话来自维吉尔……

但是汉迪大声地打断了她，在阿卡迪亚没有自我！然后大家开心地叫出声来。阿斯特里德低声说，不，不是自我，意思不是这样，它其实是说……但是她收声了。除了比特，没有人听她说话。

阿卡迪亚，汉娜贴着比特的头发悄悄说。他能感觉到她对着自己的头发出的微笑。

在入口处，一座吊灯已经掉落，水晶饰品散落地上，混着尘污、动物的足印、凌乱的落叶；阶梯盘旋向上，天花板已经开裂剥落。自由人散开来，开始寻找、发现。汉娜带着比特穿过一片杂乱，穿过飞扬的尘土、老式的涂鸦，还有仿佛一个世纪都没有开启过的门。桃源屋是一个马蹄形状的没有尽头的建筑，环抱着一个院落，那里生长着一株巨大的50英尺高的橡树。房子的两翼肮脏，破裂，绵延不绝。从一扇窗，比特看到池塘

1　指尼古拉斯·普桑，生活在16—17世纪间的法国画家，画作常取材于历史、神话。

闪着的波光，外面的附属建筑就像漂在杂草海洋里的船只。房顶、墙壁、地板，到处都是洞。他有点儿害怕。最后，他们所有人都聚集在礼堂里，那是一个宽敞的大厅，有长椅，有一个舞台，还有褪成尘土色的破烂的帷幔，褶皱的中央是一片深红色的天鹅绒。自由人又脏又饿，就盼着一个派对。这么多年来，他们不断讨论他们的群居方式，分享阅读，谈论着"基布兹""空降城""静修所"这些他们中的一些人曾经住过的地方，现在他们终于来到了自己的家。他们太渴望用音乐和大麻或者更刺激的东西来庆祝一番，但是汉迪没有允许这么做。如果我们现在不趁热打铁，我亲爱的垮掉的一代们，他说，那我们什么时候做啊？于是他们在礼堂里从下午一直待到午夜时分，终于讨论出来了，他们共同家园的规矩。

地板上有个洞，可以看见下面的门厅渐渐变暗，直到仅仅剩下尘土里水晶灯饰的些微光亮；房顶上也有个洞，可以看见夜变得漆黑，很快就星光闪耀。

所有的东西都共同拥有，所有的财产——银行账户、信托基金——也是共有的，每个加入的成员都要交出他们的所有。账单和税要用这些钱来交。在他们自食其力之前，可以靠给人接生或者出租劳力在田里干活来挣钱，一直到他们有收成来自给自足，余下的还可以出售卖钱。在阿卡迪亚，不义之财是被禁止的。

所有人都欢迎加入，只要他们承诺干活；那些有太多伤病或因体弱、怀孕、年老而不能干活的人将受到照料。每个人都可以获得帮助。但是我们不要亡命之徒，他们的头脑里没有权威。

他们将过一种纯粹而诚信的生活，杜绝非法的行为。当然，他们补充道，当熟悉的大麻烟升起来时，也就没有什么应该是非法的了。

惩罚是没有必要的；在犯错或者没有尽责的时候，所有人要让自己接受创造性批评，他们必须经受集体的斥责，还有一个清洗的仪式。

你和谁上了床，你们就得结婚，汉迪说；这会在一开始产生四人、五人、六人、八人的婚姻，但很快，大多数婚姻就会解体为单个人或者两个人的形式。

他们要对所有的生物充满敬意；他们要做完全素食主义者，动物制品和宠物是被严格禁止的。

在他们将这个巨大、古怪的叫作桃源屋的房子修缮一新，从此在爱与友善中共同居住的那天到来之前，他们要先造一个临时桃源。

等到所有的规矩都被列出、同意和命名的时候，几乎已经是早上。很多人睡着了。还醒着的那几个，看到汉迪宽宽的脸庞在脏玻璃反射的晨光下熠熠发亮。他向着周围做了一个大大的手势，说道，我们今天找到的这片土地、这些建筑，是来自宇宙的爱的礼物。

此时，多年来积聚的那些沧桑突然在他身上崩溃，汉迪哭了。

辛苦劳作的三年过去了，有过颗粒无收，也有过还算不错的收成。他们从阿米什邻居那里借了牛来耕地。后来，沉默而勤劳的阿米什男人来了——完全是个惊喜——帮助他们收割高粱、大麦和大豆。那些东西也仅仅是够吃，没有余粮拿去卖。助产士们到外面的城镇去，到伊留姆和萨默顿去帮人接生来赚钱。他们还建了一个汽车队，有偿帮人开拖拉机，搜寻废弃的汽车，把能用的零部件留下来。每个秋天，他们靠出租劳力在庄稼地或者苹果园干活儿，以赚取足够多的现金。他们用自己种的苹果来酿造苹果酒，还制作苹果酱和苹果派，他们用罐子储存刚刚足够的草莓、覆盆子和花园里的其他东西，以备过冬。但是即使在上一个阿卡迪亚的冬天，也还是有那么一个饿肚子的星期，如果不是汉娜成功地从她父母的律师那里为自己争取到了一笔信托基金，情况恐怕会更糟糕。大家齐心合力，就这么挺过来了。

冬至庆典之后的一个十二月的夜晚，趁汉迪在他们为淋浴室建的蒸汗房里进行精神探索的时候，艾彼召集了一个桃源屋重修项目的秘密会议。他挑选了一些人加入进来做各个工作单元的稻草人老板：农田、果园、卫生队、免费店、面包房、豆浆坊、罐头间、接生班、商务组、汽车队、孩子群。汉娜将比特裹在自己的披风下一起过来，因为那时她是面包房的稻草人老板，她又不想将比特一个人留在面包卡车。大家在桃源屋和八角谷仓之间聚会，在奥利为了应对核武器而加固的隧道里。

听着，艾彼说道，我一直在想，我们已经到了一个转折点。我们要么尽快搬进桃源屋，要么就别提什么将伟大想法付诸实践的话。干脆就舒舒服服地待在临时桃源里，让我们的阿卡迪亚梦想破碎，永远也别住进去。

有人提出抗议，关于钱的什么事，但是艾彼抬起了一只手。给我一分钟。显然，我们工作太辛苦了，太没有效率了，做了许多事却只是勉强维持生计。劳动分工是非常重要的。如果我们能够集中人力负责照看儿童和做饭，不用去担心从池塘运水，从免费店取东西来做晚饭，或是确保我们砍了足够的木头来保证这一星期取暖那些事，我们实际上就可以完成足够多的工作并且赚到钱。我计算过，他说着，举起了一张写满笔迹的纸。如果我们修好了桃源屋，所有人都住在一起，那么我们就可以做到。我们可以实现。说不定今年就可能有收益。

艾彼的络腮胡分开来，露出了大大的笑容，比特甚至为他父亲的下巴担心起来。

一阵沉默，上面的八角谷仓里有人正在地板上拖着什么重的东西。所有的稻草人老板开始交头接耳，他们在隧道里踱来踱去，他们正在大声地做梦，一点点仔细地勾勒他们共同的愿景。

此刻，比特越是深入到桃源屋里，就越是感到一种逼人的冰冷黏湿。人们还没有碰过这些房间：它们又霉又暗。比特在一个门闩那儿推了下，门颤颤巍巍地开了，带着一股腐烂的气味。在他身处的大厅的黑暗和从楼梯井上面传来的光亮之间，他选择了光亮，于是他继续往上走，虽然尘土都已经积到了他脚踝的高度。他发现自己正在一条逼仄的通道上，走向一个深邃的房间，屋里有张完好的沙发、一座大大的砖砌壁炉，还有尘污的海洋，就在他所呼出的空气下边十英尺的地方。在这儿，他已经不再能听到房顶上男人的声音、他们的音乐，还有远在儿童侧楼里女人们唱歌和谈话的声音。

第一扇门下面有黑黑的东西，仿佛魔鬼要在那缝隙穿过来。他没理会，蹑手蹑脚往前走。在第二扇门的后面，他听见一种声响，一声叹息，一句低语，感觉到门把手的金属上逼人的寒气，他依旧没去触碰。第三扇门，他使劲一推便开了，他走了进去。

房间里覆盖着尘土，足有几寸厚。尘土从墙壁蔓延到地板上，再覆盖在一片大概是家具的隆起的东西上，比特发现，他伸手进去，能感觉到有木头。他再碰碰下面的那一层，是布，他意识到，那原来是一张床。

地板中央，有一块奇怪的东西鼓起来，比特把两只手都探进去。下面是硬硬的东西。他抽回来一只拳头，瞥见那是一副小小的骨架，一只老鼠的头骨和身体骸骼。还有一把用奇特而密集的材质做成的纽扣，乳白色，闪着微微的光。最后，那个东西，是硬的，同样也是软的。他在上面吹了一下，眼前出现了一本书。

在皮质封面上，有浮雕的花朵图案，一个躲在树后偷偷张望的男孩，还有金色的字母。比特认出了四个——"G-R-I-M-"，然后就变得没耐心了，迫不及待地打开了书。

一开始他看见一幅图画。那简直是整个桃源屋里最生动鲜活的东西；它将天光都吸了进去。一个面部扭曲的女孩好像正在用她被切断的手指当钥匙；在另一页上，有个小小的男人把自己劈成两半儿，血从他的伤口喷射出来；还有一页，穿着长裙的女孩在狮子群中走，她张着嘴，头发在毛茸茸的橡子帽上飘动。

他找到一则最短的故事。他一边让手指在每一个词下面滑过，一边猜测它们的意思。它讲述的是在饥荒时代一个有许多孩子的母亲的故事，比特是知道这些的：饿肚子的可怕，瓦罐里仅剩的那些冬浆果和大豆。妈妈想要吃掉自己的孩子。孩子们有天使一般的心肠，他们决定为母亲牺牲。但是妈妈看到孩子们的自我牺牲，开始感到羞愧，她并没有吃他们。最后，她跑掉了。

一阵又一阵的恐惧在他脑海中累积起来：吃自己孩子的母亲，快要死去的孩子，永远消失在黑暗中和故事背后的妈妈。

他把书丢在原先的尘土堆上，在眼前拍拍手。世界紧缩成一团向他冲过来，挤压着他。他捧住自己的脸，一直到恐惧被赶走，他终于可以重新呼吸。

从很远的地方传来汉娜的声音，高亢而且慌乱：比特！快回来，马上！离开之前，他抓起那本书，塞进裤子里，沿着自己留在尘土上的脚印跑下去，他跑呀跑呀，转错了路，一会儿又听不到汉娜的声音了，一会儿又发现自己出现在熟悉的大厅里，一会儿又感觉到她的声音近了，他又跑下楼梯，跳过台阶间的大裂缝，在门口打个趔趄，再跑下走廊，却又听不到她声音了，于是重新走另外一条路，最终发现自己来到一间玻璃屋，屋里摆放着快要散架的几张长桌，正在大声呼唤他的汉娜，向他扭过身来。看到比特出现，她太高兴了，一把把他夹在胳膊下边，然后又紧紧地抱住他，抱得太使劲简直让他喘不过气来，她放下他，在他的肩膀上擦拭自己湿湿的脸，她对他说，以后再也不能在这里乱跑了，比特。你会伤到自己的，这个地方非常非常危险。

她用胳膊夹着他往回走。老天，她说，你都快被尘土染成黑色的了。

她嘴唇动了动，大概是感觉到了他裤子里的书。她看着他，比特也望着自己的母亲，当他发现她最终选择对此无动于衷的时候，几乎有点失望。她已经放任很多东西不管了，这些天来一直如此。

米琪从后面的一个房间奔过来。自从她的父亲在二月晨会上被冻成了冰，米琪的表情就变得极其酸楚，仿佛她一直嚼着一颗鹅莓。她厉声说道，这里可不是小孩子待的地方，汉娜，快带他回家。

米琪没有脖子，比特发现。她的头在肩膀上转动，活像个棘轮。

他们赶紧往回走，驾着红色推车越过小山。比特和母亲一起走进水泥砌成的淋浴房，虽然星期天才是他们规定的洗澡日。他把书放在鞋和裤子下面。大多数时候，他们都是洗个被汉娜称为"卡萨"的澡：把一块毛巾浸到热水里，打上香皂，按照脸—腋下—胯部—屁股的顺序点到为止就完事。今天的淋浴房空荡荡的，能听到回音。其他人都在外面工作。在水蒸气里，在热水下母亲粉红的柔和肤色里，在汉娜膝盖藏着的婴孩睡着的脸里，在比特身上被母亲皲裂的手一层层搓掉的黑色泥垢里，有一种令人不安的奢侈感，直到最后他被洗得像新生婴儿一样新鲜红润。

在一天中最安静的时刻抽出身来，汉娜为自己倒了杯茶。她坐在窗前，录音机里放着伊迪丝·琵雅芙。不，那不见身影的歌手颤着嗓子柔声唱，我不后悔。比特听到的却是：不，金娜又弄湿了地毯。他想着，可怜的金娜，为她忍不住伤起了心。

汉娜深深地陷在自己的思绪里，丝毫没有理会比特。他在她眼前挥了挥手，她连眼睛都没有眨。他从裤子里拿出从桃源屋偷出来的书，然后从面包卡车的主房间楼梯斜身下来，钻进冷冰冰的侧房，把书放进储物罐。刚刚能够放得下，如果他把原本放在里边的东西——一块蛇皮、一只带着块绿石英的玻璃眼、弓箭头、艾彼为他做的翅膀能动的鹦鹉都拿出来的话。

下午，他壮着胆子走出门，带着他的宝贝们去免费商店，把东西放到货架上，那里摆放着所有其他人不需要的东西。他摸了摸西尔维娅编的大麻项链，一只轮滑鞋，发霉的纸本子，一摞干净的打着补丁、叠得皱皱巴巴的牛仔裤和法兰绒衬衫。谢丽尔正在角落称小红莓，把称好斤两的梅子放进纸袋，方便负责做饭的厨师来取。趁她转过身，他把手伸进面桶里，畅快地用手指揉捏着面粉玩儿。玛芬正用漏斗把做饭用的油往瓦罐里倒，她抬起头，眼镜上沾着溅出来的油点儿，把她的眼睛变成好多五颜六色的眨着的小眼睛。不过她可没有揭发他。他从小吃箱里拿出一片苹果干，然后冒着寒气跑回家。一进门，母亲抬头看他说，你去哪儿啦，小男子汉？不过她似乎也没打算听他的回答。

他做了个计划。明天，他要偷偷从家溜到孩子群里去，痛快地看几个小时他的新书，把那些可怕的、骇人的故事都连在一起，直到整个世界都充满了这些故事，容不下任何别的东西。

雪在冰冷的雨水下融化，天空是软麻布的颜色。金茜过来了，她脸红红的还淌着泪。她八岁，头就像堆满小白卷毛的螺旋。她比比特年龄大不少，却是他最好的朋友。他们挤到比特的睡袋里，两人紧紧挨在一起，她小声说：我的爸爸妈妈在吵架。

比特本来有很多话可以说，但是他什么也没说。

他们扮保姆和宝宝，扮博伊科特，扮汉迪和莉拉。他们还扮尼克松，金茜把脸放松，手指摆出V字形，说"我不是骗子"。他们扮接生婆，金茜演阿斯特里德，比特从他假装的阴道里把一个瓷娃娃推出来，后来汉娜看到这情景，脸色变得煞白，连忙说，嗨，孩子们！我们来一起做饼干吧！然后他们开始搅拌、配制和烘焙，做的是有杏仁、葡萄干和糖浆的燕麦小饼干，汉娜在餐桌旁给他们做指导。

比特身体里有种美妙的感觉，他动作轻缓以保持这感觉的完整。

艾彼回家的时候，外面的天还亮着，他开始为大家做晚饭：

夹着豆豉的卷饼，还有腌蘑菇和大豆奶酪。九点钟，大人们要去八角谷仓参加对泰山的一次创造性批评会，因为他对几个姑娘实施了违背意愿的性行为，甚至还包括几个准妈妈，这的确引起了不小的风波。汉娜缩在自己那件尺寸过大的套头衫里，像一条即将蜕皮的蛇。

艾彼皱着眉头说，我不知道孩子是不是该单独待在这里……

金茜说，我们会好好的！我们不会动炉子或者跑出门去的！如果我们害怕了，我们可以跑到"粉红风笛手"那儿去！汉娜和艾彼不大情愿地走进了夜幕中。

他们俩又钻进睡袋，金茜把比特抱得太紧了。比特抱怨，她这才松开，开始小声地讲故事。

在河上那座小桥的底下，她说道，有一个侏儒，你必须给他点什么东西才能通过。可以是一片漂亮的叶子，也可以是从汽车队拿来的一枚螺钉，或者一个水果，但是只要一个小小的东西，这样才不会浪费。

一块鼻屎怎么样？比特说。

鼻屎也行，金茜答，两人笑起来。

她的声音低了下来。基尼丝跟汉克和霍斯都睡过觉，现在这对孪生兄弟谁也不跟谁说话了。这太糟糕了，因为他们是清洁队的，要一起泵大便。

威斯和黑雯打算生个孩子，威斯和弗兰尼瑞也是，她说道，所以黑雯和弗兰尼瑞就打了一场女孩子之间的架，她们的脸都被抓破了。

金茜上周听到了老鼠的对话。它们用细细的小声音叫着说，它们可太太太太太太饿了。

花生和黏土两个人去点一支已经点着的烟，他们管这个叫乳交，虽然他们从来不搞什么正常的做爱方式，因为他们只跟小女孩干。

有个女巫住在树林里。去年夏天，在乐享日那天，所有大人们都喝苹果酒喝到烂醉，金茜跑到糖枫林去，因为她的父母又在吵架，她看到一个高大、苍老还驼着背的黑衣女人就站在那儿盯着她，然后消失了。她有长长的白发和丑得吓人的脸。而且她还在空中飘。

比特在金茜的喃喃低语里昏昏入睡。他看见布满各种生物的重重暗影，看见许多像矮个子汉迪的绿色侏儒。他看见糖枫树，幽暗得透着邪恶。他看见池塘，粼粼地映着月光。在那儿，还有一个女巫，她长着阿斯特里德的坏牙齿、汉娜冬天披散的头发，还有米琪那张酸楚不堪的黄脸，女巫离他越来越近，甚至冲出了阴影，但到后来她变得不再陌生可怕，他开始等待她，甚至企盼她到来，他在梦中甚至还告诉自己，他已经不再害怕。他真的已经不再害怕。

午夜里突然一阵响动：几个男人来找艾彼，他们凑在一起悄悄地商量事情。汉娜起来煮咖啡，希罗说，哦，你好啊，汉娜宝贝。弗莱德少校用他的大手掌拍她的肩。可是等咖啡煮好了，这些男人却谁都没有喝。汉娜坐在桌旁，她的眼睛在黑暗中放光。

比特的睡衣太小了；裤腿才到腿肚子，袖子只长及上臂，他的肚子露在外边，凉飕飕的。他走到汉娜身边，爬上她的大腿，把头靠在她的胸前听她缓缓的心跳。

她说，这个早上，我的朋友，你爱的某个人将会离去。

比特什么也没有说，但他想是艾彼吗？有些东西开始在他内心坍塌。汉娜一定猜到了他的心事，因为她连忙说，不，不，不，不是。是奇迹比尔。他在来这之前有另外的名字。他做了一些坏事，我们直到昨天才发现，他必须要离开。

猴子奇迹比尔？那个可以用手臂从一株糖枫树跃到另一株上的奇迹比尔？那个模仿动物声音比动物本来的声音还好听的奇迹比尔？那个在秋天（哦，那么久以前，那像珍珠一样闪亮的叶子，那秋天里金银色的气味）模仿火鸡鸣叫，声音使得一只像比特一样高的火鸡从树丛里精神抖擞地跳着朝他们奔过来的奇迹比尔？

早晨，一群猪猡警察[1]来找奇迹比尔。他们四处搜寻他的时候，阿卡迪亚人聚在院子里。没有人说话。比特坐在汉娜的脚上，让自己的屁股不贴到冰冷的地面。

他不明白。他想象着粉嘟嘟的颜色，猪鼻子，还有卷曲的尾巴，那些在儿童故事书里的图画。然而他看到的却是一些穿着黑西装、带着反光太阳镜的男人。他们的皮肤的确是肉粉色的：这，至少，是真的。也许他们的尾巴藏在他们穿的皱巴巴

---

1 猪猡是群居村人对警察的蔑称。

的裤子里边。他们身后还拖着一股奇怪的味道：古龙水，汉娜小声说，一边做着鬼脸。

猪猡们闯进第一间家庭活动房，之后又进了第二间。那些人把树林包围起来，手里握着枪。比特吃惊地看见，一些绿色植物被他们无情地踏在脚下。那是葱芥和莎草，他问多洛特卡时得到了回答。春天要来了。他受够了那些冲着对讲机低声说话的男人们。他希望他们能回家去。

比特听到莱弗问阿斯特里德，他们会拿枪射我们吗？阿斯特里德摇摇头，但是她的目光严峻，她让儿子的脸贴在自己的肚子上。

单人帐篷那边一阵扫荡。警察们又钻进了"粉红风笛手"，再出来，又走进面包卡车，再出来，又进了弗利兹和汉斯的加盖屋，做了一半的玩偶头像一个超大尺寸的墨西哥彩饰陶罐挂在房梁上，杂耍歌手们都还在外边演出。警察们又出来，进了母婴房，在里边待了一阵子。准妈妈们跑了出来，挺着大肚子，愤愤不平的，她们穿着男人的靴子和毛衣，大声地发着牢骚。

小山上、桃源屋里也爬满了警察。比特瞥了眼房顶，不过艾彼今天并没有在那儿工作。那儿干脆一个桃源人都没有，他们一定是等着那些穿黑衣的警察离开才肯干活儿。

最后，一个警察带着张气势汹汹的肥脸走了过来。他旁边是伊留姆的警长，是个穿着卡其布衬衫的男人，比特刚才看见他和提图斯在门楼那儿喝咖啡：他沙子色的头发乱七八糟的，像块挡泥板一样覆盖在他谢顶的地方。他朝提图斯迅速地使了个眼色，然后望向别的地方。

他们三个人凑在一起谈话。生气的警察开始大声嚷嚷，长官劝他保持镇静。提图斯几乎没怎么说话。

最后，警察们在雪地上集合，结队返回桃源屋。自由人跟在他们后边走。他们站在山顶的门楼上，望着警察钻进轿车和卡车，闪着红蓝相间的警灯离开了。

最后一辆车消失后，比特周围响起一片欢呼，声音那么大，那么突然，把比特吓了一跳，他把脸贴向离他最近的大人——伊登肿胀的大腿之间。她朝他低头微笑时，她的前额就像月亮，高高地悬在她怀孕的肚子上方。

有一个下午，艾彼开着辆大众车回来，带来一箱枫木槽和水桶，准备迎接他们今年的第一个枫糖季；那片枫林巨大而古老，糖浆是又一件他们可以卖的东西。他们在林子附近已经住了三年，但从来没想过它们究竟是什么，直到有一次在八角谷仓开星期天晨会，多洛特卡站了起来，略微紧张地提建议说，今年来做糖吧。用什么做？汉迪问，我们的甘蔗可不怎么样。她看起来迷惑不解，然后说，哦。糖枫林？那是一片成熟而且古老的林地，我们可以得到几加仑几加仑的枫浆。汉迪说，什么枫林？多洛特卡吃惊地把头向后一仰，然后带他们去了糖枫林——池塘对面那片神奇的树林，他们所有人都不相信这新的恩赐；他们把雪抛向空中，那天的雪太软都捏不成雪球，整个群居村都沉浸在阳光下的雪末里。

汉迪想管这个东西叫"自由人糖",提图斯想叫它"sinzibuckwud"[1];艾彼,像他有的时候那样,表情平静却坚持让自己的意见获得了认可,他们决定叫它"桃源纯"。

汉娜和比特从四方院出来迎接艾彼,帮他卸下东西。艾彼把东西搬到面包卡车上,收音机正唱着小调,"踮脚穿过郁金香园"。

佛蒙特怎么样?汉娜问。

艾彼双臂拥着汉娜,在她耳边低语。他个头高,她也个头高,比特被挤在他们中间,就好像被两棵暖和的老树树干夹着。他不想这拥抱结束,但一分钟后还是结束了。他们的身体分开了。他的父母亲转过了身。

比其他所有事情都重要的,就是女人做糖这件事:男人在桃源屋干活,日出而作,日落而息,其实常常是开工比日出还早,收工比日落更晚。他们刮啊磨啊捶捶打打,装管子,涂灰泥,滚上他们从伊留姆一家商店里用斯维媞和基蒂给人家免费贴广告当条件而换来的漆。

孩子群跟着制糖女士们出去学习了一天。巨大的枫树上挂满了冰柱儿,树根彼此交缠,在地面上形成一片垫子。这儿没有风,当太阳终于能够照到树丛的时候,它却像煤油灯一样只发出柔和的光亮。

玛利亚郑重其事地呼吸,像是在做礼拜,还转身悄悄地划

---

1 印第安人把枫糖叫作 sinzibuckwud,意思是"汲自树木"。

了一个十字，从头到腹，从一个肩膀到另一个肩膀，比特躲在一棵树后面模仿了一遍又一遍，他太喜欢这动作的庄严感了。他不想让其他人看到。迷信，其他人谈论上帝的时候汉娜总是如此嗤之以鼻。不过这里的人们也有自己私下的仪式，穆罕默德白天会在一小块地毯上下跪；犹太人的逾越节；还有圣诞树什么的。宗教在这里更多地被看作是卫生保健的学问：个人的信仰也最好接受检视，以免欺侮到其他人。

米克尔在树干上钻洞，伊登把枫木槽捅进去。从树身淌出清清的血流到桶里。汁液滴在金属桶上发出乒乒乓乓的声音，听起来就像温暖的雨水打在面包卡车的屋顶。但是这声音感觉可不同寻常：甜蜜将从里边涌出来。

语言开始在比特的身体里漂移。每一天都能发生理解上的大爆炸。他记起去年八月，他躺在被阳光暖着的池塘浅滩，他还被水里什么看不见的东西咬了一下。有了他的格林童话书，就好像在水面之下他还拥有一双眼睛，终于能够看见那些细小的鱼儿。话语分裂成了词汇，每个短语都有了自己的秩序："Scuseme"变成了"请原谅"（Excuse me），"Pawurduthpepel"变成了"权力属于人民"（Power to the People），对所有的词，他都有了单独以及组合起来的自己的理解。

现在，他的头脑中出现了彼此分隔的抽屉，将人分门别类地放进去。汉迪是蛙王。提图斯是个孤独的门楼食人魔，将猪猡警察和不怀好意的窥视者们拒之门外。高大的艾彼，配上他的工具、他的斧头、他的大胡子，俨然是个樵夫。伊登，她闪亮的铜色头发和苍白皮肤，在吃过母婴房南窗下为准妈妈们种的多汁蔬菜之后，她变身成为王后，他希望她不是那个必须要死掉好让邪恶的继母粉墨登场的好妈妈，他也希望她不是那个卖掉自己的孩子以换取草药的坏妈妈；奇迹比尔，他的脸变化多端，他像猴子一样攀爬，原本该是个傻瓜；阿斯特里德有点难：她的头发像公主般光亮，但她的脸却苍老，牙齿又可怕，的确像个巫婆，她像个巫婆一样接生婴儿，开方给药，但是她却嫁给了蛙王，又成了王后。他以后再确定她的身份好了。

不过，最确定无疑的，是汉娜。她躺在床上，任太阳升起又落下，她就是个睡美人，被施了魔咒。

比特把书放回到原来的位置，往炉里又添了一块柴。如果不这样做，他会淌鼻涕，艾彼在冰冷的房顶上待了整整一天之后回到家，冲着小床上的汉娜皱皱眉头。她紧闭双眼，任由他不满的沉默浇过她全身。比特关上炉子，吃了一片菠萝干，盯着汉娜蜷缩一团的身体看了很久。

她会自己醒来吗？天色开始暗淡下来。风从林间扬起，比特能听到它踩着暗色的脚步匆匆朝他们赶来。

最后，比特仔细地洗自己的手，用苏打粉刷了三遍牙。他在母亲的枕头后面跪下来，用手捧起她的脸颊。慢慢地，他低下他的嘴凑近她，用尽全身气力吻她，他的唇紧紧压在她的嘴上，甚至能感觉到她嘴唇下牙齿的形状，感觉到她令人不快的口气。

他把头移开的时候，她并没有醒来。他悲伤地收回自己的手。这正是他所担心的。他不是她等待的那一个，他不是她的王子。

女人们在泰山焊接完成的特大双层热水器里把糖枫树的汁液煮沸，整个阿卡迪亚的空气闻上去都变得甘甜，边上还有一点点烧焦的味道。比特伸出舌头，几乎可以尝到枫糖的甜味。一天早上，斯维媞带着孩子群穿过新雪堆到制糖小屋去，米克尔和苏西已经熬了整个晚上的糖水，都有点头晕眼花，他们用糖浆棒在柔软的雪上写写画画。糖浆遇冷就沉下去，再把它们捞起来时，糖浆已经变硬成了糖。

可别告诉阿斯特里德，苏西说道。她把太妃糖浆切成几块分给孩子们。比特得到的那一块简直太甜了，甚至甜得有些反胃，但是为了不伤害他们的感情，他还是想办法把糖吞了下去，并且装作还想要的样子。

艾彼的衣服发出汗臭和锯末的气味。男人们已经完成了整个房顶的工程。明天，艾彼的手指关节将不会再夹着冰碴了，比特也不会再因为睡梦中不小心碰到它们而惊醒了。明天艾彼将开始装淋浴房，给餐厅装下水道，那一大堆由汽车队搞来的铜线将会慢慢用光。

等我们搬进了桃源屋，人们现在总爱这么说，脸上洋溢着渴望。总是这样，关于"到那个时候"的梦想。一切都会变好的，我们会更暖和，人们不会再争吵，我们将向世界伸出援助之手，我们将开办一家出版公司，再也没有人会患上维生素D缺乏症，孩子们将会去上学，助产士们将随时到位，熊不会再从树林里跑出来将食物洗劫一空，把没洗过的尿布或卫生巾在院子里乱丢，我们也不会再用露天茅厕。

玛芬曾和母亲在奥尔巴尼[1]住过公寓，她想给孩子们讲讲洗手间是怎么回事：你拉一下把手，她说，然后水就会涌出来，吞掉你的便便。

赫勒哭了起来。像个怪兽，她抽泣道，它吃掉你的粑粑！

其他人叹口气就走开了，每次赫勒哭，他们都这样。只有比特会走到她跟前，把她抱在胸前，这个哭得狼狈的女孩，用胳膊肘抵抗着。起初她往后躲，但发现他也并不强求时，她便倚进他怀里。她比他高，但有时候他觉得她更小，甚至比婴儿还小。她很奇怪，闻起来像香草豆荚。比特总是觉得有点受不了她。

不是像什么怪兽啦，玛芬带着不屑说道。就跟茅厕一样，只是它不臭，也不冷，也没有蜘蛛，清洁人员不用把它们抽上来，你们也不用洒碱液。你们就拉一下把手，它就冲走了。

冲到哪里去了？莱弗问。

我不知道，玛芬答。

他们面面相觑，思考着。最后，已经11岁的埃里克开口了，我想是去海洋里了。是的，他们都同意，一定是被冲去了海里，在比特的想象中，海洋就是刮风天的池塘，人们穿着奇怪的衣

1　奥尔巴尼，纽约州首府。

服在对面守候：女人穿着和服和羊毛鞋，男人戴斗笠帽和穆罕默德那样花里胡哨的短袖上衣。一支粪便小舰队在海面疾驰，奔向他们，还有废纸做的帆船什么的。

他们睡着时，雪花从一片云上飘下来。临时桃源变成了平静美丽的白色村庄，加上耸立的、冒着烟的可爱烟囱，看着就像汉娜一本关于俄罗斯农奴的书里的老式图画。汉娜今天还是没有起床。她身体的每一处都油乎乎的。她嘟哝着，抓住比特，轻轻地把他拉进毯子里，贴近她温暖的身体。他很安静，跟随着她的呼吸，慢慢地进入了梦乡。在他还醒着的时候，他看到她梦境的片断：一条比特从未见过的灰色街道，一株铜色树皮的树，一座暮色笼罩的橡树下的喷泉，一只硕大的黑鸟嘴里吐出红色的舌。他，躲在壁橱的深处，有什么软软的东西轻拂他的太阳穴，外面响起了说话声。有一张晚餐桌，上面摆着成排的叉子和勺子，还有一个小银碗，一只白色的手伸了进去。似乎回归到一种隐私里，暗示和透露着什么。他醒来时，浑身都被汗湿透了，不停地发抖。

上午的阳光明亮得刺眼。他的朋友们将不能穿的毛衣卷成了毛线球，"粉红风笛手"闻起来就像一碗充满汗味的燕麦粥。比特和孩子群在做斯维缇所说的"午后宪法"健康散步时，经过免费商店，他看到美国队长在门口。这个趣皮士身上穿的纱笼服的星星在风里拍打。他用一只瘦骨嶙峋的手指招呼比特走到近前。在我的耳朵里她铺了张床，就在那儿她进入梦乡，从此一切都成为她的梦，他用带着酸气的呼吸喃喃低语。里尔克。我的翻译，当然，他说。比特不太懂。孩子群已经走过了商店，比特跑着跟了上去，又安全啦，他回头看了看正盯着他的老趣皮士。美国队长的话整个下午都在他的脑子里翻来覆去地回响，就像一个塞满婴儿的小房间。

金茜的母亲，卡洛琳，走了。她的东西都留在这里，人跑掉了。金茜哭个不停，她的父亲，韦尔斯，唾弃了这种遗弃行为，他把卡洛琳的衣服都送到了免费店，不过，比特知道发生了什么事。

这个早晨，草上还结着青灰色的霜，比特出来小便，他看到金茜的巴士车顶上有一只巨大的白鸟，在晨光里显得特别亮眼。他看到它张开翅膀，转身。它拍打着翅膀，然后金茜的妈妈把自己抛向空中，飞走了。

金茜来了，待在比特家里，和他一起睡在睡袋里，他们拼命挤在一起，直到她自己感觉好一点。比特被挤得够呛，但他使劲忍着。

晚上：亲爱的，嘿，嘿，甜心姑娘，醒醒。

呜嗯。怎么了。

我担心你，雷金娜告诉我你这些天都没有去面包房。多洛特卡说你下午也不和其他女人一起去桃源屋。

我就是累。你知道冬天总是让我颓废。

是的，是的。但是这次似乎比以往都要糟糕。这些天你都没有起床吗？

汉娜没有说话。

只是……我知道你为你父亲还有其他一些事伤心。但是，我是说，我已经竭尽全力啦。现在是三月，水管的工作还需要一个月时间才能完成，之后我们会开始忙其他的，而且我们已经远远落后于计划，在汉迪最新写来的信里，他说打算放弃俄勒冈，这样他们会在我们开始犁地前一周赶回来，我们得用上所有可用的劳力，才能保证在他们回来之前完工。

没有任何反应。比特的耳边只有他自己的心跳声。

甜心姑娘？你不想说句话吗？

只有树在窗外摇摆。

好吧，你慢慢来。用大概一个星期的时间，好好睡个够。但是我希望你能起来，下个星期。好吗？

只有他母亲均匀的呼吸。

突发状况。淋浴室的热水器坏了。艾彼让比特跟着他。他们到池塘旁边低矮的小屋去，那里没有热水了，星期四的洗澡者们都痛苦不堪地往上看，冰凉的头发上还顶着肥皂泡。

艾彼得检查一下水槽下面的接线，提图斯、希罗和泰山帮他移动水槽。有人气喘吁吁，有人大喊大叫：在水槽下面，他们找到了一团东西，那是蜷成一团的蛇，是一群冬眠的响尾蛇。

艾彼动作飞快，他的靴子有沉沉的后跟，他一阵猛踏，只见血花四溅，很多的血，到处是蛇身的碎片。比特想弯下身去，摸一下粘在血上的蛇肉，它们看上去像蘑菇一样精致。但是艾彼把他拎起来，塞给了提图斯。在一些人惊恐的叫声里，提图斯和比特一起回到了暗夜里。他长腿巨人般的阔步不可思议地越过大地。比特爬上床躺在汉娜身边时，她依然没有醒。在他的睡梦中，吹过森林的风成了汉娜的呼吸，成了柴火炉上快要燃尽的余火，成了远处的一声咆哮。

斯维媞给孩子们穿上厚夹克和靴子，要带他们到池塘去，那里终于——虽然还是有点晚了——结结实实地冻上了冰。他们等着比特，使劲推搡面包卡车的轮子，直到他不情愿地走出来。把汉娜抛在身后就如同在他身上撕开一道口子。但是，等到他置身在新鲜清冷的空气中，他感觉纯净如洗。整个早上，他们都穿着靴子在冰上滑来滑去。他们欢叫着，歇斯底里地扯着嗓子。他们排成长鞭形的队伍，让个子高一些的孩子——莱弗、埃里克或者玛芬、莫莉和菲奥娜——站在队首，小一点儿的孩子在队尾。比特，是个子最小的那几个之一，甚至比才三岁而且还是女孩的维尼还矮，但他此刻也开怀自在地滑行，滑过来又滑过去，先是用他的脚，后来又用膝盖，一直滑到池塘边缘那些柔软的积雪旁边。

太阳偶尔露出脸来，有阳光的时候，冰面映着绿色的光。池塘周围的树枝悬挂着好多晶莹透亮的冰柱，碰在一起叮咚作响。起风时，冰柱坠落发出钟鸣一样的声响。

赫勒做了一些胖胖的雪天使，连在一起像群纸娃娃站在池塘周围，这消磨了她好几个小时。金茜和玛芬打着转儿，直到她们感到头晕才停下来。莱弗发现很多鱼嘴朝上冻在水面，他轻轻地对它们说话。刚会走路的小小孩，菲利普和阿里，赛和富兰克林，戴上手套玩着雪，磕磕绊绊地走了又摔。男孩们把彼此推倒。阿斯特里德、准妈妈俏莎莉和弗兰尼瑞给孩子们带来了烤好的大豆干酪三明治，还有装着甘菊茶的暖水壶，然后把孩子群送回家去。大一些的孩子又疯玩了一个小时，之后便一个接着一个地下山去了。

透过他的滑雪服，比特也能感觉到冰冷和坚硬。他感觉到他的身体被冬天、被结实痛快的玩耍清洗得干干净净。他走进面包卡车，母亲正和艾彼坐在桌前。

艾彼眼睛红红的，在给比特脱去夹克、滑雪裤、帽子和手套之前，他吻了一下他的头。对不起，关于昨天晚上的事，小人儿，他说。对不起，让你看到了那些。那是本能，就这样。我从来也没有想过要杀死什么东西，哪怕是蛇。你知道，杀戮是错误的，会有不好的报应。

比特拍拍父亲的脸，原谅了他。他在母亲身旁有点羞涩，小心观察着她脑袋周围的气氛。嘿，宝贝，她说着，把他拉到自己的膝盖上。他龇着牙发出疼痛的唏嘘，她又把他放下来，脱下他的仔裤。喔，我的上帝，她说，喔，我的上帝，宝贝啊，你的腿怎么啦？

他起初没有意识到，自己的腿竟然淤青得那么厉害。膝盖也擦伤了，透着血痕。他耸耸肩，她温柔地亲吻他的两个膝盖，艾彼在屋里晃了一圈又去桃源屋了，就好像有人在追赶他似的。

好一点了吗，比特？汉娜问，给他涂上"Bag Balm"牌的药膏。

比特的舌头仿佛冻住了。他挣扎半天还是说不出话来，他明白自己已经有段日子不怎么说话了。他试图数清楚有几天，但是又摸不着头绪。言语好像埋藏在他身体里，睡着了，成为泥土下一个冰冻的球，蜷缩着身体，等待融化。

你这些天太安静了，宝贝，汉娜说，她顿了下，开始不慌不忙地梳理她齐腰的长发。遇到打结的地方她就放弃了。她把他拉到怀里。看着她让比特心里感觉好亲切，于是他转过身来坐在她皮包骨头的膝上，让她给他梳头。梳齿无比轻柔地落在他的头上，就像在哭泣。他已经不记得这样小小的欢愉。她把嘴唇压在他的头顶，说着，我强壮的、沉默的男孩。我们唱歌吧。她开始唱，声音哑哑的，但是他不愿意跟着唱这摇篮曲。他不唱，她也停了下来。

他醒来，看到艾彼正盯着熟睡的汉娜看。哦，比特心里想。他等着，但是艾彼又躺下身来。最终是比特摸了自己的母亲，拍拍她的脸、手、肚子，一遍一遍又一遍。

下午，他躲在"粉红风笛手"的玩具箱后面，其他孩子都穿着冬天的行头跑出去玩了。他一个人在安静的巴士车上。其他孩子的叫声被裹在外面飘雪的世界里，小婴儿们在楼下和玛利亚一起，吃零食或者抱着奶瓶畅饮。他双臂团在胸前，给自己讲起了女孩和她野天鹅兄弟的故事，他把故事藏在自己脑子里，这样或那样地端详着它，想知道这对自己到底意味着什么。

很久很久以前，他给自己讲道，有一个公主。她和她的六个哥哥为了躲避父亲新娶的邪恶妻子，一同住在森林的深处。继母发现了他们的住处之后，用魔法织出了丝绸衬衫，她把衬衫抛到男孩子们身上，他们变成了天鹅。看到哥哥们飞走，小公主伤心极了，她走进树林想找到哥哥们。她走啊走啊，发现一个小屋子。黑暗里，她听到翅膀扇动的声音，窗外有六只天鹅在盘旋。他们褪下了翅膀，变成了她的哥哥们，但是男孩子们只能在很短的时间里维持人形，在小屋里的盗贼带着他们的战利品回来之前。她问哥哥们怎么样才能解除这个咒语，他们说，她必须整整六年都不笑、不唱、不说话，她必须用荨麻为哥哥们编织六件衣服。

但是你要记住，他们说，如果你说了哪怕一句话，咒语都会失效，我们就永远是天鹅了。

于是女孩就去采集荨麻，开始编织起来。她像耗子一样安静不语。一天，有人经过那里，他们看到一个女孩住在树上。他们叫她下来，她摇摇头，她不停地往下扔衣服，想让他们离开，她的衣服都快脱光了。之后他们把她拉到很远地方的一个国王那里，国王娶她做了妻子，虽然她始终一句话也不说。她生了孩子之后，国王的妈妈把孩子偷走，却告诉国王说是他妻子把孩子吃掉了。同样的事情发生了三次，国王终于相信是他妻子吃掉了他们的孩子，下令要处死她。她要被处死的那一天，就是她保持沉默那六年的最后一天，她已经几乎织好了所有的衣服，只差一个袖子了。哥哥们飞下来，她赶紧将衣服扔给他们，哥哥们纷纷变成了人，一个哥哥得到了没完成的衣服，所以他的一只胳膊还是翅膀的模样。女孩终于可以开口讲话了，她解释了这些年发生的一切，孩子们被送了回来，国王的妈妈则被送上了绞架。女孩和哥哥们从此过上了幸福的生活。故事结束。

一个画面在比特眼前浮现，一个欢庆的画面：璀璨群星下的一桶苹果酒，一个男孩向着月亮飞旋，那个圆润的女孩，就像夏天里的汉娜，那个旧日的汉娜，那个曾经站在野餐长椅上高呼自由、爱和群居村的汉娜。他想象着那些婴儿们在没有妈妈陪伴的情况下度过的年月，他们第一次被妈妈拥抱、倚靠她的温暖该是什么样的感觉。他们又会如何紧紧地抱着她，永远也不让她离开。他想象六年缄口不言，一直到他快十二岁，这么多年，比他已经活过的时间还长。日子在他眼前拉长开来。他努力忍住不哭，但是从他藏身的地方（"粉红风笛手"的顶层，那里白天堆着吊床，旁边还有一只婴儿的鞋）所看到的世界，正在他眼中变得摇曳不定。

最后，他还是想到了汉娜，她正全神贯注于什么东西，让他认不出她的脸。这想法有如电击一般贯穿他，击中他，正中要害。他必须要做些什么，必须。

他集中精神。他把那些还没等消亡在舌头最苦涩深处就已经厌倦的话语收了回来。它们向他的胸口探出邪恶的卷须。它们堆积，如一只癞蛤蟆，蹲伏在他喉咙的洞穴。在他走路、吃饭和玩耍的时候，他可以想象有个黏糊糊的东西在那儿，它生气地等待某个词语滑过，等待一个机会来诅咒所有的人。

这个晚上，面包卡车里看上去平静如常。汉娜做了晚饭，他们三个听哑嗓子唱"你的眼睛告诉我那些我所不知的事"，那是汽车队从水牛城一个垃圾堆捡来的胜利牌手摇留声机。比特坐在艾彼的膝上，跟着父亲朗读报纸。比特有一次还指着"鹅咬了婴儿"的标题，发出了他新近采用的无声的笑，他仰头看一眼艾彼，发现父亲正端详自己，他的唇角抿了进去。

汉娜放下她的书，很用力地吸了下鼻子。

比特也吸了吸鼻子。哪个地方有什么东西烧着了。

艾彼甩下报纸。比特的父母对视了片刻。他们跳起来，穿着拖鞋和睡衣跑出了房门。

寒冷的空气里混杂着烟尘。浓黑的烟雾从门口倾泻而入，锣声响个不停。一号家庭活动房着火了。

艾彼和比特一起奔向"粉色风笛手"，他把比特猛推进去，住一号家庭活动房的小孩们也都被塞到了里边：金茜、赛、富兰克林、阿里、维尼、莫莉、菲奥娜、科尔还有狄兰。助产士们都不见了。在"粉红风笛手"住着的孩子们也都跑到了楼下，准妈妈们则从母婴房赶过来，使劲跺掉他们靴子上的泥泞，打着哆嗦。弗兰尼瑞、伊登和俏莎莉抱起最小的几个孩子，安抚他们。有人以为比特也是最小的孩子之一，把他揽在自己温暖的怀里，比特于是再一次感谢自己的矮小，可以有这么温柔的臂膀拥抱他。

菲利普在哪儿？弗兰尼瑞小声问。住在一号家庭活动房的伊莫金，瞪大了眼睛。

莱弗和埃里克把比特举到窗前，让他可以看到窗外，虽然也并没有什么东西值得看：院子周围的世界笼罩在黄色和灰色的烟雾中，地上的残雪映着火光，还有提着水桶飞奔的人影。

狄兰悄悄凑过来。他比比特小，但个头比他高。

那儿爆炸了，他小声说。就在瑞奇、菲利普和玛利亚住的地方。玛利亚还长出了一对火翅膀。

闭嘴，狄兰，科尔说，他推开自己的弟弟，顺着旋梯爬到挂着吊床的地方。

狄兰的眼睛睁得老大。他凑得离比特更近了。

她真的有了一双火翅膀，他悄声说，声音里充满了睡意。她还有一头火发，比特，还有一整个脑袋的火。

比特久久地盯着燃烧的活动房看，世界成了他眼中的一个大斑点。其他孩子都已经去睡了。准妈妈们在厨房桌子旁，试图用一杯杯的水或者一杯杯的甘菊茶来吞咽她们的啜泣。

外面，他看到人们缓缓走回到他们住的地方。一些原本住在烧焦活动房里的人，转移到汉斯和弗利兹的加盖屋，因为他们俩都跟随汉迪在外边；准妈妈们回到母婴房。只有少数桃源人还在外边，望着变形的金属和里边的余火。黑暗中的微亮里，比特认出了他的父母倚靠着彼此，高挑的汉娜，高挑的艾彼，她的发辫搭在他的肩头，他的手臂揽在她的腰间。比特闭上眼睛，在黑暗中摸索着钻进金茜的睡袋，想让他的父母亲能够一直站在一起。

早上，瑞奇、玛利亚和菲利普不见了。

比特偶然听到阿斯特里德告诉那些大孩子们，小婴儿死了。她哭了，她的嘴唇在可怕的黄牙外面咧着，就像阿米什人为帮忙收割带来的马咧嘴吃一棵胡萝卜的样子。

被烧死的？莫莉问道，她哭个不停。她的妹妹菲奥娜，干脆掩面大哭起来，只能看到她硕大而苍白的前额。

一个烧焦的婴儿。比特想象之前在阿斯特里德倡导的"反糖斗争"中一枚棉花糖的样子，它在篝火边被烧得皱皱的、黑黑的。

不是，阿斯特里德说，是被烟熏死的，还在睡梦中。上帝保佑小宝贝。玛利亚被烧伤了，但是她很快就能回家。瑞奇在医院里陪着她。

莱弗生气地说，汉迪应该知道这些事。如果汉迪知道，他会回来把事情搞好的，我爸爸可以处理。

阿斯特里德做了一个搞笑的吸气动作，意思是"没错"。汉娜管这个叫"吸气赞成"。我给在奥斯丁的汉迪打了电话，阿斯特里德说道，她吻了吻莱弗。他在得克萨斯。他要我告诉你，他爱我们所有人，他正在向天空发送感应。他想要回家来，但是玛利亚和瑞奇说不用，不要太早回来，我们还需要从音乐会上挣来的现金。此外，他们还没有准备好葬礼。我们会在春天为菲利普举办仪式。

我想要爸爸，莱弗说；他那大男孩的脸皱成一团，他哭了起来。

阿斯特里德把他拉到自己身边，又把她所有的孩子都拉过来，埃里克、莱弗、难搞的赫勒、亢奋的艾克，都拉到自己身旁，对着他们清一色的浅金头发说话。嗯，但这可是另外一回事情了。

早上，比特奔到林间潺潺流淌的小溪旁。水的边缘结着黄色的碎冰，比特跪在冰上，把头探进了溪流里，寒冷足以撕裂他的呼吸，一种解脱。

汉迪发来了一封信，用快件发过来的。阿斯特里德在八角谷仓召集了一次会议，那个下午，他们聚集在那里听希罗大声朗读那封信。汉迪问候他所有漂亮的"垮掉的一代"们。他听到噩耗，感到十分震惊，但也深深感受到自由人对他们家园所饱含的信心。他迫切希望大家牢记，磨难能够在人类灵魂中锻造钢铁，集体中一人受难，整个集体都会变得更坚强。

希罗朗读的时候声音有点颤抖：痛苦，当它在人类心中被赋予合适的位置，就可以成为通向天人合一境界的一扇门。这是获致更深层共鸣的途径。

很快，汉迪告诉他们，他们就会齐聚一堂。努力变得更坚强，我们将共同承受我们的悲伤，无论它有多么沉重。致上合十礼。

合十礼，他们说。女人哭起来，彼此拥抱。小孩子们歪头看着他们的妈妈，拍她们的脸。

一个星期后，玛利亚从医院回来了，她的头和胳膊被绷带包扎得像个礼物。无论瑞奇和她走到哪里，他们看上去都是在彼此搀扶着。

玛丽莲和汉娜一起喝圣约翰草茶的时候，比特坐在桌子下面。她们谈起了原油禁运，谈起了玛丽莲的蹼足，说起了沙利度胺婴儿[1]，他们出生时带着海豹鳍一样的四肢。比特想象一个在水下扑腾着的新生儿，就像住在家庭活动房后面小溪里的河狸，有年春天，那些小东西让他们都染上了贾第虫病[2]。

他又回到了他的书里，渔夫和他妻子的故事。女人们忘记了他。她们开始小声唠叨。

我不知道我还能忍多久，汉娜说。这不是我来这里想要做的，这不是更好的生活，这儿除了贫穷、苦难和没有钱给孩子买冬靴，什么都没有。

我知道，玛丽莲说。

汉娜说话的时候声音变得低沉模糊起来，……想……出去。她发出了一种不太像人类的声音。比特担心地看着她的腿，害怕她生病了。

玛丽莲的声音，比任何时候都温柔。坚持一下。我们还有

1　沙利度胺婴儿是指因母亲怀孕时食用沙利度胺镇静剂而生出的缺肢或"海豹肢"畸形的孩子。
2　贾第虫病，一种鞭毛虫传染病，通常寄生在人或动物肠道内，导致腹泻或消化不良。

不到一个月时间就能搬到桃源屋了。我们会住在一起，一切都会变得更好。你能做到的。

我不能，汉娜说。该死的汉迪……

你能的，玛丽莲说，她的声音就像一扇正在关闭的门。比特知道，有一些事情，即使显而易见，但依然不允许汉娜说出来。

俏莎莉做的罂粟籽蛋糕的味道，被莱弗拉着腿任整个世界飞旋而过的感觉，在最后残留的坚硬雪地上奔跑把其他人甩在后面的时刻，柔嫩的树枝末梢上新芽的低语。他在自己的头脑里列着单子。刚刚烤过的面包上抹好的覆盆子酱，提图斯防水外衣口袋里烟斗、棉绒、雪松的气味，凑在一封信旁的汉迪四个孩子们的金发脑袋，新抹上去的石膏。他坐在母亲的身旁，想着这些片断，试着把它们发送到她的头脑里。有一次或两次，他相信自己成功了。当他想到新生婴儿头顶的气味，或者她软软的脸颊贴着他时那种轻柔的感觉，他发现她在睡梦中发出了甜蜜的叹息。

孩子群在溪边玩。人行小桥不是很安全：摇摇晃晃的，小桥末端浸在湍急的水流中。白色亚口鱼翻滚着逆流而上，它们发蓝的肚腹像脉搏一般跳动。比特低头盯着看，手里的小棍儿异常沉重，石芥花在岸上摇摆。

快！莱弗叫道，仿佛变成了一个跳舞的小妖魔。他对暴力有点儿歇斯底里。

比特，金茜大声地叫着，比特抬起头看她。她的卷发比平时更狂野，她脸上的碳污已经有一个星期了。杀生是不对的，她喊道，眼泪都快掉下来了。

其他人也站了起来，一堆人不知所措，等着看他接下来的举动。赫勒开始哭号，虽然她的眼睛带着期待睁得好大。比特望着他的朋友们。科尔、狄兰，并肩而立，做出斯维媞看到一个孩子伤到另一个孩子时的那种表情。金茜用一只手捂住了嘴。

他想到一条鱼的身体在棍上扭动的情景，想到一大摊血。

比特紧紧攥着莱弗用艾彼那把珍珠剑柄的剑削尖的小棍儿。他把小棍儿拉到脑后，然后抛向溪水。它弹回来，打在了他自己眼睛上。疼得厉害，就像吞掉一块冰砖。莱弗、埃里克、艾克和菲奥娜尖叫着手舞足蹈。赫勒仍在哭，金茜说，不，不，不，不。莫莉，一直认为自己是匹马，自从上个夏天起开始让大家叫她谢科利塔[1]，虽然谢科利塔其实是匹小公马，她嘶鸣着，抖着鬃毛，轻快地踏着马蹄。带着怒气，比特抓起小棍儿，用尽气力向岸边扔去，结果擦到了玛芬的膝盖。

玛芬在眼镜后面的脸涨得通红，她叫出声来。她爬上泥泞的岸，穿过树林，越过田野。

这下你可惹祸了，菲奥娜说，她的声音由于兴奋而变得湿润，她的刘海被汗水浸得湿滑，前额发亮。她跑开了。其他人跟着，男孩子们像印第安人一样嘀嘀叫着。赫勒多待了一会儿，喊着我恨你，我恨你，我恨你，比特·斯通，然后她也匆匆跑开。她圆

1　谢科利塔（Secretariat）是美国 20 世纪 70 年代一匹有名的赛马，曾创下多个冠军纪录。

滚滚的小身体落在哥哥们的后边，足迹踏过之处毁坏了一些美丽的早春花儿。她甩开胳膊和小玉米腿想追上他们，但是他们很快就消失不见，像平时那样。

孤零零的，比特感觉好悲伤。他试着走到溪流的边上，想跳到岸上去，但是他的靴子里全是水。他沉重的脚在靴子里，就如同他的胃在他身体里，感觉糟透了。

他在水边趴了一会儿，看鱼群疯狂地翻跳。他发出无声的道歉，等待伟大的鱼王浮上水面，它面色严厉，看上去僵硬又可怕；它张开巨大的嘴，对他下出咒语，或者吃掉他。又或者，他顿了顿又接着想，派他去寻找可以拯救他妈妈的东西。他屏住呼吸，直到他感觉头晕，然而什么也没有发生，他爬上岸，坐在羊齿蕨中间，它们提琴头一般的叶子羞涩地立在沙尘之上。风从树顶冷飕飕地刮起，再扫下来，干枯的叶子在树下窸窣作响。他向一些朝北生出的树洞里探进拳头，去触摸凹槽里的残雪。

他坐了很久，看到一只松鼠出现，几乎是从他的脚上蹿过。一头鹰突降到溪流上，猛抓住什么，然后又飞回到高处，好像骑着一个钟摆。

有那么几口气的时间，他在大自然的怀抱中忘却了自己。自然界的韵律和比特作为人的节奏是如此不同，但同样都是越来越紧张，越来越有耐心。他看到一只虫，比书本上的句点还小；他看到天空，比他头脑中能想到的所有东西都大。来自两个方向的冲击，巨大和渺小，连在一起。

脚步声，从他身后传来。早在这声音还远着的时候他就听到了。它们震动着地面。他从他的格林童话里知道，这可能是一个要来吃他的巨人，但是他找不到力量来反抗。比特低下头，等待那只巨大的爪，还有牙齿。然而，他闻到了肉体和女性的气味，血、脓液、汗和玫瑰香皂的气味。是阿斯特里德。她在他旁边坐下，他等着她冲他喊叫。

她没有，她只是坐着。他稍微胆大了一点，终于敢抬起头看她。她正在观察自己的脚，没穿鞋，充分浸润在冰凉的泥里。她冲他微笑。我喜欢脚趾间有春天的泥土，她说。这让我想起我的家。挪威，你知道的。

他脱掉自己的鞋，把脚趾陷在泥里。

过了一会儿，阿斯特里德拍了一下他的大腿，站了起来。她拽他起来。你太轻了，小比特，她说。你大概只有20磅吧？我相信我曾经接生过跟你差不多重的婴儿。你真是个奇迹。

他们出了森林，走上糖枫林小路，然后又到了绵羊草坪。漫山遍地，都是开放的花儿，像张着的小嘴、紫色的铃、白色的星还有金色的心。

他把头放在她肩上，她说道，别担心，你会长大的。总有一天世界会变得不那么令人迷惑，我可以向你保证。

他们来到临时桃源，她贴在他耳边说了最后一句话。别以为没有人注意到你不想说话，没有人担心你憋在心里的那些话。但是你可以慢慢来。到你愿意说了的时候，你会告诉我你所有的故事，而我会让一切变得更好。我可以向你保证，她说。阿斯特里德的脸像蒲公英的田野一般美好。

阿斯特里德抱着他进了母婴房，直到这个时候，在暖和的房间里，他才意识到刚才是有多么冷。周围洋溢着甘菊、蓍草、薰衣草和挂在厨房房梁上的其他药草的气味。有人在上面大声喘息，弗兰尼瑞裸身大步跑到楼下，抱着个脸盆，她肚子大极了，一脸惊慌。她是每隔几个星期就会出现的那种少女之一，懵懂木讷，但是她们多少知道，助产士们会照顾所有来到这里的怀孕者。

哦，谢天谢地，你回来了，她舒一口气。玛丽莲被阿米什人阿莫斯的女儿叫去了，米琪赶去帮德·安杰洛取脚上的钉子。

阿斯特里德往下看了一眼，摸了摸比特的头说，你就待在这儿，在厨房，和弗兰一起，我们可以在伊登生完宝宝之后再继续我们的谈话，好吗？比特点头，虽然他知道他还是一句话也不会说。阿斯特里德脱掉了身上所有的衣服，用香皂和冒着热气的水洗了很久。她往楼上走的时候，还是一丝不挂。

弗兰尼瑞披上了一件睡衣，冲比特做了个鬼脸。那么你的故事到底是什么？她问。你是那个发育迟缓的，对吧？他摇摇头，但是她用鼻子哼了一声，给了他一块苹果蛋糕，然后走开，在躺椅上躺下来。上帝啊，她说，我一定不会把他生出来，如果是这个样子的话。她手指颤抖，指着天的方向。

没过多久，她就睡着了，发出沉重的呼吸。比特上了楼。

房间里黑乎乎的，伊登仰面躺着。起初，他只能看见她铜色头发的光泽，然后便瞥见女人臃肿的屁股和膨胀的肚子。阿斯特里德跨在她身上，正在她肚子上涂着什么发亮的东西，跟她一起做呼吸。你必须记住，阿斯特里德说，这要靠冲劲儿，这要靠好的能量，是能量让这孩子来到世上。这样就不会痛。不用推，一切该来就来。

伊登做了个鬼脸儿，发出一声低沉的呻吟，似乎是放松了一点，阿斯特里德说，好的，好的。

阿斯特里德将两根长长白白的手指探进了伊登的身体，在里边摸索着。她收回的时候手指血淋淋的。她点点头，嘴里咕哝些什么。

阵痛又开始在伊登身体里发作。她的脚收紧。在疼痛中，她睁眼看到比特站在门口，便将眼睛紧紧锁定在他身上，比特也注视着她，用她死盯着他的方式死盯回去。然后她又放松了下来，把头懒懒地向后倚，阿斯特里德轻轻咕哝着，伊登扬起她的头，朝比特眨着眼。嘿，她说。谢谢你，小家伙。

阿斯特里德转过身。是你！她叫，瑞德里·索雷尔·斯通！但是在她嘘走比特之前，伊登说，不，不要。他能帮上忙，阿斯特里德。我想让他在这儿，行吗？他做得很棒。

阿斯特里德走到门口，叫住正带着比特下楼的弗兰尼瑞，她嘴里念念有词，抓得他都疼了。他再上来时裸着身子，冻得直发抖。他爬到床上和伊登躺在一起，脑袋倚在她肩上。她闻起来有菊苣、疲倦和洋葱的味道；她的身体庞大而火热。他把手放在她的额头，抚平那里的皱纹。

窗外的光线暗下来。人们进进出出的，包括艾彼，焦虑的艾彼。他想跟比特说话，但比特正专注于自己的使命。有人离开了。阿斯特里德换床单的时候，把他俩都翻了过来。有人给比特一片涂了苹果泥的热面包，但是他没顾得上吃。他和伊登待在一起。她在阵痛之间小憩时他便跟着打盹，阵痛侵袭她的时候他也跟着醒过来。

好像有东西突然跃进了阿斯特里德的身体。她的动作变得迅速、有效。弗兰尼瑞揉搓着伊登的肩膀。窗格子上亮起新的灯火，亮光还在加剧。事实上天已经快亮了。阿斯特里德连哄带劝，伊登大声呻吟，阿斯特里德让她压低些。玛丽莲走进来，很精神地笑着，拿来两床被子和一个肉饼，她反复唠叨着她刚刚接生的阿米什婴儿，胖胖的，蓝眼睛，像小猪仔一样粉嫩。伊登叫着，玛丽莲索性撇了撇嘴唇，走了出去。

伊登喝了点送来的粥。她又喝了茶。她紧紧抓住比特的小瘦胳膊，他觉得她的手像钢铁一样硬，后来汉娜带他去淋浴室，看到他皮肤上的乌青竟忍不住叫出声来，她用手指轻轻地触摸那些瘀伤，似乎想把它们擦掉。

伊登使劲的时候她的身体简直就是个拳头。比特听到好多声音在说，好，亲爱的，太好了，看见头了，太棒了，再来一次，伊登。但是伊登只是死死盯着比特的脸，她用上牙紧咬着下嘴唇；突然一阵发力，有大便的气味。然后是破裂，滑落，在阿斯特里德手里，有一个沾满血的、包着蜡膜的、疯狂而美妙的东西，一个小生物摆动它小小的胳膊，开始像海鸥一样叫出声来。伊登和比特互相倚靠着休息，用半闭的眼睛看着彼此。

伊登伸出双臂，抱过玛丽莲早已洗好、裹在毯子里的宝宝。

阿斯特里德引导小嘴儿找到伊登像拳头一样大的乳房，教他怎么噙住不放。孩子嘴里咕哝的同时鼻子也呼哧着，那是比特这辈子见过的最着急的样子。

伊登，沐浴在朦胧的晨光中，还有汗水、疲乏、疼痛的余波。她抱着她的小宝宝，低头端详他像老人一样皱巴巴的脸孔。比特攫取他此刻所有的感觉，把它们深深地埋在心底，一个隐匿在宁静中的、秘密又闪光的地方，他所知道的最好的地方。

女人们来找汉娜。她们走进面包卡车，那时候艾彼还在，太阳还没有升起。她们的衣服口袋里装着春天的寒气；她们的呼吸在暖和的面包卡车里冒着气儿。起来，起来，她们叫着，汉娜站起身。了不起的女人们，阿卡迪亚的女人们，都是瘦长的腿和瘦削的手，戴着大花头巾，脖颈洁白，眼睛周围泛起了皱纹，太阳晒皱了她们的皮肤。她们让汉娜坐在桌前，把头发梳开，然后又编成紧紧的发辫。她们热了水，脱光她的衣服。比特的母亲身体单薄，瘦骨嶙峋，她们用热毛巾把她从上擦到下。渐渐地，她的气味已经被阿斯特里德的玫瑰香皂所覆盖。她的皮肤，她的头发，她的睡眠，都被洗掉，最后，所有她自己的东西都消失不见了。

那些女人们把她带走了。

晚饭是酱油燕麦饭和新鲜的豆腐，艾彼心神不宁。汉娜自从被一群女人带走后就一直没有回来。比特可以自由自在地想他的心事，他在想怎么能够走进森林，快一点，去帮助他的妈妈。他希望有人能告诉他到底要找什么，他期盼那个人不要太吓人或者太丑陋。他听到松林中的风声，但是风什么也没有说，不像在他的故事里，风总是会告诉男孩子一些事情。

面包卡车里一切都整理好、清洁好的时候，艾彼把比特送到"粉红风笛手"去，睡在科尔的吊床上。艾彼忧心忡忡地吻了他之后就离开了。

细小的冰冻雪粒儿轻轻地敲击着金属屋顶。阿斯特里德的孩子们发出轻轻的呼吸声；斯维媞的男孩儿们打着鼾，翻着身；科尔用他的脚后跟戳比特；家庭活动房的一群孩子们在毯子下面交缠而卧。

比特翻过身，在黑暗中，他看见赫勒的眼睛是睁开的，黄黄的。她像汉迪的小蝌蚪，他想，不好对付又怪里怪气。她看着比特，她的嘴鼓囊囊的，仿佛隐藏着什么消息。她爱管闲事，就是个趴在门上的偷听者，一个打小报告的人。

她小声说，他们今晚在开批评会。汉娜的，你妈妈的。

比特听到玛丽莲在楼下和什么人说话，听着像俏莎莉。他从吊床上下来，蹑手蹑脚地摸下楼。她们在窗前吸着什么奇怪的东西，虽然莎莉还有孕在身。她们谈兴正酣，没一点警觉。他溜出了门。

冰在草地上又凉又滑，他光着脚，他的腿在薄薄的睡衣下冻得够呛。他的脚底像被烧着了似的，不过后来他已经感觉不到它们了，他必须甩开双臂以确保自己还在奔跑。风用冰冷的手抽打他的脸。他渴望在旁边的苹果林躺下来，但想到汉娜，他便继续往前奔。

登上桃源屋的石板台阶，来到石头门廊。他没法够到门把手，但是他使劲推，那扇大门便颤颤地开了。

强烈的气味扑鼻而来：清漆、聚氨酯、油漆、蜂蜡、醋、汗、锯末、铜线，还有冰冷的钉子。台阶走完了，但是光线很暗，因为屋顶没有天空，只有石膏和天花板。硕大的吊灯被接合在一起，如庞然大物悬在头顶的半黑中。

走过还黏糊糊的地板，又到一列台阶，曲折上盘。走到一半的时候，他听到了说话声。又是一个走廊，他摸到了黏湿的油漆。接下来是一个过道，声音变大了。当他来到礼堂的后门时，话音已经非常响了。

他伏下身子，用他的眼睛去辨别。他的脚又恢复了知觉，要不是他把脸颊里边的肉咬出血来，他恐怕会因为脚上的剧痛而叫出声。

在那儿他看到一堆身体的侧影，晃动着，一只手举向一张脸，凑到一块儿然后又分开的头。前面，在高出一截的舞台上面，三盏煤油灯照射之下，就是汉娜。

她小小的，缩在那里，离他那么远。她孤身一人。她的手在膝盖上交叠，她目光向下，点着头。有人，一个男人，说：……*我是说，汉娜宝贝，我们爱你，想你能感觉好些，天啊，但这就是在拖后腿，你就好像在泄掉我们所有的能量，我们在汉迪他们回来之前有一大堆活儿要做，我们需要积聚所有的能量来*

拼命耕种，你知道吗？

汉娜点头，点头，点头。

然后，另一个人用平静而冷酷的声音说，……大乘，是要关心每一个人，但是你搞的纯粹是小乘那一套，只看重你自己的感受……汉娜点头。

又一个人，是个女人，说，听着……你好的时候，比任何人都好……秋天的时候知道你发生了事故……失去一个孩子很伤心……现在好点了吗？

汉娜的手使劲攥住自己的裙子，她的脸先是绷紧，然后又平静下来，她还是点着头。

然后是一个熟悉的声音，提图斯的。他吼叫起来，说……该死的傻瓜，天哪。这就像要欺负一个断了腿的人，跳到他妈的人家腿上去，我们这样做对谁都没有好处，我也经历过，汉娜，我也经历过你的处境，我曾经消沉到黑狗[1]就骑在我的脖子上，老天，我知道那种感觉，所以不要听这些伪善的混蛋们说什么……

下面一片哗然，声音盖过了提图斯。汉娜抬头看向观众，找到了一张脸，紧紧盯着它。在这个时刻，她的全部身心都在这里。他的母亲，那么纤弱，那么遥远。

比特不能控制住自己：他从趴着的地方一跃而起，奔跑起来。跑过没有尽头的过道，跑过坐在长凳上的人群，跑过坐在地板上的听众，来到台阶前，一脚踏上去。他从黑影中走出来，进入煤

1　black dog，指抑郁。

油灯的狭窄光照下，和孤零零的汉娜一起，站在中心。他攀上了母亲的膝盖，用他的双臂拥着她的头。他能感觉到所有其他人的眼睛正牢牢地盯着他的脊背。很长一段时间里，鸦雀，无声。

有那么一瞬，他腹部感到一阵湿润的温暖，他母亲的脸正紧贴着他。

有那么一瞬，她的嘴在他身上移动，透过他的衬衫亲吻他。

这时艾彼走上舞台，抱起了比特，比特就这么在艾彼钢铁一般的手臂里飘下过道，中途几乎挣脱到地上。艾彼在他耳边严厉而轻声地说话；比特扭动、挣扎，想要跑回到汉娜身边。在沉默中，比特抗争着，充满绝望，他们来到第三层的楼梯，走下入口旋梯来到夜色中，他听到了艾彼的话……*我知道，小不点儿，我知道你很痛苦，我知道你在拼命压抑，小家伙*……艾彼紧紧抱着比特，让比特倚靠在自己身上，倚靠他的温暖，倚靠在他晕眩、糟糕的世界里唯一的那片坚实大地，他的力量。比特使劲抵抗着艾彼，试图挣脱出来，飞回到汉娜身边，他抓他的父亲，推他，拧他。艾彼还在说话……*还不需要全部发泄出来*……他们已经走了一半回家路的时候，艾彼开始在坚硬的地面快跑起来，比特内心的呐喊开始震荡，翻滚，爆发在一阵突然涌上来的酸酸的呕吐中。

夜里，他听到：*要么现在，要么就永远放弃，宝贝。我留了一辆车在外边，钥匙就插在打火上。*

一阵长长的沉默，比特几乎睡着。之后有一个低语说，不。

那你就要去尝试。你必须开始尝试。你必须。你必须。

他父亲的声音厚重，令人不寒而栗，它让比特的身体也变得厚重，而且不寒而栗。

又是一阵很长的沉默。比特几乎入睡。之后那个声音，柔柔的，软软的：我会试试。

他醒来，疲惫不堪。他和汉娜一起呼吸，一直到艾彼起床，给他们做饭吃，他又把比特放到"粉红风笛手"。走之前，艾彼跪在比特跟前，把挡着他眼睛的头发梳到一边，他说，什么时候你愿意了，你就跟我说，好吗？

一整天来，比特的内心都被什么吞噬着。他的腿里有莫名其妙的坏东西在发力，扯痛了他的肩膀。他真想撕碎枕头，把吊床一把抛到院子上空。

他的沉默不是独自发生作用的。他还需要一次搜寻行动。如果他不继续他的搜寻，找到可以拯救汉娜的东西，他怕自己可能会做出什么傻事。

斯维媞想跟比特说悄悄话，但是他跑开了。孩子群今天分外安静。多洛特卡在日光房播种的时候脱身出来，这会儿带孩子们到森林里去，给他们讲树的故事。他跟在其他孩子后面，重重地跺他的靴子。他必须这样做。不是吗？他的渴望纠缠着他，在他身体里跳跃。

孩子群穿过草场，进入寒冷的树林。比特落在后面，五步，十步。泥巴干了，变成了坑坑洼洼的小土块儿。褪色柳给河岸镶了天鹅绒的边儿，其他的柳树则长满了金色的嫩芽。斯维媞和玛利亚用推车带着孩子群回到"粉红风笛手"。金茜、玛芬和菲奥娜从长满嫩草的山坡滚下来。男孩们停下手里正在抽打东西的小棍，开始听多洛特卡说话：看，她指挥他们，这是榆科，榆树。它的树叶是单叶，互生，刚刚长出来，看！它最初来自亚洲。它结出翼果一样的种子，让我们来看看哈，啊哈，这是去年的一颗种子。

她抛起一个种子，它飘摇而下，像螺旋桨。

她笑了。他们也笑。春天，她说，是来自爱人的一封信。

多洛特卡拥抱树干，一株接着一株，孩子们也跟着做。他们走进了树林的深处。荷苞花！她叫道。看，唢呐草。看，桤叶荚蒾。

灰色天空上有道裂缝，阳光透出来，投向大地，星星点点撒在新芽上。这就是了，比特懂得，喉咙里有什么东西在涌动，那里是他的话语曾经栖息的地方。而这里，是他的搜寻挑战将要开始的地方。比特蹲在一块朽木后，旁边的一片苔藓上长着一棵羊齿蕨。他看着其他人走远。很快，他就听不见他们的声音了。

在木头下面，那块见不到阳光的地方，还有雪。雪上结着几个小小的野草莓，他吃掉它们，手被甜甜的汁液弄脏了。这是好的，这是个暗示，他会走得更远，找到他要找的东西。

他开出一条小路，走进树林里。他只身一人，而所有的东西都尖锐凌厉，充满饥饿的生命力。两只花栗鼠追逐着彼此，从一根树枝跳到另一根，一只落下来，又在地上弹起，然后跑走了。灌木丛紧紧抓住他，极不情愿让他走开。远处有溪流潺潺：他转了个弯，几乎栽倒在里边。他趴下，探过去身子，用找到的一根光滑的木棍，他几乎可以触到水面。他的头是白色天空中的一个黑点，天空边缘是暗色的树影；他的衣服上布满了口子。他知道他的脸也被划破了，因为他看见一滴血流下来，被水吞了进去，像烟一样消散。

现在它要来了，他想。从水里来，可能是。他希望是一只金色的天鹅，或者一尊水神，不过，他也能接受是一个妖魔，一个丑陋的跟比特一样大的小人儿，一头怪兽。他等着，然而什么也没有发生。

很快，他就继续上路了。他的筋骨有些疲倦。天已经变凉，泛绿的枝条上，天空是深深的蓝色。总感觉在什么地方，有个长着布娃娃眼睛的植物，瞪着巨大的白色眼珠，正盯着他。透过某株树干上的一个洞，他看见一个完整的、初升的月亮，它让他想到馅饼。但是当他凑近看，发现有个脸藏在里边。为什么从来没有人告诉过他，月亮里的男人会惊慌地大叫呢？

他是那么的小，而树林是那么黑暗和深邃。

森林突然中断，来到一片林中空地时，他的脚已经麻木了。他觉得这里毫无生气。石头从被雪灼烧过的草里冒出来，比特想到阿斯特里德的牙，它们都是随意生长、枯黄的样子。

他坐下来，想让自己振作起来，发现手指碰到了石头上刻着的字。密涅瓦，上面写着，她的名字是空中的智慧。

1857，另一块石头上写着。

还有一块小小的石头，像颗乳牙，只写着，有过一次呼吸，然后没了。

他不知道自己坐了多长时间。树木彼此窃窃私语。暮霭降下来，他身下的石头变得冰冷。他有一种重新振作的感觉，仿佛一只手，从中心抓起一张展开的布，一下子提了起来。

余光里，他看到一个白色的东西在动。他从侧面观察了大概十口气的工夫，然后才扭头去看。他以为会看见石头中的一团东西从黑暗中爬过来，但那不是一块石头。

一头动物站在那儿，有斑点，白色，很高，毛茸茸的。它就像白鹿一样优雅，但它并不是鹿。

那只兽用它的黄眼睛盯着比特，鼻子呼哧呼哧的。在它的一侧，出现了更浓重的影子。顺着影子往上看，渐渐出现了布料。比特把自己缩起来，一动不动，他抬眼顺着衣服想找到脸。一个女人正望着他，一个非常老的女人。她是个女巫，他曾经梦到过的那种女巫婆。但是她并不丑：她的头发是柔软的白色，带着黑色的条纹，她的脸颊上还有绯红。虽然她的嘴唇被深深的皱纹所包围，但嘴唇本身还算柔润。她看着比特的眼神，让比特觉得动弹不得。

他们注视着彼此，女人和比特。

这就是了，搜寻的目标，他应该去发现的东西，这就是一切都将发生改变的时刻。他等她开口说话，或者递给他一袋金子，给他咒语或者解药，一个小药瓶，一只苹果，一枚裂开迸出的橡子，一件丝质的衣裙，一块马蹄铁，一根羽毛，一个词。她会告诉他，给予他，帮助他。他感觉自己的身体，在偌大的、暮霭微光中的世界里是如此渺小，但是他知道他将要听从她的吩咐。就算他必须要和她永远一起住在树林里的一座小石堡里，再也见不到阿卡迪亚，他也会去做。

他想起了汉娜，她在床上躺着的样子。他想，来吧。

他希望他能够叫出来，但又担心他一张开嘴唇，他的渴望就会涌出来，古老的咒语就会给汉娜带来灾难。

他等待着，但是女人只是往后退了几步，又融进树林里。然后那野兽抬起它瘦瘦的前腿，从鼻孔里打出一个带气儿的响鼻，也小跑着离去。他们的声音逐渐消失。而他孤零零地坐在幽蓝的暮色中。他的手，像之前一样空空的。

他的心脏重新跳回到原来的节奏，他确信自己可以动了。他的牛仔裤从坐的地方到大腿内侧全是湿的。树林重重地压着他，让他喘不过气来。他不能哭，现在不能。

比特开始跑，被地上冒出的突起物磕绊着。树木像梦一样在他模糊的视线里隐约可见，他能做的只有绕开它们。有东西在他身后飘撒干枯的叶子，有东西追了上来，还有什么东西在用它皮包骨头的手指抓他。他跑得越拼命，它追得越拼命，逼近他，他能闻到它可怕的喘息，最后他听到水的拍打声，然后发现自己闯到了池塘的石头岸边。池塘看起来好大，他意识到他站在他们通常游泳的那一侧池水的对岸。在长长的暗色草丛上面，他望见有建筑物冒出来，那儿有豆浆坊、面包房、八角谷仓；他望见桃源屋，有的窗户透着亮光，那是汽车队从什么地方拿回来的发电机在照明。即使是在孤寂的池塘这一岸，他还是能够听到它的轰鸣。

楼上的一只窗子透出温暖的光亮，比特把那里想象成自己的父亲——下巴留着长胡子的艾彼——正在重新装门。想着艾彼在灯光下，修缮，建造，让事情更好，这让比特平静下来。这是艾彼做的事情：他稳定，让人放心。餐厅的拱形窗户里还有金色的暖光。今晚，他记起来，将是他们在桃源屋的第一次集体晚餐，他们从伊萨卡一个废弃的餐馆里搞到了全套的不锈钢厨房设施。他希望他的妈妈能被带到有灯光、温暖和食物的地方。他一想到其他人在餐厅说笑而她一个人孤身躺在床上，就很心痛。

湖边上的冰很薄，像玻璃饰品。他跑的时候把冰碾得嘎吱作响。到了夏天会长金鱼草的那条小路时，他开始全速奔跑。远处，人们在被灯笼照亮的队列里移动，从临时桃源开始到餐厅，灯光亮了一路。

他冲了进去，进入到强烈的温暖中。这里，就像一片腿的桦木林，他几乎撞到了其中"一棵"上。嘿，伙计，有人说。喔，急什么，另一人说。嘿什么，有人问，另一个人说，哦，就是一个普通的森林精灵，然后就是笑声，他攥紧他的拳头，推得更用力了。

厨房里弥漫着热气儿，差点灼痛他。气味太好闻了，甚至让他想哭。那是炸的什么东西和炖蔬菜的味儿。他看到汉娜正在一个巨大的钢碗里给烤甜菜添醋，于是去抓她的膝。她低头冲比特笑。她把他抱起来放到水槽上，用热水给他洗脸。她碰到他的手时说，啊嘀。她从他的头发里拣出树叶和树枝，又把他举起来闻闻他的屁股，然后做了个小鬼脸，耸耸肩膀。我们都会出点儿意外，她轻声说。偶尔自己生顿闷气，没什么的，我是说。

他让自己的脸凑到母亲温暖的唇边，就这样，那个在树林里对他穷追不舍的东西消失了，溶进了夜色中。

在餐厅外，裸露的房梁下面，他们坐在新上过漆的桌子前，举行了短暂的感恩仪式。有人用日语说我要开吃了，我满怀对众生的感恩接受这食物；然后他们将盘子摆好。汉娜把比特抱在膝上，爱抚着他。她用自己的叉子喂他吃，小块的面包和粥，他这一整天的遭遇就像水一样漫过他全身，别人说的话在他耳边都变得没有意义了。带着嘴里的一点面筋，他闭上眼睛睡着了。

他已经完成了使命，虽然他还很迷惑，虽然他并不知道他做过了什么。他并没有从谁那里接到过钥匙，也没有说过任何话。

汉娜还没有完全走出来，但是她正在痊愈。她每天都起床。她梳理自己的头发。她去面包房干活。只是有时候，艾彼没在看她的时候，汉娜会长时间地闭上眼睛，比特会跟着母亲屏住自己的呼吸。但是在一阵似乎让她痛苦的努力下，她总是能够再次睁开双眼。

虽然艾彼起初有点顾虑，阿斯特里德还是决定在那个下午来做一回主。他们要玩，她说，看谁敢反对。没有人反对。这个下午明亮而温暖。男人们踏上门廊和外屋之间柔软碧绿的草坪，拿着曲棍球的球棍，这是那个山羊比利——一个真正的奥农达加印第安人——在一个冬天用白蜡树的枝干和回收的旧雨衣做的。女人们把男人的头发编成像她们自己那样的发辫，然后男人脱得只剩下一条棉布短裤，身体耀着冬日的苍白。比特和那些笑着的女人们坐在一起，她们抽着某种奇怪的东西，瞎聊着，喝着从大水罐里取出的冰茶，他们互相传递着婴儿，在特小的孩子的肚皮上假装做吹号的动作。其他孩子在别的地方玩耍，但是他坐在汉娜瘦削的膝上，看着一大群男人追逐一只小球，时而碰撞，时而分开，一会儿唱，一会儿争吵，一会儿倒在地上，大汗淋漓。他看见父亲从他球棍袋里掉了一个球出来，从他的脖子到胸口通红一片，他看见提图斯的赘肉在腰带周围堆积，看见希罗那般敏捷，他简直不是在跑，而是在需要他的地方出现而已。泰山轻松射门，他的队友们跳跃，欢呼，互相拍打，拥抱。比特意识到，除了气味和力量，他们已经不再是大个子的成年人，他们更像男孩子，和比特自己并没有多大差别。世界在他周围，仿佛以一种友好的方式收缩了。

　　时间在某个早晨走向他，偷偷摸摸地潜入他的身体。前一秒钟他还在端详手里的狮子玩偶，他刚用它来四处拍打着逗伊登那个像褐土豆一样圆滚滚的小宝贝，下一秒钟他就会突然明白一些他从来没想过要发问的事情。此刻，他清楚地看到，时间是有弹性的，像个橡皮筋。它可以拉长和绷紧，可以自己打结和折叠，它总是，无始无终，像个圆环。夜晚之后是清晨，然后又是夜晚。一年会结束，新一年又会开始，再结束。一个老人死了，一个婴儿又会出生。

夏天的汉娜会取代冬天的汉娜，用一种逐渐清脆的嗓音和一件全新的工装裤。她现在还没有完全变过来，但很快会的。

斯维媞走过来，把她凉凉的手放在他下巴下面。怎么啦，宝贝儿？她问道，摩挲着他的脸颊。你哪里伤着啦？

他的秘密在身体里膨胀，几乎要爆发出来；这样很好，这样很美。可是他必须保持沉默，他过了好久才想起来摇头。她很仔细地用袖子上一片干净的地方帮他擦干两颊，还给了他一块饼干，叮嘱他不要告诉阿斯特里德——斯维媞叫她"糖果纳粹"。然后她亲吻他。他真想这样待着，斯维媞柔软的嘴唇在他皮肤上，但是他长长地呼了一口气，不情愿地让时间继续流淌。

汉迪结束音乐巡演要回来的那天清晨，云在天上被炸开了肚腹，一场突如其来的雪铺天盖地地落下来。森林在未曾期待的重压下变得安静，树上绿色的嫩芽被惊醒，鸟儿们痛苦地挤在一起。深夜，艾彼穿着他的工作服一头倒在了床上，他要一整天监督最后的木工活儿，最后的油漆活，还有清漆和灯台。他们弄的窗帘，是用从便利店里找到的床单缝的，旧印第安床单还散发着檀香木的气味。松散编织的碎呢地毯，甚至还有印花的油布也被当作地毯到处摆放。这房子简直破衣烂衫的，比特无意中听到米琪的抱怨；但是它完工了，粉刷了也涂泥了，做好了木工也装完了玻璃。比特从来没有在房子里住过，他觉得这太不可思议啦，这就是他所见过的最神奇的东西：单是那巨大的空间，就好像威胁着要淹没他。尽管如此，艾彼昨夜淌在小床上的汗水，还是散发着担心无法完工的焦虑的臭气。他辗转反侧，忧心忡忡：他在梦里还在念叨着破碎的玻璃，不搭配的角线，没有油漆的门。

靠在母亲坚硬的肋骨上，比特睡着了。汉娜做梦的时候，梦境太生动甚至能进入比特的睡眠。他看见一个穿着炭灰色西装的巨人，像桃源屋一样大，有一半天空那么大。他感觉到自己的手，汉娜的手，伸出去要触摸那臃肿潮湿的肉体。一根钉子刺入巨人的皮肤，空气开始像从被扎破的轮胎一样，嘘地散出来。那个人慢慢瘪下去，瘫下去，缩下去。他成了院子里橡树的大小，然后变成"粉红风笛手"，然后是沐浴室，然后是面包卡车。他变成艾彼，然后是汉娜。脸是空白的，就像阿米什人的布娃娃那样，阿斯特里德有次曾经带回来一些，作为她帮人接生的回报。那人穿的西装变成了一座池塘。他又缩小成比特的样子，越来越小。他变成了一个小婴儿，然后是小婴儿的一小块儿，一个在小红池子里的肉气球。

最后，气球爆了。那个人消失了。

比特睁开眼睛，发现汉娜正看着他。

我的爸爸死了，她小声说。

比特把手放在母亲喉咙上的脉搏那儿，她又睡了。

此刻，太阳在白色的田野上依然羞涩。咖啡烧好之前，春天的温暖融化了新桃源房顶上的雪，让它像蕾丝一样脆弱。

透过窗子，比特望见提图斯·斯莱舍面容忧伤地走向院子。有份电报在他手里飘动。

汉娜脸色通红而且浮肿。那根把她胳膊固定在身体两侧的看不见的线似乎松掉了，她的手现在看来仿佛悬浮着。甚至她的呼吸也显得不那么自然。她的眼睛在脸上看上去大极了。

我没事，艾彼把她拉到身边时她坚持说，我真的没事。他吻了她的额头，但是他脸色苍白，将信将疑。

他们再次站在门楼前，热切地等待汉迪，阳光很好，雪已经消失。一群新人在门口等着，几个德国人从一辆画着西番莲的灵车上卸下行李；两个怀孕的女孩互相拥抱；一个头发蓬乱的趣皮士对自己的鞋带小声地骂骂咧咧。新人帐篷满了。汉迪会知道拿所有这些人怎么办的。

这种放松下来的强烈感觉，似乎还在旋转，在阿卡迪亚上空，在人群中间：汉迪要回来了，汉迪一定知道怎么做。

天气简直太棒了，在等待的过程中，男人们在长长的路上掷起了飞盘。女人们站成松散的一丛，扶着彼此的肩膀和腰。伊登的宝宝是最近刚出生的，大家传递着端详她，看着她像核桃一样的小脸。基蒂简直兴奋地过了头，她脱掉了自己的T恤，一个男人不知在哪儿用粗粗的声音喊，妙极啦，基蒂带着点儿笑意晃动她的胸，这动作以一种突然的力量打动了比特，他觉得她很美。棕色的短发和尖尖的下巴，让她像一颗活蹦乱跳的板栗。

汉迪和自由人乐队离开似乎是好久以前的事情，三个月了。比特那时候还是个小男孩。他可以看到那时的自己，比现在要矮半个头，脑袋里还是一片空白，除了零零星星的画面之外没有什么东西填充它。他看见他的母亲孤身一人在冬天的泥泞中，她盯着脚下的路。

马达的声音传来，有人吹响了小号，在远处转弯的地方，出现了一辆蓝色巴士，莉拉穿着针织比基尼，像海报女郎那般举着手帕坐在车头。在司机那一侧，汉迪从车窗探出身子，按着喇叭，从他孔夫子一样的须发间迸发出一声呐喊。此刻，其他的脑袋正从所有的窗户伸出来。关掉引擎，巴士滑行进来，人们在一阵烟气中跳下车，所有人都在拥抱，汉迪叫着。杂耍歌手们在一辆金翅雀颜色的巴士上，它轰响着停在蓝色巴士后面。他们冲下车，拿出如今已经变得脏兮兮的亚当和夏娃人偶，然后又抱出他们新做的两个来，一个是留着络腮胡的古代人物，另一个是迷幻摇滚装束的瘦骨嶙峋的女人。还有新加入的四个木偶师；他们唱起来，摇着铃铛，他们的歌现在更怪异了，在空中颤抖和破碎，甚至让春躁的鸟儿都静下来倾听。他们唱完之后，欢呼声又如潮水般涌起。

比特看到那些从其他车上跳下来的新人们，拉伸着他们的臂膀腿脚，开怀地笑；汉迪在路上捎回了二十几个新人。其中一个新人说……我们本来打算去看世界博览会的，但是，天，这地方比那儿好多了……一个人开始拍手，击出歌曲的节奏，一些熟悉的老桃源人和着节拍，他们开始一起唱：我们虽走遍乐园和宫殿，却没有哪里能比得上我们的家园[1]；最后，所有人欢呼雀跃，汉迪和坏脾气赫勒跃上蓝色巴士的车鼻子；她抓着父亲的头，对着他毛发已显稀疏的头顶亲了又亲。顶着这个小女孩做的帽子，戴着洒满阳光的墨镜，汉迪开口唱他的一首饶舌歌。我的好人啊，我的朋友啊，我的自由人，他说。我们深受天主的护佑，在这世上重新找到彼此，终于……比特在汉娜的怀抱里，他的手在她的手中，虽然其他人都在注视汉迪，比特却注意到他母亲的脸颊上，以前的花朵再度绽放，他几乎无法接受，这一切太美好了。

汉迪唱完，艾彼把比特从汉娜怀里接过来，放到自己肩头，然后站到蓝色巴士的前保险杠上，大声喊道：我们留在后方的人，给你们准备了一份特别的大礼。快来接受惊喜吧，所有出去巡演的人们！

此时花生和泰山推出一辆他们用春天的花朵和苹果枝做的花环装饰的独轮车，他们把汉迪放到车上，开始玩命地跑，所有人都在旁边和后边跟着跑，他们轮换着把汉迪一直推到桃源

---

1 歌词出自《家，甜蜜的家》（*Home*，*Sweet Home*），这支脍炙人口的歌曲最早出现在美国剧作家兼演员约翰·霍华德·佩恩（1791—1852）1823 年创作的歌剧《米兰姑娘克拉里》，流行至今，有多个版本。

屋山脚下环形的砾石车行道前。

那是怎样汹涌的欢笑的浪潮啊！怎样绵长的奔腾的快乐啊！父亲在身下奔跑跳跃的时候，比特牢牢抓住父亲的头发。

然后有人将一条蓝色头巾蒙在汉迪的眼睛上，他们抬起他上了台阶，而汉迪一直忍不住笑。艾彼猛地推开大门，甩掉蒙着汉迪的头巾，他把比特兜在怀中，这样比特可以感觉到他父亲身体的热量和脉搏的跳动，艾彼转身朝向聚集在阶地上的所有人。

我们做到了，他叫道。我们不停地劳作直到我们筋疲力尽。但是我们重修了桃源屋，这里有可以住下150个人的房间，也许还有更多，包括儿童宿舍和成人微型卧室，我们甚至还为大家建造了图书馆、餐厅和厕所，甚至还有一座发电机，晚上可以为我们提供灯光和音乐。

那欢呼是比特这辈子所听过的最响的声音。汉迪脸上现出惊讶的表情。他的眼睛眨得很快。这……太妙了，汉迪说，慢慢地，轻声地，只对艾彼一个人说。

比特身下的艾彼看上去有点丧气，他的肩膀放松了，头也垂下去。人们聚集在他们身后，将他们推进了大门，在大吊灯下面。每个人都静静地走，因为房间太大，充满了阳光，所有的老桃源人，那些最初的信徒们，都还记得当时的千疮百孔、锈迹斑斑和阴冷黑暗，记得那个在他们周围支离破碎的房子。而眼前，鲜明的对比，似乎永远也填不满的巨大空间，八十个小房间，一个儿童宿舍；所有的这一切，让他们屏息凝神，让他们的双肺暂时忘记了呼吸。

他们散开来。有些人在门上的卡片发现了哈里特手写的他们的名字。另一些人从这个房间跑到那个房间，想换个合心意的。这一对儿想在一起，那一对新人想要另外的房间，还有已婚的一对儿在路上分了手这会儿又想要分开住。

有人在楼上喊，他们把厕所漆成了金色！喜悦在大房子里升腾，回响，汉迪脸上的某种东西放松了下来。

真有意思，他喃喃道，我明白了。钻石和红宝石，给小孩子的银玩意儿。我也读了那本书，叫什么来着？

莫尔的《乌托邦》，艾彼说，面带愠色。

是啊，汉迪说，他端详着艾彼。然后说，奇迹，汉迪绽开了他那著名的笑容，那种带着酒窝的佛陀般的微笑，它把平实的老汉迪变成了一个魅力十足的家伙。他把手放在艾彼肩头，他们彼此靠了一下。汉迪说，嗯，挺好的，这样。这是好事。你为能让我们大家在一起做了好事，是件好事情。非常了不起的礼物，我要谢谢你，亚伯拉罕·斯通，衷心感谢。

老人这样的一番话，让艾彼的脸因为喜悦而涨红，他像个小孩子一样伏下了头。

那个下午，在成桶成桶的奥林匹亚啤酒以及一壶壶的红葡萄酒之前，在苹果酒和苹果派之前，在汉迪和自由人乐队在草地上开始演奏他们的音乐之前，在延长到深夜直至清晨最宁静时刻的狂野的重聚派对上——有赖发电机——孩子们像窝里的小鸡一样靠在一起睡着之前，在所有的喧嚣鼎沸之前，他们从临时桃源拿走所有他们需要的东西，床垫、床单、牙刷和香皂。其余剩下的东西，明天才会全部搬进桃源屋。

然后有人燃起了一支焰火，在硫黄的余味中，晚会开始了。

午夜过后，汉迪站在了桌子上。汉迪那么小，但是他看上去却能填满整个阿卡迪亚。人们就在草地上睡觉。比特和其他孩子们躺在一张毯子上，他们的脸上沾着果酱和果汁，夜晚在他们的皮肤上变得凉起来。汉迪开始唱歌，他的声音被巡演磨砺得越发像刀锋一般。它把比特从睡梦中割醒了，当唱到 "*Ole*, *oleanna*, *ole*, *oleanna ole*, *ole*, *ole*, *ole*, *ole*, *oleanna*"[1] 的时候。挪威语的歌词拉长成某种飞速飘逸的东西，这种完美，就是汉迪一直都在谈及和梦想的，用他魅惑的话语编织的完美，直到它矗立起来，完整而美丽地出现在其他人面前。他放声高歌，仿佛今天，这归乡之日，所有他看见的东西都触手可及，就仿佛在胜利当中还混杂着某种怀旧情绪，因为这美好的当下也会很快成为过去。比特望向汉迪的身后，看见地上铺着的那面毯子上，汉娜和艾彼正紧紧地依偎在一起，简直难以分辨哪一部分是谁的身体。然而比特还是可以看得很清楚，当他望着他们的时候：即使是在黑暗中，在将人与人分隔的空间里，那像拳头、心房、面包和玫瑰一样大小的东西；像他从未见过的妹妹一样大小。什么东西在比特身上裂开来，于是他开始大哭。他

1　*Oleanna* 是一首挪威民歌。

哭得伤心欲绝,朝向令人晕眩的天空。他悄无声息地这样做了。没有发出,任何声响。还不到时候。

汉迪归来的次日,也就是五月种植节的前一天,太阳暖洋洋的,真好。草丛盈溢着绿色。女人们将最后一批东西从临时桃源搬出去,孩子们在宿舍里小睡。在没有父母亲气味的床单上睡觉,感觉太怪了,比特盯着窗子,有一只懒惰的苍蝇在窗玻璃上嗡嗡乱响。

女人们怀里抱着满满的东西向山上走,像扛着叶子和面包屑的蚂蚁。比特的呼吸停住了:在橡树敞开的绿色怀抱下面,他看到了汉娜。

他的母亲在院子里驻足,将拿着的枕头放在脚边。她张开了双手。她高高举起双臂,闭上眼睛,向天空翘起下巴。

汉娜,满手的阳光。

一个温暖的黎明,在菲利普曾爱过的那棵铜山毛榉下面,玛利亚唱起了歌,她的声音嘶哑:*Gracias a la vida*[1]。瑞琪的手笨拙地拂在吉他上。树叶之下,玛利亚烧伤的胳膊闪着光泽,略微有点儿起皱,就像她头顶上的树皮。她的脸,在她陷入沉睡的时候,像汉娜的脸。歌声停下来,有人开始呜咽,之后便涌起了长久而柔软的人们哭泣的声浪。之后是一分钟的默哀怀念时间。

1　西班牙语歌曲《感谢生活》。

比特所能回忆起来的全部，尽管，只是菲利普的一些瞬间，他开心的咕咕话音，宝贝儿满带欢喜的脸，三两下的蹒跚学步，然后便跌倒了，孩子在地上向他微笑。即使是这些瞬间，也会消逝。很快，比特知道。菲利普将离开他的身体，但是他会成为一个故事，他们所有人会共同记起的一个故事，而这样，更好。

比特想：我们是蜂群。听到其他人醒来，我们就起床。一起在礼堂做瑜伽。勇士式，睡尸式。餐厅里飘出好吃东西的气味儿，早餐，午餐，晚餐。一整天的小饼干。腿间不再是冰冷的茅坑，如今是暖和的洗手间。不再有面包卡车里的蜘蛛和风。如今是安装在窗户下的暖气，在寒冷的夜里发出嘶嘶的声响，像喘息的怪兽。如今当父母们晚上从工作的单元回家来，他们还有时间聊天。汉娜在读书会，朗读《美国的白"黑鬼"》，她的声音在图书馆里如火焰般明亮；艾彼在政治理论小组，十个大胡子凑成一圈，女士们柔软的脸颊在暗影中。他们建起了无形的社群，然后再小心地将它们推倒。大人们都变得更温和了。他们经过彼此时会互相捏捏肩膀，给个开心的拥抱。宿舍里，午睡时间，孩子们一个挨着一个躺在那儿。孩子们温暖地排成一排，蜡笔、黏土和糨糊的气味。到处有汉迪的声音，爽朗而欢乐地响起。

比特想：哦，我们现在更爱彼此了。

他在宿舍睡了一个星期，在吱吱作响的简易床上，和其他孩子的身体离得很远。莱弗打呼噜。金茜梦游。宿舍太大了，影子在角落里浓重而摇曳。他每晚都要醒来三次，想念着他的妈妈。终于，他给斯维媞写了一张纸条。他用一支红色铅笔在上面折腾了半天。

我大小，他写道，我要和艾彼汉娜一起睡。[1]

他把纸条交给斯维媞，她惊得说不出话来。你认识字？她问。

斯维媞把纸条递给汉娜，汉娜的嘴张大成了个O的形状。

哦，比特，你会写字？她说。她跪下来到比特的高度，亲吻着他。

他搬到了父母在主楼二层的小房间里，睡在他们小铁床旁边的那块旧地垫上。

在睡梦中，一阵疾风刮起，大雨几乎横着扫过。他醒过来，看到树林在窗外奇异的绿光中摇曳。

闪电，蓝色的裂口，世界变得像锯齿般参差。在闪电里，他看见汉娜静躺在那儿，头发卷进了嘴里，床单滑到了腰间。一边的乳房露了出来，一只毛茸茸的胳膊扣着她的肩膀。

闪电之后黑夜再度吞噬一切，他搞清楚了汉娜头顶上的阴影：那是艾彼的脸，眼睛闭着，嘴是大胡子那团黑影中最浓的暗色，使劲够向什么东西的样子，看上去，他就要够到了。

比特伏在草坪上的樱桃树下。潮湿的花瓣落在他头上，阳光柔和。大人们在田野上种植作物，除了艾彼，他必须修理房顶上的什么东西，橡树枝在暴风雨中掉了下来。比特能看到他父亲工作时穿着的那件浅蓝色的汗衫，倒映在下面的水洼中。

1　比特的拼写有误。

在这里，他父亲的头直指向地球的中心。

比特闭上眼睛，他可以看到艾彼看到的一切，看到阿卡迪亚在他眼前展开：花园里，其他的孩子正在将玉米和豌豆种子成行地播撒在地里，还有池塘。新犁过的灯芯绒一样的田地，工人们像牛蒡伏在上面。阿米什人阿莫斯的红色粮仓在远方。森林在山脚下随风起伏。再远点儿，就是钢筋玻璃的城市。

父亲待的地方一定有很强劲的风。那里一定很热，因为离太阳更近。

比特看到粉红的花瓣拂过水面，像鬼魂一样经过他父亲的身体。这很美妙，也可笑。他以一种突如其来的轻松笑了起来，声音在他可以拦阻之前从他嘴里完整地发出，那是一种像某个老旧铰链发出的尖尖的声音。他用手掩住了嘴，他的皮肤尝起来像草，像土。

比特发出声音之后的片刻里，什么也没有发生。风吹皱了水。一只鸟从头上飞过，短促而冰冷的影子掠过太阳。

就在此刻，在水洼的倒影里，艾彼，从房顶滚落下来，像一块大理石，或一颗卵石。在那明亮的瞬间，比特的父亲悬在了空中。他卡住了，悬在那儿，大概有什么绳子牵着他。但是根本没有绳子。艾彼飞进了水坑的表面。

比特把视线从水移回了现实世界。他眨眨眼。一切显得晦暗，就像从一间有光亮的房间望向黑夜。在庭院的草丛上，比特看见一团小小的扭曲的蓝色。什么地方，一架引擎开始发动鸣叫，一头乌鸦从上面的树枝嘶地飞过，比特的脚踏碎了水坑，他开始奔跑。

赫里奥波利斯

多么可爱啊，这些穿着褶皱泳装、起着鸡皮疙瘩的女孩，嘴唇泛着青紫的女孩。众人簇拥的女王是赫勒。从一入冬她就和阿斯特里德一起离开了，一星期前才刚刚回来，让大家耳目一新。她坐在那里，骨白色的皮肤，在池塘边的巨石上。她留着长发辫，穿了鼻钉，手肘冻得发皱。她太苍白了，比特简直不能直视。

池塘一片喧嚣。声音伤到了比特的耳朵。这是五月初的一天，还有些寒气，但是阿卡迪亚孩子群和青少年都来到这里享受冷冰冰的太阳。曾经一度在比特看来巨大得不可想象的水域，现在已经缩小到拥挤着两百个身体的地方。他游到池塘的中央，然后钻了下去。男孩子们白白一片浮在水上；女孩子们的脚垂在大卵石边晃动，小小的，漂在水面。他继续潜下去，直到水底，新生的水草在他脚下毛茸茸的，寒冷紧紧抓住他不放。

水深处自有宁静。他远离了阿卡迪亚的重重压力，过多的人口，饥饿。但是在水天相接的地方，一个小点儿变成一只张开的手，变成一颗缓缓坠落向他的星。认出那就是赫勒时，他肚子不由得一缩，她正睁大眼睛望向他。她的双脚，站在地上，她往他膝盖上弄着泥巴。她够到了比特，摸他身体的一侧。调皮的赫勒，她还胳肢他。

他不得不冒出水面换口气。他气喘吁吁还呛到了水，眼泪涌了上来。赫勒游过来，笑着。她的发辫漂浮在头的周围，像丛水草。

你在逃避我，比特，她说道，她的嘴有一半在水里。

没有，他说，但并不敢正视她的脸。他并没有逃避她；他只是看不到，在新的光鲜亮丽的**外面的世界**里，那个以前的赫勒。

她收住了笑容说，看着我。这就是我，比特。

其他女孩向他们游了过来，她们的头像一群苍白的鸭子浮在水上。在她们抵达之前，他的确认真地端详了赫勒。这一刻，他看到了过去的赫勒，那个比他自己之前还要迷失、还要敏感和脆弱的女孩。

最后，孩子们冻得浑身发青，还是跑掉了，只有最壮实的留了下来，十二个少年，每一个都是老桃源人。比特最好的朋友都在他身旁，在蒙蒙细雨中打着哆嗦。艾克，身材瘦长，皮肤闪着跟他姐姐一样的白色光芒；科尔和狄兰，都有着斯维媞的俊俏脸蛋，只是一个粉色，一个褐色。他们坐在一起，装作很随意的样子，听从来不以擅讲故事闻名的赫勒说话，她给他们讲所谓**外面的世界**：每个人都是胖子，闻着有化学味儿。他们穿着到处都是扣子的上衣，谈论的全是世博会的话题。

突然，似乎他的朋友们竖起耳朵想捕捉什么声音。然后，他也听到了，而且意识到，他曾在鸟群下，在风里，在摇曳的树叶下面，听到过这声音，已经有一些日子了。是直升机。树林上方，发亮的褐色，舞动着螺旋桨，飞得很低。比特甚至能够看见戴着隔音耳套的飞行员，还有在门口握着机关枪的表情冷峻的男人。

螺旋桨带起来的风把水汽吹到他们眼睛里，带着小石子砸到他们皮肤上。直升机经过时，池塘的水也涌向岸边。比特跳起来，和伙伴们比赛着跑回桃源屋，他轻而易举地在草场泥泞的地上把其他人甩在了后边，虽然，科尔速度也很快。人们聚在豆浆坊、面包房和餐厅门前；把头凑到窗子上，又不好意思地收回来。一群趣皮士四散开来，把他们的导师甩在后面。人们涌向阶地，在环形路上聚集，比特穿过被晒黑的身体，穿过干草叉和铁铲，穿过脚上带泥、浑身汗臭、大声叫嚷的孩子们，穿过在父母怀抱里大哭的婴儿们，实际上是全部九百个桃源乡人都放下了他们手头做着的事情，聚集到了这里。比特扫视着，有点紧张，想找到汉娜的身影。当他发现她的时候——她头发围着脑袋盘成了两个一模一样的发髻，因为吃药的缘故变得更加丰润，正向天空皱着眉头——他顿时松了口气。她的围裙上沾着豆子：他拉起她的手，让自己站在她和那些直升机之间。但是她在他耳边喊的却是艾彼，不止一次了，比特犯这样的错误不止一次了；艾彼总是他事后才想起的人。比特四望，终于看到了轮椅上的父亲，在桃源屋的门廊。短裤下面那苍白的腿，胡须凌乱。艾彼被雨天打滑的山路挡住了。要不是汉娜，他可能只得待在那里了。比特跑上阶地。父亲拍着他的肩说，好孩子，推我下去吧。

他们滑到台阶旁边的窄路上时，比特几乎跟不上轮椅，他微不足道的100磅根本抵不过艾彼的块头和加速度，凉冰冰的泥巴甩到比特裸着的前胸和脸上。

直升机从森林上空向北飞去，渐渐消失，尽管还是很吵。在噪声之上，汉迪用力大喊。自从麻烦开始后，他已经慢慢变得半秃，用一块折叠的头巾把后移的发际线遮盖起来。他像一个演说家那样站在阶地上向大家讲话。

……他们在找茬整死我们，他喊道，我们太傻了，给他们送上门去。老混蛋里根[1]和他该死的反毒品之战已经打到这里了，各位。所以我们要做的事情就是，制止这该死的大麻，烧掉它。马上。马上。马上开始。

和平的汉迪，信佛的汉迪，此刻愤怒不已，他的脸色青紫。空气也仿佛带了电。比特发现自己已经从后面踏上了父亲的轮椅。

但是艾彼的肩膀收紧，在比特的手下颤抖。他的声音响起，随着这声音，世界似乎都瞬间缩紧。妈的，汉迪，不需要大家同意吗？他叫道。不需要"九人委员会"来决定吗？就这么发号施令，是吗？

汉迪四处找着艾彼，当他看到艾彼时，他摘下自己的眼镜，

---

1 指罗纳德·里根，1981—1989年连任两届美国总统。

认真地在T恤的前襟上擦拭。他的动作非常缓慢和认真，在他用沉默打开的空间里，人们开始窃窃私语。然而当汉迪把眼镜重新戴上的时候，他仿佛奇迹般地将愤怒从皮肤上剥去了。他的身体变得柔和，他的手也不再紧攥，他的脸泛起往日那种磁性的微笑，只有这些天新添的一颗灰色的上尖牙似乎让他风度略减。比特周围那些人的变化可谓迅速。他能够感觉到人群放松了下来，空气不再绷得那么紧，而且正在向汉迪的方向转移。

好的，老兄。汉迪用他音乐会上的大嗓门说道。你说得没错，既然已经选好了"九人委员会"，我就只剩下做一些精神引导了。但是，听着，我对这一切也享有个人利益。提图斯的爸爸把这地方以一块钱的价格卖给我们的时候，他们在契约里放的是我的名字。马丁·"汉迪"·弗里斯，这个阿斯特里德在我们结婚时给我起的很棒的挪威姓氏。地契在图书馆，可以去查。所以，你们知道，他们不会逮捕我们全部九百个垮掉的一代，他们只会来逮捕**我**。而且，如果你们还记得的话，我已经为你们所有人蹲过一次牢狱了。

他的目光从一张脸移向另一张脸。他的视线再次抵达艾彼，判断着他说的话怎样在艾彼耳边回响。比特感到一种集体过错的虚伪。五年前，联邦政府在阿卡迪亚外面发现了一个迷幻魔菇的小作坊，于是逮捕了汉迪。还是靠着获得哈佛大学法学学位的哈罗德，才把他弄了出来。

让我告诉你们，汉迪说。这七个月待在小屋里可绝不是闲庭信步。所以，我真心地恳求你，好样的自由人，答应我，跟我一起到树林里去，把所有我们种在那里的大麻都拔出来，虽然看到这些好东西都浪费了，会伤到你们的心。但是请想一想，这可以拯救你们年老的精神导师，肋上免受一刀。

他又一次赢得了众人。这对汉迪来说总是轻而易举；他身上似乎有个开关，他可以来回转换。阿卡迪亚又笑了。笑得最响的是新人们，为能一睹传奇人物汉迪的风采而兴奋不已，这是这些日子难得见到的。围着他的是忠实的老粉丝们，依然深爱着他，离他更近的，是他的家人。莉拉和希罗在菲奥娜旁边咯咯地笑，菲奥娜已经出落成一个女人的模样，她的头靠着汉迪的腿。艾克满怀骄傲。莱弗，像个外星人一样表情空洞，和杂耍歌手们站在一起。埃里克在外面上大学。只有赫勒神色严峻地坐在阶地的石墙上，仰头望着自己的父亲，她的脸很平静，长而苍白的嘴唇抿成了一条线。

再次被爱戴所包围，汉迪开始组织拔除和焚烧的事情。

艾彼转过轮椅面向比特和汉娜。用紧巴巴的声音说，斯通家庭会。马上。

桃源屋一层艾彼和汉娜的房间里，汉娜关上了窗。辅导课正在院子里进行：小彼得用希伯来语冲着他的老师、五英尺之外的提奥，反复说着什么。提奥看上去没那么可怕，但很难说清楚他们俩到底谁是老师谁是学生。在紧闭而幽暗的屋子所弥漫的闷热中，桃源屋的气味向他们扑来：汗，洋葱，精液，廉价的焚香。

哦，亲爱的，汉娜说。300个身体的香水。

比特笑了，但是艾彼说，我们可没有时间开玩笑。汉娜扬起一边的眉毛，从床头柜上拿下一个橙子，这是几天前晚饭剩下来的。橙子皮喷出来的汁液让人感到瞬间的放松。

发生了什么事？比特问。他咬着一个手指甲的倒刺，鲜血的味道令他平静。

他的父母看着他。帅气的艾彼，皮肤晒得金黄的汉娜。我们不能让他牵连进来，艾彼，她说道。他还是个孩子，上周刚满14岁。她把比特的手从他嘴里拿出来，吻它，握着它，不让比特再咬它。她的手指上还带着橙子的酸涩，那刺激让他开心。

我们需要他，汉娜，艾彼说。这并不是说，我之前没有从他的嘴里闻到过那味道。

汉娜叹口气，她的手把比特的手握得更紧了，他所能做的就是忍着不去依偎她的膝。

快，比特说，跟我说说吧。

艾彼开口说，真对不起要让你卷入这些事情，但是汉迪刚才的那套偶像言论破坏了我们下一年的生计。冬天的时候，我们几个在商务单元的人决定投资买一些高级的大麻种子，为七月的乐享日做准备。有些离开桃源乡的人答应帮我们卖给外边。我们管这个叫"大罐计划"[1]。

比特什么也没说，但他对父母的失望油然而生，感觉自己

---

1 pot 本意为罐，俚语中常用来指大麻，该词也有赌注之意。

像只受困的鸟，在屋子里无助地飞。

听着，汉娜说，我们知道这样不对。

嗯，艾彼说，是有争议。它只是不合法。

我们不得不冒险，汉娜说，我们如果不是太穷了，是绝不会这样做的。我们已经借了两年的种子。都是因为那些汉迪允许的该死的新项目，在田纳西卫星城那边阿斯特里德开的助产学校。愚蠢的杂耍乐队巡演。我的意思是，老天，汉迪，先把你自己的家弄好吧。我们欠了太多。我们会饿死的，要是不这么做的话，汉娜说着，她那遍布老茧的手攥住她坐着的床单。

比特紧皱眉头。那汽车队呢？还有陶器？不是还可以出租劳力吗？还有我们做出来的所有那些食物？总有别的什么办法。

那些都远远不够，汉娜说。再加上趣皮士、准妈妈，还有该死的离家出走者，我们有太多张嘴要去喂了。我们别无选择。我宁可冒坐牢的风险，也不愿我们的孩子活活饿死。

千真万确，艾彼说。他父母间交换的某种眼神，让比特感到一阵尴尬。性，像龙卷风一样，一年前开始突袭比特。如同听到了过于尖锐的哨声，他在一天早晨突然惊醒，成了真正的男人。他发现性无处不在，特别是那些让他沮丧的地方：豆浆坊鼓囊囊、湿漉漉的干酪包布下巨大的乳房；干草叉滑进肥料就像做着什么下流的性交动作。也在这儿，在他父亲望着汉娜突然脸红，而她的脸带着回应而熠熠发光的时候。

我们现在需要你，小比特，艾彼说。你妈妈和我决定把这块最大的种植园当作秘密，瞒着提图斯、俏莎莉、汉克和霍斯。

就是因为今天刚刚发生的这一切。

甚至该死的提图斯，汉娜痛苦地说。比特想起来，在直升机事件之后，提图斯望着汉迪讲话的时候，他的脸上也绽开了以前那样满怀希望的笑容。

可，比特说，我还是个孩子。

你是个能奔跑的孩子，艾彼说。比特努力不去看他父亲的腿，但还是没忍住；熟悉的罪恶感，病态的，油腻腻的，堆积在之前的罪恶感上。然而，艾彼还在说话：……你要先到那里，想尽办法不要让他们发现这片地。假装是从那儿回来的，就说你已经找过了，但是什么也没有发现。学野糜鹿叫或者别的什么。用石头砸他们的脑袋。

不要用暴力，汉娜说。

走廊里有脚步声，他们停下来，直到那声音离开。亲爱的，比特，我不能强迫你做任何你觉得不舒服的事情，她轻声说。如果你说不，我会自己用最快速度跑到那里去，但是我不像你，知道那条穿越树林的秘密小道。你那么快又那么静。但是你必须知道卷进来的后果。如果我们被捉住，我们会被送进监狱，或者让整个阿卡迪亚蒙羞。这是你的选择。我们会永远爱你，不管你做出什么样的决定。我们会尊重，你听从你的良知所做出的选择。

但是她的声音，却有种不容置疑在其中。它让他无力拒绝。好的，他说。

艾彼舒了口气。好的，他说。是在小溪北边维尔达家的小岛上。关于大罐计划的事情她都知道，她很支持。尽快出发吧。汉娜也会赶到那儿去，她会接替你照看那儿的。准备好了？

比特想，没有。

他说，好了。

跑吧，艾彼说。

比特跑着。绵羊草场上的烟味已经很大。他们一定已经连根拔起一部分大麻了。他越过去年开始散布在林子里的那些帐篷，那是为一些无法在单独的营地找到简易床的人准备的；他越过田地、厕所和肥料堆的气味。他能听到人们在林中穿行，像粗笨的怪物。比特知道那条野鹿小道。他跑着，在人群之外，视线之外。甩掉喧嚷声，林子古老而警觉的宁静向他压过来：他全神贯注于双腿，让树木一闪而过。他惊起了水池里的一只鹤，野鹿的白色尾巴在树后跳跃。几英里之后，他慢了下来，看到在水中像龟一样冒出的小岛。直到他在齐胯深的水里蹚了几步之后，他终于望见那片地，狡猾地藏在树林的东面。直升机，汉娜知道，是从西边的海军基地，或者南边的军事基地飞来的。

比特的心脏不再狂跳，他把已经干巴在胸前和肩膀上的泥洗掉，找到一只系在树上的桶，让自己发挥点作用，浇水。

他又一次藏在柳树林下冰冷的坑里，回头望向阿卡迪亚。他什么也没有看见，没有听见，除了林子由于他的闯入而发出的正常的声音。一只麝鼠在水面划出两条长线。过了一会儿，他转头，望见维尔达的小屋正冒出细细的烟。

他老早就知道维尔达了，从他六岁的时候。在他对这方圆几英里的树林像对他自己的小身体一样了如指掌之前，他会在乱逛中迷路。他在一个夜里碰到过这位老女人，当时风雪交加，黑暗瞬间笼罩四周。他丢了一只红色的手套，他把双手都挤进剩下的那一只里，放在胸前，就好像一盏灯笼给他照着路。然而，森林充满可怕的欲望：它想要，在那个夜晚，吞掉他。透过他踩溅的水沫，透过暗夜，吞掉他。终于，他在木头燃烧的轻烟中嗅到了拯救的气息，循着这气味他来到了一座潜伏在田野边缘的石屋。他敲了又敲。门开了，出现在眼前的，是他曾经在春天黑暗的树林里见过的那个女巫，她旁边有一条模样奇怪的狗，比特觉得它简直是一头驯养的白鹿。比特太累太冷了，完全顾不得害怕，后来他发现自己的湿衣服已经被脱下来，身上盖了条毯子，他闻到了阳光和薰衣草的气味。然后那女巫凑到她的柴火炉前，火点着了，映着她尖尖的鼻子、她的皱纹、她又长又直的头发。故事里的火花在他头脑里闪烁，他惊声尖叫。壁炉边，那只白色的动物紧盯着他，呼呼喘着热气。女巫任由他喊，直到他哑了嗓子。看他发不出声来，她端给他一碗汤。是鹿肉，那是他这辈子第一次吃肉。味道尝上去就像死亡。他吐了。再醒来的时候，他发现自己在卡车里，提图斯来到门楼，俏莎莉还有小宝宝在他身后的灯光里。提图斯松了口气喊出来：哦，比特，可找到你啦，他说，用他健壮硕大的胳膊把比特扶起来。我们以为你会冻死。比特回头望向黑夜，女巫把拇指放在他的下巴上。小瑞德里，她柔声说，有时间回来看看你的维尔达吧。

她消失在他以为自己正在做的梦里。

　　现在他努力想向维尔达发送感应，请她带来一些小酥饼和一张毯，但是她听不到或者无视了他无声的呼唤。他使劲不去想象监狱的场景。他还那么小；他看上去比实际年龄还要年轻。他听说过少年感化院的可怕事情，是从那些离家出走的人嘴里传出来的，他的心思尽量不去想暴力、难以下咽的食物和再也见不到他父母这些事情。金星闪耀的天空，恬淡的蓝色，比特想起去年的朔望，行星排成一列，奥利对天启这回事深信不疑，整个三月他都待在桃源屋和八角谷仓之间建起的隧道里。焦虑再次将比特吞噬，他拿一片绿叶卷成一支烟，用火柴点燃，这火柴所有老桃源孩子都有，和瑞士军刀、百果饼干什么的一起放进塑料袋搁在口袋里。他平静一些了，开始自己小声地笑，一只花栗鼠被惊动，钻进树林深处。

　　树影之下越来越冷了。比特剪出来的牛仔裤在腿上已经风干，他不得不用胳膊和腿紧紧夹住身体以防止自己发抖。暮色越发浓重。森林用一种当他置身于桃源乡的喧嚣时所无法听到的方式呼吸。在几百码开外的路上，传来窸窸窣窣的声音，那是人类特有的脚步声，他站起身，手里的石头重得出奇。不过，来的人是汉娜。她穿着和之前一样扯掉袖子的法兰绒衬衫和剪掉裤腿的短裤，只是现在背上有个背包，脚踏一双工作靴，好像她就是在进行一次完全无关紧要的远足而已。

　　她把一根手指放在唇上，蹚水过来。她拥抱比特的时候，一定能感觉到他的皮肤有多么冰冷，她脱下自己的上衣，把她的胸罩暴露出来。她给他披上衬衫。衣服的纹理间还保留着她身体的温度，她面包般的气味。你是最棒的，小比特，她轻轻说。莉拉和希罗在离我不远的路上，所以要小心。

他承载着她拥抱的重量，如汉娜的魂灵，一路跑回家。他在苍茫的暮色中来到了绵羊草场，那时锣声刚好开始响起，召唤第一拨桃源人——最弱小的那一拨人，准妈妈们、趣皮士和孩子群，来吃他们的晚餐。

比特醒了，因为恐惧而心跳不已。从他的上铺，科尔伸下手来，拍拍他的胸。就是些绵羊而已，比特的朋友嘟哝着，你没事。

巴——巴——，艾克喃喃道，还在自己的床铺上睡着。

比特聚精会神地进行着乌加依呼吸[1]，想让自己平静下来，想象他喉咙后面那座风车。同样的噩梦萦绕着比特，在他还是小孩子的时候，汉迪将真的绵羊带到了绵羊草场上：不是为了养，他解释说，它们不是宠物，它们也不会被吃掉，只是为了它们的毛，它们愿意给，桃源人也可以卖。孩子群喜欢绵羊；女人们梦想穿上羊毛衫，在她们皲裂的手上涂绵羊油。后来有一天，自封为牧羊人的泰山，从山上惊慌失措地跑下来，带着无法掩饰的悲痛，他跟着救护组赶到雪城的医院，把阿斯特里德从那里匆匆叫回来，她的头发凌乱，脸色慌张。有好几个小时，

1　瑜伽里的一种呼吸法。

艾彼、汉迪、助产士和提图斯，那些当时在阿卡迪亚有一些权力的人们，聚在一起商议。那晚，比特在一阵不太熟悉的臭气中惊醒。他溜出儿童宿舍，循着刺鼻的浓烟寻找。他发现草场上燃起了一个火堆。他走到近前，火焰变得毛骨悚然，绵羊的尸体垒成一个金字塔形在熊熊燃烧。比特眼睁睁看着一只小羊的眼球炸开。他坐在黑暗中，目瞪口呆，阿斯特里德没和汉克、霍斯站在一块儿，她抬起一只手把头发从脸上捋开，她从胳膊到肘弯都被血污弄得漆黑。

每次阿卡迪亚面临危机之时——人数激增，食物匮乏，奇怪而隐蔽的暗流让大人们愁眉不展——绵羊就回到了比特的梦中；绵羊在黑暗中跳跃就像熊熊的火炬，带着脂肪燃烧时发出的臭味儿。它们跳啊跳啊，突然，这些家伙们开始转向比特。它们向他涌来，大张着它们的口鼻，几乎说出话来。他知道那是一些他无法忍受去听的话，然后他大叫着醒来。

他用好几个小时的时间，等待再次入睡。天快要破晓了，他决定放弃。他起床时，希望听到他朋友们跟着醒来的呼吸声。结果他们还是继续睡。他打开窗呼吸屋外的空气，那难闻的死掉动物的气味来自艾克的臭脚，混着青春期身体的那种热乎乎的气息。他小心地穿上衬衫和仔裤。他的破球鞋走路的时候像嘴一样张开，脚趾探出来，如同舌头伸在空气中。

穿过青少年的大通铺，穿过门厅里裸露出来的石膏裂缝和板条，顺着擦拭光亮的栏杆悄然而下。他走过图书馆，那里堆放着《全球概览》，过期的《纽约客》，从地窖挖上来的虫蛀过的书，那是这里的第一批住户藏在那儿的：《美国语文》《瓦尔登湖》《乌有乡消息》。还有卡洛斯·卡斯塔尼达[1]，朱丽娅·克里斯蒂娃[2]，赫尔曼·沃克[3]，以及从垃圾桶里拣出来的或者是用几枚硬币换来的平装书。他溜进餐厅，那儿还飘着昨晚的墨西哥安其拉达卷饼的香味。现在太早，还不到第一班早饭的时候，还不到平底锅叮当作响，酵母和大豆被搅拌在一起做炒素蛋，和洗那些生了虫但味道还不错的苹果的时候。一切都静止在那儿，没有人醒着，除了比特。

黑暗中，他摸索着跑下石板台阶。横贯阿卡迪亚的帐篷营地还黑着，远处有零星闪动的灯光，还有起来上厕所的人打开的手电。从面包房传来一阵浓郁的面包香。他的皮肤被寒气刺痛；露水从他的脚后跟一直湿到后背。天空有一个锋利的边儿，松林让空气也变得尖锐，泥块儿在他踏上去后裂开来，像是些活着的小生物。他开始用尽全力奔跑，以他这样的瘦小身体所罕有的速度奔跑，然后又慢下来，欣赏树林里柔和了许多的黑暗。

一抹深红从灌木丛透了过来，但是他忘记带上他外祖母寄给他的新相机了。他想返回去，但是路程实在又太远，日出那一刻又不会等他。

1　卡洛斯·卡斯塔尼达（Carlos Castaneda，1925—1998），秘鲁裔美国作家和人类学家，以唐璜书系列而闻名，书中记载他拜印第安人萨满巫师唐璜为师的经历，唐璜其人的真实性曾被多名学者质疑。

2　朱莉娅·克里斯蒂娃（Julia Kristeva，1941—　），法籍保加利亚裔学者，后期也从事文学创作。

3　赫尔曼·沃克（Herman Wouk，1915—　），美国著名小说家，普利策奖获得者。

就在破晓之前，他爬上了山。

在山顶，在松林上方的一丛美洲石竹下，他坐下来注视白昼开始孵化它的蛋黄。一只鹰展开双翼，盘旋着飞起。雾气像一层薄毯从地面卷起，迅速覆盖远方的山峦、田野、池塘、溪流；覆盖阿米什人阿莫斯那远处的谷仓，细细的蕾丝便是维尔达房子冒着的烟。真是个饥饿的动物啊，这雾。它狼吞虎咽，它攀上长着枝干弯曲的苹果树的阶地。最后，只剩下比特和桃源屋相对而坐，两个都孤零零地在山上，在牛奶海洋一般的雾霭之上。他们，像两座岛屿，在黎明中发出光芒。

这个世界有时候对比特来说太复杂，同时充满了恐惧和美丽。每一天，他都发现自己在一种新的震惊下被挤压着。宇宙以一种不可思议的速度向外跳动。比特感到它不停旋转直至消逝于无形。在阿卡迪亚之外，赫然出现他所梦想的那些东西：博物馆，钢铁大厦，泳池，动物园，剧院，满是奇异生物的海洋。

他知道他对于**外面**的理解并不准确，无非是些零七碎八的道听途说。它是那些以各种方式进入他耳际的东西，是人们带在身上的一些故事，是他读过的字。自从他还是个小婴儿时跟着自由人来到这里，他就从来没有离开过阿卡迪亚，维尔达在森林边缘的房子，充其量也就是个小小小小的环礁岛。有几次，他本可以搭汽车队的顺风车去萨默顿，或者跟着汉娜去雪城参观大学的图书馆，但是每一次他都说不，谢谢。他太害怕**外面**：要不就是担心那儿跟他想象的一模一样，或者，完全不一样。

克劳斯，一个杂耍歌手，总是通过向比特提一些适合小小孩回答的问题来找乐子：大象有多大？地铁是什么样子？扬基体育馆可以装下多少人？比特只是隐约地明白，为什么当他回答说大象跟八角谷仓一样大，地铁就像一火车的大众甲壳虫车在一个大铁管子里，扬基体育馆可以容纳……两千人的时候，克劳斯会笑得眼泪都流下来，阿卡迪亚的两倍，这是比特能想象到的人群的极限。

你这孩子，克劳斯说，叹着气靠回到椅子上，抹着脸。你就像那些疯狂的、在鼻子上穿骨头的雨林部落人，社会学家应该对你进行田野调查。

比特知道这不是真的。他们并不是无知或天真。上午的州课程之后，他选择了不少辅导课，他了解当地植物学、英语文学经典、几何、物理和人体生理学。他曾经在母婴房里帮助过六个妈妈分娩。他和其他老桃源的孩子们，都知道怎么弹吉他，烤面包，砍木头，采大麻，纺亚麻，会织自己的袜子，栽培谷物和蔬菜，编一个好故事，用掉落的苹果酿酒，还会用大豆做任何东西。

他不觉得缺什么。如果他全神贯注，他可以想象这世界以许多形式出现：热带丛林的潮湿浓密，沙漠的干净粗糙，极地的冷酷纯净。他想象城市就是大一些的阿卡迪亚，只不过更艰难、更险恶，人们四处奔走，向彼此身上硬塞现金。他曾经见过像有浮雕花纹的垫圈那样的硬币，还有一些绿色纸钞。那儿的人怪诞荒谬：斯克鲁奇们、杰里比们，还有鞋油厂小车间里做工的脏兮兮的孤儿们[1]，荒凉少人的家里，一种叫作电视的疫病，就像小小的柏拉图洞穴，分布在每个房间。**外面**会更加恐怖。在福克兰群岛上有战争，有桑地诺和孔特拉[2]，那儿有抢劫和强奸，那儿有种种可怕的事情，他从大人们的谈话中听到，也有他自己读到的，在免费店发现的一张皱巴巴的纸上。总统是个演员，他被赋予大权，以便从容不迫地传达大公司的谎言。星球之间有炸弹，城市里有谋杀，伦敦下起了红雨，甚至现在还有绑架者和奴隶，甚至就在美国。

他已经决定满18岁后就离开这儿去上大学，学习在暗房里冲洗照片的魔术。他想到在送别晚会上的埃里克，他松垮垮的脸因为对**外面**满怀期待而散发光彩。比特会借用这同样的光彩，就几年时间，然后回到阿卡迪亚，不再离开。从现在起的每一天，他都用来准备，这样才能在离开的时候应付那些等待他的一切。他知道他唯一能够对抗**外面**的武器就是知识和言语：当焦虑在他的情绪中占据上风时，他必须说一百遍汉娜的名字，或者背诵《幸福之必需》[3]一直到词语失去它们的意义。如果他的想法接近禁区，或者他梦到了小维尼，她只有12岁，但已出落得身

1　这些都是英国作家狄更斯作品中的人物形象。斯克鲁奇是《圣诞颂歌》里的吝啬鬼，杰里比夫人是《荒凉山庄》中无视家庭的慈善家。

2　桑地诺运动，指1961年成立的"尼加拉瓜民族解放组织"所进行的反政府游击战，70年代末推翻政府掌握政权；孔特拉则特指1979年起为推翻桑地诺政府而进行游击战的武装人员。

3　《幸福之必需》，美国作家马克思·埃尔曼（Max Ehrmann）在1927年所写的一首以拉丁文"Desiderata"为题的诗。

材姣好、双唇丰润，或者，在他和玛琳一起上完德语课之后，他就跑到黑屋子里去释放他双腿间的压力，他在脑子里用赫勒来填补。他记住一些诗句，他向着她的方向念诵：*她走来，风姿幽美*[1]，他想着。*只有一个人爱你那朝圣者的灵魂，爱你衰老了的脸上痛苦的皱纹*[2]，他想着。即使有了知识和言语，他有时候依然感到，来自外面的阴暗消息会击垮他。他在心中死死恪守着自己最深的信念：人是善良的，也愿意成为善良的，只要你给他们机会。这是阿卡迪亚最美妙的地方，他知道。这是保护他们的壳。

起风了。一块石头硌得他的坐骨疼，大雾已经从山间退去。第一班早饭将在桃源屋启动。他的脸已经风干，皮肤发紧。只有让他的腿以最敏捷的速度从山上跑回去，他才能够压抑住心中升起的莫名的向往。

比特在天光大亮的早上回到了阿卡迪亚。他已经筋疲力尽。树林在新的光线下显得更加深邃，不那么友善了，就像格林书中那种阴暗的森林，给他的童年注入不少噩梦般的生物。他发现一棵挂满花楸果的矮树，他用T恤的前襟来装，后来只得把衣服脱下来绑成一个袋子，这样他就能把果子都带走。

在他看到和听到阿卡迪亚之前，他能闻到它：厕所今天已

1　出自英国诗人拜伦的诗《她走来，风姿幽美》。

2　出自爱尔兰诗人叶芝的诗《当你老了》。

经抽过了。农业小组会用这些粪便来施肥，把它们和稻草混在一起，再浇到田里当肥料。清洁人员已经开工了。

远处，他听到有人在叫喊，每天的趣皮士会议上，那些精神紧张的、吸毒成瘾的、被毁容的人，聚在一块儿谈论他们的梦想。希望在于，他们能够通过群居和友爱重新找回自己，不过只有一些人如愿以偿。趣皮士每星期都会来，受伤的人总是源源不断。每个人都会得到两位成人导师，来保证他们的安全。虽然他的良心谴责自己，但比特的确庆幸他还太年轻，不用做全班。他恨指导这些趣皮士们，他们的脾气和恐惧都太猛烈，甚至会反过来影响他。

比特走进绵羊草场，草在露水下更显鲜绿，他放下他的花楸果，从地上拔起一簇新长的三叶草，然后在他的脸上擦啊擦的，直到他感觉清爽，泪迹全无。红翅雀像飞鱼一样掠过草场，跳进阳光里，再回到草上，跃入风中。终于，他感到自己有了足够的力量，敢于走进餐厅，加入拥挤的早餐队伍。女人们会为莓果而宠他，他知道。也许，甚至，她们会让他拿第二轮面包。他在裸着的胸前拥着水果，又开始飞奔。

他必须去给"大罐计划"浇水。正在面包房忙着的汉娜，已经跟他交待过了；但是在这之前，他被塞进了一个工作单元。科尔和艾克一起出发去花园了，他心里有个想法蠢蠢欲动，想叫他最好的朋友们停下来，等等他，那样他可以在除草的时候轻而易举地溜走。但是赫勒不知怎地充当起他的陪伴。她已经开始滔滔不绝。

……我不能在外边工作，她说，她T恤衫的领口已经滑到了肩膀上；他看到她被阳光烤得起泡的皮肤。他真想把一只手放在上面，感受它发烧的热度，但是单单这薄衫的一点压力都已经让她疼得直躲。她没有穿胸罩。我们去上新人班，好吗？她说道。用低低的声音，她继续说，看我能不能赚到点过瘾的玩意儿。

哦，他说。他侧身看着她，想知道她说的毒品的事。她望着他然后说，你现在为什么这么恨我，比特？

我没有，他答。我是说，我真的喜欢你。

我也真的喜欢你，她说，掐了下他的手臂。她咬过的手指甲，她冰凉的手。你是除了我兄弟之外，这里唯一一个没有挑逗过我的人。

在这方面，他可以说的话太多了，但他却保持沉默。他们一起向着门楼和新人村静静地走，那个在乡间小路旁用帆布搭出来的一片地方。他想着他们的小岛上大麻正在枯萎，叶边卷曲的样子，他不得不专心于走在松软土地上的脚步，防止自己下一步忍不住就奔跑起来。

然而在责任的重负之外，似乎还有什么东西在他的双肺下嗡嗡作响，因为能与可爱的赫勒并肩行走，真让他开心。他的注意力变得敏锐了。每一片树叶都清晰分明，鸟鸣声婉转透亮。远处，人们在花园里弯腰干活。一个男人用桶运水给工人，他是这几天投奔桃源乡的十几个留着络腮胡的家伙之一，他们自称是**狼**。**狼们**来了又走：**熊和狐狸、鹰、猎鹰、豺**，都来过。女人们则自称**彩虹、阳光、夏天、雨滴、草场、星星**。每一天都会冒出几个新的"乌鸦"、新的"秋天"。很难认得所有的人。有时候晚上在八角谷仓放电影，一个法国人生动地记述他在水下探索的情形，或者是，什么奇怪而哀伤的黑白影片（奥斯维辛成堆的尸体，一颗被切开的眼球），比特随便抬起头，就看到一群陌生人。他会环顾四周，胆战心惊，想找到熟悉的脸。也有一些好的新人，他们相信劳作、清贫和简单食物。也有其他的，来混吃混喝的不速之客、趣皮士、离家出走的人、逃亡而来的人，他们正在冲淡老阿卡迪亚人的纯洁信仰。

赫勒说，新人太多了。我真希望我们想到法子赶走他们。创造性批评根本没有用，如果一个人连他周围的人都不在乎的话。

让他自己都吃惊的是，他竟然敢正面端详赫勒的脸。她朝他微笑，是汉迪那种有感染力的笑容，她的舌头，碰在她从外面弄到的一副新的牙齿矫正器上。就仿佛是她嘴的洞穴里一只肉色的蟹，真让人着迷。

你怎么知道我正在想什么？他问。他希望她不能读懂他的心。

我们很像，她说。你和我。我们爱观察。你所想的一切都写在你脸上了。就比如，昨天，在摄影辅导课上，你特别出神地看着那排蚂蚁。我能够看出你开始想象你自己是它们当中的一员。你想象要瓜分一只蚱蜢，想象对你这小小的身形来说它有多么巨大，想象你多盼望把它拖到地底下，然后想象下面有多么黑暗，所有那些小小的足迹、小小的洞穴和通道，还有它们闻起来的气味，想象全副武装的生活到底是什么模样。似乎所有的人都很忙碌，没有其他人注意到这些。除了你。

被人轻而易举地看穿，比特浑身打了个激灵。

他们到了新人村。丽萨拿着块写字板，让斯科特把今天早上出现的人的名字都记下来。他们是再正常不过的可疑分子：长着皮革一样的僵硬脸孔，带着狂野范儿的趣皮士，一个怀孕的准妈妈带着两个饥饿难耐的孩子，一对儿在橙色毛巾上亲热的年轻男女。丽萨的脸看上去有点疲惫：她眼睛下面有眼袋。

你们来了，她招呼比特和赫勒，然后转过身，叫着板上的名字：阿曼·海默、潘妮洛普·康纳。一个是年轻、壮实的离家出走者，他鼻子上打了枚钉子，鼻黏膜感染了。每隔几秒钟，他就会因为疼痛和流脓而用鼻子发出呻吟。另一个是天体主义者，60岁左右的女人，双乳结实，阴毛中已经现出灰色。

丽萨开心地说，祝贺。你们已经向我们证明，你们是愿意并且能够按照我们的要求来工作的，你们已经在新人村待了所必需的一个月时间。现在，欢迎你们加入我们的群居村。

从帐篷和简易床那儿传来稀稀拉拉的掌声。浑身发抖的男孩和老女人站起来。他们拿硬纸箱装自己的东西，一些衣服、书、几封信，就这些。

今天的工作很简单，孩子们，丽萨对比特和赫勒说。你们知道怎么做。

欢迎来到世外桃源阿卡迪亚，比特说。赫勒重复了一遍，漫不经心地，一边打量两个新人。她咬着自己一支发辫的辫梢，对自己的所见显示出失望。比特从潘妮洛普手里接过盒子，老女人乱抓了一通他的头发。可爱的小伙子，她说。她伸展双臂，他拼命忍住不去看她好看得有点怪异的胸部。

他们沉默着下山走向临时桃源后面的小溪，比特不得不提醒潘妮洛普，要小心有毒的漆树，她刚才差点要去树丛中：他眼前浮现出她屁股上软软的皮肤被烧出白色燎泡的可怕画面。他们离天体主义者的营地越近，看到的裸露肉体就越多，到处都是太阳浴和自然白交错的线条。在那块青豆地里，所有弯下腰除草的身体都是赤裸的。

两个女人，一个高大而粉红，一个娇小而灰暗，跑出活动房来拥抱潘妮洛普。他们从比特那儿拿过盒子，陪伴着新桃源人进来。再见！她回头向比特告别。比特很想知道她能在这里待多久。天体主义者的流动性是最高的：冬天的风蛇行穿过他们的活动房，金属也是冰凉的。他想他也许还会再见到她，然后又觉得不会。

在回山的路上，赫勒说，为什么天体主义者都是那些你完全不想看见他们裸体的人？比特和阿曼·海默都笑了。

这笑驱走了阿曼的羞涩，他对赫勒说，我知道这听起来是陈词滥调，但是能来这里真是太棒了。我在波特兰一个小破地方待着的时候，看了一个小时关于阿卡迪亚的特别报道。那，简直，是天堂。人们总是在田野上歌唱啊，干活啊，自由自在地做他们想做的事情，汉迪口才真棒。还有那栋大厦！我父母在匹兹堡有一个可怜的双层公寓。我们什么时候会住进大楼里？

还有，这儿有我见过的最漂亮的女孩。

他现在公然地向赫勒抛送媚眼了，这个满脸粉刺印儿的小子。比特很吃惊地发现，他是多么想一拳打在他的喉咙上；比特，这个阿曼的手腕一翻都会让他受伤的比特。

他们来到离家出走者的活动房外。在一张有棕色污迹的垫子上坐着三个离家出走者，一个胖胖的女孩正在给一个长着狐狸一样三角形脸的男孩梳头，还有一个裸着上身的女孩腰身纤细。没穿上衣的女孩看到阿曼正呆望着自己便笑了起来，这让比特一惊，当他看到跟他同龄的人有一嘴好牙齿的时候，总是会吃一惊。多数离家出走者，都是住在城郊的孩子，都矫正过牙齿，而老桃源的人牙齿通常不齐整，有时甚至长出两排来。

赫勒语调平淡地说，这是你的新家，阿曼·海默。然后她笑起来，感觉他奇怪的名字离开自己的嘴。

这是什么？阿曼问。

这是你要待的地方，比特说，忍着笑去看男孩皱起来的脸。我知道你很期待桃源屋，但是我们的人实在太多了。你可以试试在其他营地住张简易床。单人帐篷、情侣帐篷，如果你喜欢的话，还有天体主义式的。如果你有足够多的成员能组成一个家庭单位，你可以从汽车队申请一辆巴士或者厢式货车，停在临时桃源。然后，如果委员会批准，你可以在有空房的时候搬到桃源屋里面去。

对，没错，裸上身的女孩说。我在这里已经两个月了，除了餐厅，哪儿都不让我们去。

这是撒谎，赫勒平静地说。上身赤裸的女孩上下打量着赫勒，嘟哝着"皮包骨头的小荡妇"之类的话。

比特看到赫勒的脸气得鼓起来，就像阿斯特里德生气的时候那样，他用手轻轻地拉了下赫勒的手腕。他尽量装得平静，说，你可以使用图书馆，你应该每天早上都去那边上州课程。你还可以去礼堂和八角谷仓去看所有你感兴趣的讲座、幻灯片展还有演出。

但是裸身女孩翻了个身，冲着床垫说，如果我想学东西的话，我还不如继续上学。

不管怎么样，狐狸脸男孩说，这都是胡扯。汉迪一直说要平等，要颠覆霸权，但是阿卡迪亚和其他地方没什么两样。你们都在你们的山上。我们都在下边的泥地里。我来这儿已经一年半了。如果这就是所谓的非等级社会，所谓的他妈的尊重的话，我可以啃我自己的屁股。

我根本没有看到过你干活，你这小狗屎，赫勒说。你试着干一两次活，也许你才配得上尊重。

男孩慢慢地站起来，阿曼把自己的杂物放到地上，交叉双臂，站在男孩面前。

但那个狐狸脸男孩说出的却是，好，没问题。咱们说好，什么时候我看见汉迪也像你们其他人一样卖力干活，我一定高高兴兴地劳动。在这之前，我跟他一样享清闲。

男孩退到垫子上，回到女孩丰满的双腿之间，在另一个女孩光着的背上来了长长和轻佻的一抹。两个女孩都咯咯地笑。

赫勒脸色煞白，大步走开。

比特很想跟阿曼再作一些解释，但阿曼正粗暴地把他那盒杂物踢进了离家出走者活动房，一边嘟囔着，我想住进大楼里，我他妈的来这里就是为了那楼。在从垫子上发出的一片嘘声和嘲笑声中，比特逃出来，在临时桃源赶上了赫勒。

她在哭，比特心疼着她，说道，赫勒，哦，别哭了。为他们不值得。那家伙是个白痴。

赫勒用一只胳膊遮着眼睛。她发出一声颤颤的笑，然后一个更新的、更坚硬的赫勒从原来的赫勒身体里钻出来。在这个复杂的女孩面前，比特总有一种径直奔向大罐计划的冲动：那儿，至少，他知道发生了什么，以及为什么。

好，她说，我知道。但是，她又说，脸上涌起一种新的苦涩表情；糟糕的就是，他说的也有那么一点儿对，比特。

对于刚入六月的中午来说，这天气实在有点太热。维尔达的玫瑰果茶香气弥漫；她做的茴香饼干甜甜的在他的嘴里。他身旁，在褪成肉灰色的小地毯上，尤斯塔斯，那只白色的狗，正咬着自己的尾巴，疑惑地看着比特。比特摸摸尤斯塔斯的头，狗缩回身去开始打盹。比特把母亲和维尔达放进自己相机的取景框里，她们的头在桌子的相对两侧，窗外映进一缕光线。汉娜专心地望着思绪已回到很久以前的维尔达，录音机在她肘旁转着。

他们这些人奇怪得要命，维尔达用隐士常有的那种哑嗓门说。他们管自己叫神圣主义者，因为他们相信人可以变得完美，因此成为圣人。他们相信性交是上帝赐予的礼物，所以在群居村里每个人都做了无数次爱。为避免做爱的后果，也就是说孩子和爱情，他们搞一种轮换制：每一天晚上，一个新的女人和一个新的男人做爱，男人要在手帕上做最后的释放。

比特感到身体里一阵紧缩。维尔达看着他。你会原谅我的，瑞德里，原谅我的直截了当，她用她那种傲慢和冷淡的方式说道。

她说，但是他们的首领，约翰·诺兰，我的曾祖父，认为是繁衍后代的时候了。他曾经去过夏克群居村，看到那儿的人有濒临灭绝的危险，他可不希望这事发生在他们身上。所以他们发明了一个"尤金培育计划"。经过一番非常周密的安排，允许最有智慧的男人和最有智慧的年轻女人交配。当然，因为有智慧的男人都是老男人，而且没有人比约翰·诺兰更有智慧，所以在出生的48个孩子里，有23个就是他的。我祖母玛莎·萨顿就是其中的一个孩子。她的妈妈，密涅瓦，在那个时候，大概，连13岁都不到。

维尔达疲倦地一笑。有人发现一旦孩子被牵涉进这种事情，她说道，体系中的裂痕就会变得异常明显。孩子跟着他们的母亲生活，又想认亲生父亲。也有动了真感情的情况，这当然是被禁止的，哺乳的安排也被故意干扰了。可想而知，父母们不得不看着他们十二三岁大的女儿和老男人睡觉。这事传到外边，报纸发表了言辞激烈的评论，约翰·诺兰被市民赶出了萨默顿。他逃到了加拿大。没有什么来凝聚这个群体。它已经难以维系下去。

汉娜的脸闪着光。比特又给她照了一张照片，然后给维尔达照，闪光灯映在桌上已失去光泽的银质茶具上。维尔达说，我亲爱的汉娜。我得停下了。我太累了，我需要单独待一会儿。

谢谢，汉娜说。她端起茶杯到嘴边的手有点颤抖。您会不会碰巧有什么可靠的资料？报纸，这一类的？

维尔达说，一大堆。她站起来，拿下来一个帽盒，她一打开盖，就冒出一股鼠尾草和烟草的气味。我会给你我曾祖母的日记，她说。但是这次来访得到此为止了，无论如何。我希望你能有什么东西作为回报，哪怕是一本落满尘土的旧书。

她看到比特打开盒子，从里边拿出一个有暗光的东西想看个究竟。

那是个骨雕，她说，一边把雕刻放到他手里。海象的长牙。约翰·诺兰的一个儿子跑到公海，他一遍又一遍反复雕刻着他妻子的脸。一年过去，他回到港口才得知，妻子在他离开的第二天就得黄热病去世了。

比特吃惊地端详这女人的脸。它就像赫勒，活生生的赫勒。

请吧，维尔达说，收回骨雕，把盖子盖好。我累极了。但你们一定要再来，带一些你们的面包。还有那些能吸的叶子。这对我的关节有好处。还有，要带上年轻的高手瑞德里，他好像很无聊，今天都睡着了。

我没有无聊，他说。我只是当着您的面休息罢了。

他们冲着彼此微微一笑，她几乎触摸到他，她瘦骨嶙峋的手在他肩膀上悬了一下儿。你让我对下一代抱有了点希望。这倒不是说，我相信人类还能再存活一个世纪。她发出一阵生硬的笑声。

他说，悲观厌世的维尔达。

她说，你走吧，去做点年少轻狂的事。你走吧，汉娜，去写你的书。

有些特别的表情掠过汉娜的脸，某种勇气，某种欲望，然后她把它们压下去，温柔地说，只是个讲座而已。

乱说，维尔达道，闭上她的眼睛。我的偏头痛来了。疼得天崩地裂。让尤斯塔斯出去自己照顾自己吧。

他们蹑手蹑脚地出来，关上了门。再次回到明亮的天光下面，比特很想放开腿脚跑起来。但是汉娜嘴角挤出一句话，咱们去看一下我们的大麻，比特又回到那个让人忧心忡忡的世界。在维尔达小屋里的时候，那岛上的植物暂时被置之脑后，像影子般，只是偶尔才会打扰他一下。

他们发现那些植物都好高大，几乎生长过度了：都是雌性的，雄性采摘的时间要早些，差不多所有的大麻都有 12 英尺高。比特伏在岸上，向水面投着石头，等着汉娜忙完，然后他们一起蹚水回到路上。再有两个星期，她说。我们采摘，然后晾干，就可以用了。她碰碰他的胳膊，狡黠地笑。那时候你又可以做回一个小孩了。

他努力让自己沉浸在确定脚边是何种植物的思绪中，什么人很早以前种下的曼陀罗、波形延龄草和印度天南星。但是他们走回一半路程的时候，汉娜看见比特的脸。哦，孩子，你怎么了？她问。

他说，只是，我想，如果有人卷入麻烦，可能是我们，也可能是汉迪。这样是不对的。

汉迪，那个家伙，汉娜说。如果汉迪不做那些让我们受牵连的决定，退回到由"九人委员会"做选择的话，这些都不会发生。他抛弃了我们，让我们搞成一团糟，留下我们自己保护自己。

他没有抛弃我们，比特说，他依然是我们的精神领袖。

汉娜用鼻子哼了一声说，是的。比如全桃源做瑜伽？记得那段时间他让我们所有人都做什么视力瑜伽吗？不让用矫正镜片，说那些镜片隔绝了你和精神世界？还记得后来发生了什么事？

玛芬掉进了井里，比特说。

还有那一个星期的沉默瑜伽？

孩子群都吓坏了，一直在做噩梦，比特答。

还有那个贫穷瑜伽？我们自己三个月来都没有药物或者多余的食物，却把所有我们省下来的钱都寄给了圣海伦火山喷发的受害者？

比特一边打着哆嗦，一边回忆这些事：汉娜，因为停用了她一直固定服用的药片，又回到了那个待在床上的黑暗生物，那是他这么多年来努力尝试慢慢淡忘的形象。我记得，他说，好吧。

他们进入向日葵地的时候，汉娜用手为眼睛挡着光，她笑着看到西蒙正在焊接他的雕塑。有一天在餐厅，西蒙凑到汉娜跟前的时候，比特就坐在母亲身旁；他离得很近，足以听到他们的对话。西蒙在外面曾经小有名气，是个艺术家。他很英俊，有一双坚毅的蓝眼睛和一张总是紧皱眉头的脸。他悄悄对汉娜说，他正在向日葵地里为她树一座雕塑。她是他的缪斯，他说。在那一刻，透过西蒙望着汉娜的眼神，她作为母亲的感觉好像消失了，比特看到她散发出一个女人对于男人所显示出的美丽和动人的魅力，用她长长的金色发辫，和她大大眼睛里的坦率和暖意。哦，她开心地叫出来，你真是太可爱了，西蒙。比特觉得有一种并不陌生的焦虑开始在他身体里涌动，他担心她会打破家庭的脆弱联系，在他之外找到一种新的寄托。

比特碰碰汉娜让她回过身来，对她说，你真的会写一本书吗？他知道他真正要说的是，不要改变，不要离开我。

她用她满是老茧的手摸摸比特的脸说，也许会，也许不会，他知道她真正要说的是，你不用为我担心。

赫勒来找比特。科尔、狄兰和艾克把他们的晚餐盘子推到一边，开始用他们在汽车队找到的瓶盖来玩打曲棍球的游戏。

嗨，她低声说，比特，我需要你。

艾克抬起头，他的脸因为厌恶而扭曲；他恨他的姐姐，他说，但是他望着她，模仿她的表情。科尔抬起头，也很困惑。狄兰甚至都没有看见赫勒；他有一种专注的天分，他只顾在桌子上用他的指尖专心致志地"踢"瓶盖。

给我一秒钟，兄弟们，比特说。他跟着赫勒穿过餐厅，生平第一次感觉自己个头并不矮。他们沿着过道走下去，路过每个星期二晚上沐浴者们等着他们三英寸深的热洗澡水的地方，然后进了图书馆。在远处的一个角落，一个关于《人的误测》

的激情澎湃的读书会正在进行，艾彼也在那儿，脸上洋溢着争论的快乐。他看见比特后显得更加兴奋，他招招手，来了一个大大的飞吻。比特装作不好意思的样子。

赫勒转过身，比特，她又说了一次，声音低得只有比特能听见，她把背心的前襟攥在手里拧着。她有点颤抖，动作局促。你是个完美的同伙，没有人会生你的气。来嘛，来嘛，来嘛，她说。

"完美""同伙"这些词里隐藏着某种魔力。他不假思索地说，好的。

他们登上大厅入口的楼梯，听到人满为患的大房子里一片喧嚣嘈杂：有人在公共房间里反复弹奏着降D大调，唱片小组正颤颤地放着一曲情歌，突然有人提高了嗓门，叫嚷着或者只是在争辩，婴儿们尖声哭叫，之后又在哺乳和轻哄之下安静下来，院子对面宿舍里的孩子群正在唱晚安曲：美梦飘过窗，安睡篱笆墙……他跟着赫勒进了一片最明亮、最宽敞的公共区域。桃源屋一共设计了六个中央公共房间，每一个区域分成十二到十五间足够两个成人或三个青少年共享的卧室。他们所在的这个公共房间是最大的：双层窗户之外是即将结束的日落、正在涌过草场的人群，还有临时桃源那边的灯光。沿着旋梯上去，有个狭窄通道通向另一层卧室，看到它比特总是会有一种不祥的预感。

赫勒把手放在比特的嘴唇上，然后推开汉迪的房门。比特还没来得及反对，他们已经进到屋里。汉迪和阿斯特里德拥有桃源屋最大的卧室，是两个小卧室合并出来的一间，那是很早以前还没有那么多桃源人来填满这地方的时候。多么荒唐的想法啊！墙上还有一扇门，通往莉拉和希罗的卧室。

我们为什么要来这儿？比特小声问，有什么东西堵在他的喉间。当这个集体在桃源屋迅速膨胀的时候，四年以前，他们成立了"九人会"，一个选出来的委员会，虽然汉迪和阿斯特里德都被给予了永久席位，但汉迪表示反对：让它自然地生长吧，他说。但是其他人担心，来自临时桃源、母婴房、单人帐篷、新人村和天体主义者的需求，会被那些在桃源屋高枕无忧的人所忽视。一怒之下，汉迪退出了，主要是退回到他的房间里。虽然阿卡迪亚所有的卧室表面上是对每个人都开放的，但唯独汉迪的房间，神圣不可侵犯。比特从来没有听说谁曾经进去过。

赫勒跪在地上，在汉迪的纸板抽屉柜里翻找。比特用手拂过墙上挂的各种乐器：吉他、尤克里里、班卓琴、锡塔琴和提琴。他瞟了一眼衣柜，阿斯特里德的一侧很朴素，长布袋裙、木底鞋、折叠齐整的大披巾。汉迪的那边则挤满了夏威夷衫和军装、灯芯绒裤，还有一摞相当奢侈的新袜子。

比特朝赫勒转过身的时候，赫勒已经横躺在床上。他还记得很早以前在"粉红风笛手"见过的印第安床单，但在已近尾声的暗淡的日落映照下，它的粉色和金色仿佛鲜活起来。赫勒的旧T恤已经变得透明，他可以隐约看到她胸部的起伏，她肚脐眼儿那里温暖的巢穴，还有所有桃源女人戴的尖尖的胸罩，在宾厄姆顿的内衣厂外边有一个大垃圾桶里装满了这个。罩杯之间的蝴蝶结在比特看来就像花瓣一样精致纤弱，仿佛一碰它就会落下来似的。

她发现他在看自己。过来，她说。他过去，躺在正在消逝的光线中，躺在她身边。你有女朋友吗，比特？她问。她闻起来有香草味儿，女孩们常从面包房要来香草，涂在她们的手腕、脖颈和耳后。

没有，他说。他很小心，不去碰她身体的任何地方，甚至是她T恤的布料。从侧影看，她的颧骨下面空荡荡的。她看似游荡在八角谷仓的野猫：瘦骨嶙峋，饥饿难耐。

我在外边有个男朋友，她说。他有40岁。是个酒吧服务生。她的微笑是挺隐秘的那种。她说，他很照顾我。她扭过头，他可以感觉到她在他脸颊上的呼吸。

他知道你只有15岁吗？比特问。

她闭上眼睛，把头扭过去。这不重要，她说。

他愿意永远这样躺着。他们是否触到彼此无关紧要。她的重量压在床垫上，她的温度传到他整条胳膊上。她掌心藏着什么东西，她把它放到嘴里吞了下去。她转头过来的时候，手里还拿着一个药片，红白相间，她轻轻地把它放在他的唇间。

吞下去，她低语。

他把药片含在双唇之间很长时间，犹豫着。看到她眉间皱起第一道纹，他吞下了药片。她闭上眼睛。好比特，她说，轻抚他的臂。

他不知道他在那里跟赫勒待了多久，窗外已经黑了。他端详她静静的样子。然后她的眼皮跳起，门突然开了，光线射到了头上。他感觉一种糟糕的恶心从身体深处涌上来。

这是？一个苍老而熟悉的沙哑嗓音说。汉迪回来了。哦，赫勒，他说。

汉迪把他的吉他盒放到柜子里，坐在房间一侧一张梯状椅背的椅子上。

你好，小比特，汉迪说，冲他点点头。我能问一下你们两个在我们房间干什么吗？

赫勒费劲地坐起来，抓住T恤前襟，她的动作出奇地慢。汉迪，她说，只是放松一下。

你们在这个又大又老的楼里找不到其他地方放松了，呃？他说。比如公共空间？比如你们自己的房间？

他在笑，但是他的脸看上去太紧绷。如果比特可以说出话来，他会很高兴告诉汉迪是怎么回事的。

阿斯特里德说我想的时候就可以来你的房间，赫勒说。

阿斯特里德不在这里，汉迪说。你想象过吗，赫勒，我可能今晚会有客人呢？

我们就是你的客人，赫勒说。

你知道我说的是什么，汉迪说。

我知道你说的是什么，赫勒说，仿佛之前堵在她喉咙的东西突然消失了：这是现在这个世界上最清楚不过的事情。她说，菲奥娜，是吧，汉迪？我想起来都觉得恶心。她好像只比我大三岁，你在她才四岁的时候就认识她了。

她到年纪了，汉迪说，这也不关你的事。

哦，是，赫勒说。这不关我的事，就算你是我爸爸。阿斯特里德也不关我的事，就算她是我的妈妈。为什么她选择跑到离你那么远的田纳西去开学校，这不关我的事，显然。从来不，一点儿也不。我们弗里斯家的人就是不介入彼此的生活。

我的私生活是我自己的事情，汉迪说，他的声音变得强硬起来，就像你的私生活是你自己的事情一样。

是的，赫勒说。没错，我可以和任何我想要的人上床，你管不着。

随你便，汉迪说，只是到别的地方去。

好吧，赫勒说，也许我会的。美国队长怎么样？他又老又丑，像地狱一样思维混乱、神志不清。我和他要生个孩子恐怕会长出腮或别的什么怪东西。也许我会去勾引，哦，我不知道，希罗。你觉得怎么样？

如果希罗会屈从于你显而易见的魅力，我才觉得奇怪呢，汉迪说。

这魅力是我从我老爸那里继承的，赫勒说，希罗会喜欢。或者，我们看，比特在这儿，他怎么样？小小的比特。可爱温顺的小比特，这个你比对其他阿卡迪亚小孩总是更偏爱一些的孩子，反正你在我们面前这么说过一遍又一遍，在我们还是小孩的时候。一遍一遍又一遍，说比特·斯通跟宇宙、跟天地是连通的，她用汉迪的声音说，然后转过头，愤怒至极，冲着比特。那，你怎么想？想做点下流的事情吗？

赫勒，住嘴，汉迪说，够了。

赫勒？比特静静地说，他可能只是在自己的嘴里说了这话。

什么够了，汉迪？什么够了？比特有什么不好吗？

比特没有什么不好，你知道的，汉迪说。你离小比特远点，别把他卷进你这出闹剧里边来，行吗？

行，赫勒说到，太好了，我明白。比特，跟你没有任何血缘关系，你对他却能表现出父亲般的呵护，太伟大了。

她转向比特，号叫着。他并不明白到底发生了什么，或者，为什么她现在如此恨他。赫勒？他说。她猛跑着穿过房间。汉迪跳起来，拦住她的路。他们在门口纠缠起来，汉迪把手伸进赫勒右边的衣兜，拿出来一个塑料袋。你这个小白痴，他说，放手让她逃进公共房间。她揉着自己的上臂，她白皙的皮肤上已经现出一块淤青。汉迪说，你以为你可以从我这里偷东西啦。她躲在公共房间门的背后，死死盯着她父亲的脸，当她再退回到过道的门时，她又从左边口袋里掏出一个袋子来。

谢谢你的招待，最亲爱的老爹，她说，像铃铛一样摇着那个袋子。然后便跑掉了。

比特发现自己站在汉迪房间的中央，他的整个世界正在围绕他旋转飘浮起来。汉迪转过身，脸涨得通红。他们远远地望着彼此。汉迪说，听着，小比特。我知道你的爸爸和我之间现在有点问题，但我们曾经是最好的朋友，这让我很痛苦。不过我喜欢你这个小人儿。有些孩子天性善良，有柔软的小灵魂。所以请你帮我个忙，离我的女儿越远越好。这个姑娘脑子犯糊涂了，我告诉你。你听到了吗？

是的，先生，比特说，此刻他无比害怕汉迪问起他关于林边小岛上那片大麻地的事情，担心这些秘密会从他的嘴边滑出来，然后汉娜和艾彼还有他就会被阿卡迪亚驱逐到寒冷的黑夜中去。他绕过汉迪走，当他回到餐厅他的朋友身边时，他们还在玩瓶盖，等着他。他们打量他的脸。他能看到每个人都决定不去问他发生了什么事。最后一抹光线长长地穿过餐厅，他们周围的桌子都用白醋擦拭过，只有他们留在他们的四人岛屿上，在沉默中把瓶子盖儿从一个人的手里弹给另一个人。他又一次，觉得感激，为了同伴们这无尽的宽容。

下午，在野樱桃树下的田野小憩，比特坐在那儿，听两个去过中央公园反核武器集会的杂耍歌手讲述见闻。他们大谈斯普林斯汀如何电力十足同时又曲风怀旧，谈有黄芥末酱的热狗怎么让他们差点流出眼泪。比特想到嘴里有肉就觉得恶心。有人在说：……那些国家就像站在一池煤油里面的小男孩，吹嘘着他们手中有多少根火柴……

比特不再听了：因为赫勒正在走近，戴着一顶巨大的墨西哥宽边帽，手握一束矢车菊。她在他身旁坐下，把花给他。他矜持了十秒钟。然后他碰碰她纤细的脚踝，算是原谅了她。她碰碰他的膝盖，感谢能被原谅。

不舒服的感觉过去——炽热的太阳抛诸脑后，被暴晒的地方失去知觉，起了泡，肩膀起起伏伏间也就忘记了疼痛——未来在他面前又变得清晰起来，就像晴朗的夏日清晨，每一片草叶上如同用针尖刻出来的毛边儿那样清晰可见。他还能留在桃源乡。他感到自己岁数大了一些，他的身体在关节处更紧实了一些，肌肉更柔软了。他可以感觉到他的父母就在附近。赫勒在那儿，也是岁数大了一些，她笑着，而且她爱他。

他觉得自己的希望正在呼吸、伸展，就像个活物。

他闭上眼睛让白日梦做下去。心旌激荡着，他盘算起来。这没必要像昙花一现那样短暂完美。他知道，对完美的向往就是堤坝上的一个洞，会让所有的东西都倾泻出来。他长大以后无须像汉迪那样德高望重，甚至都不必像艾彼，甚或提图斯；他能够成为一个正常的人，一只工蜂，一头狼，就够了。赫勒也不需要一定那么美；她也许明天会失去她的美貌，这没关系。如果他必须放弃他已经开始的关于自己的平静美梦，一个摄影师的生涯，只是为了爱他的赫勒，为了在阿卡迪亚度过余生，他，会放弃的。

他又回过神来。科尔站在队伍的尽头望着比特，眉间紧锁。你没事吧，老兄？科尔问。

比特说不出话来。没有什么言语能够表达他想说的。他努力想开口，最后只说，我没事，现在这样就好。

一伙人躲在地下室的隐蔽处，准备完成一场恶作剧。赫勒的音乐在桌上咚咚敲响，那是她从外边偷带回来的磁带。科尔和着强劲的节奏点着头，狄兰抖动着身体，艾克也禁不住摇摆。比特努力听，试着爱上这音乐，但是不像他这些年轻的好伙伴们，这音乐暴烈，充斥着生锈的钉子和胆汁，仿佛前方的世界一片黑暗，感觉就像一个专属的无政府状态。比特希望房子里的任何人都听不到这声音。

朋克，艾克第一次放出这音乐时曾用他神经兮兮的方式说过。性手枪。妈的，耶！此刻，他躺在一个破烂的长椅上，琢磨着他们自己乐队的名字。

淘气男孩，倒霉蛋，混账，他说。

狄兰说，铁锹和白脸鬼。

其他人都很小心，不去与彼此的眼神相遇。两个月以前，狄兰终于意识到自己是个黑人，虽然看起来，其他人几年前就知道这事了。现在狄兰把自己的头发梳成短短的非洲蓬头，常和花生一起在汽车队打发时光。现在他常常砍啊，挖啊，准备干点什么。这对白皮肤的科尔来说尴尬极了，听到这些话从他小兄弟的嘴里说出来是多么不自然，虽然他极力想掩盖。

黑暗之心，生化危机，血腥杀戮。小矮子和施林普顿一家。不，不，不！比特·厄运和肾·结石[1]，艾克说。

比特放下蟾蜍石，他刚在上面粘了一个大富翁棋里的房子，那是从免费店一个半死不活的游戏里抢救回来的。他有点受不了他的这些朋友。跟他的重重焦虑相比——林中的大麻地，那天晚上赫勒冲他的叫喊，以及这个下午给他的甜蜜——这些男孩们看上去都幼稚得要命，困在他们的单纯和无知里边。赫勒

1　这是艾克拿比特的姓名开玩笑而组成的乐队名。

邀请比特参加今晚在离家出走者活动房的一个聚会，打破新人和老人之间看不见的障碍！她说，结束种族隔离！但是比特出于一种对朋友的责任感拒绝了。现在他后悔万分。他更愿意在赫勒左右，哪怕只是为了让她远离像阿曼·海默这样的人。

他说，安东尼大瘟疫和横痃病，怎么样？

科尔吹了声口哨。其他两个人也都安静下来。然后狄兰点头说，这还真不愧是比特·厄运。平时不多说，但是他一开口，还真是那么回事儿。

是那么回事儿，艾克重复道。安东尼大瘟疫和横痃病。主唱伊萨克·佛米特[1]。

你说什么？科尔说，你的声音简直是一坨屎。

那是朋克。它就应该是坨屎，艾克说道，比特在他们的争吵中倒是觉得松了一口气。

他们的藏身处是在一堆家具后面，家具是自由人很早以前修葺桃源屋的时候丢在这儿的：都破烂不堪了，说不定等上八年有人一时兴起把家具重整一新又拿来用，也不是没有可能。男孩们把大麻叶扎起来，那是他们像睡着的蝙蝠一样倒挂着从门梁上搞到的。科尔做了个烟卷，给大伙儿传着吸。比特喷出烟雾的时候，世界仿佛松开了就要重砸在他身上的拳头。

他对大麻心存感激。他确信它会阻碍他的成长，但是他已经默默接受了自己五英尺三的身高。他的朋友们都已经蹿过了

1　艾克 (Ike) 是伊萨克 (Issac) 的小名，佛米特 (Vomit) 是呕吐的意思。

六英尺，即使是比比特年纪小的、还有一个月将满13岁的狄兰。

比特摇了摇他从汽车队顺来的金色油漆，喷到了整幅画上。

完工，他说道。其他人站起来，欣赏他的大作。科尔低低地吹了声口哨，比特·厄运，他说，你他妈的真是个艺术家，兄弟。

在画板上，有一个小小的，长着毒菌、转着风车的金色村庄，甚至还有一个八角形的粮仓，比特用一个燕麦罐做的。

大家对一下时间，比特说，狄兰看了眼他从商务单元带回来的表，他是整个阿卡迪亚唯一有计时器的人。他说，凌晨四点三十。

好戏要上演了，比特说。艾克咯咯地笑出来。他们把花生在凯马特超市为他们买的面罩戴上。现在他们准备好了，转变成他们自己的阴暗面。一个嬉皮士帮派、乌托邦流氓，他们自称是破坏煽动者。

他们蹑手蹑脚潜入黑夜。艾克和科尔扛着他们的实景艺术。狄兰拿一袋青苔，比特抱了满满一盒道具。他们穿过工具角和制陶轮，顺着地窖的阶梯上来走到院子里。他们听到了什么声音，停下来仔细听，发现只是橡树枝在敲打窗户。他们依然能听到离家出走者活动房那边派对的热闹声响，比特不得不屏住呼吸，才能忍住不去想赫勒吸毒之后嗨起来，赫勒亲吻其他人，赫勒晕倒在地上的种种情景。

他们走进儿童区，经过学校教室，光脚上了台阶。

睡着的孩子们的呼吸声让宿舍充满了温馨。玛利亚和菲利斯在角落的简易床上睡着；斯维媞靠在活动区一张加了厚垫的椅子上，打着呼噜。男孩们小心地将微缩阿卡迪亚放在地上。比特拿出了泥炭藓。他们默默地铺在了画板和它的角上，又在整个房间散落了一些苔藓和一点点蕨类植物。艾克在孩子群的枕头上撒了些亮闪闪的东西。科尔把用橡子儿做的茶杯放到窗台上。狄兰丢了一通刻着小小楔形字的桦树皮。比特用晾衣夹和爽身粉弄得地上到处都是小脚印。

他们离开之前，比特示意其他三个人出去。这是最微妙的时刻，如果有人被逮住，那一定就是他。他能像小胡迪尼[1]一样摆弄身体让自己成功脱逃。他关上一扇窗，窗子轻轻地放下来。窗台的缝隙处，他放了两打蝴蝶翅膀：炫目的蓝色、绿色、黄色，也有月光白的、飞蛾褐的，上面有令人毛骨悚然的眼睛。

此刻他回到了橡树下的朋友们身边，倚着暖暖的树干。天快要亮了。厨师正往餐厅走。

不一会儿，透过窗户他们听到一个迷惑的声音"喔——"。然后那个声音高喊了起来，快醒醒，醒醒，醒醒，仙女刚刚来过啦！大家都快醒醒！

艾克在自己的手掌里扑哧一笑。科尔使劲把笑声压抑在膝盖里，狄兰则大笑了出来。

楼上，孩子们欢乐地叫，声音飙得很高。斯维媞也开心地笑。

1　指哈利·胡迪尼（1874—1926），出生于匈牙利，后移居美国，被称为史上最伟大的魔术师、脱逃术师及特技表演者。

然后有个声音叫嚷着：哦，我的上帝！然后就开始号啕大哭，比特猜测是一个小女孩发现了放在窗台上的翅膀。他能够看到喜悦从她的脸上消失，她一定以为是窗子落下来时把仙女们砸到了。

不要，一个男孩叫着。不要，不要，不要！

比特的心一阵疼。他不安地站起来，如果他可以，他愿意把一切都收回来。

斯维媞喊出声来，别乱说。她拉起窗子。看！这儿可没有仙女的尸体！她们只是把翅膀放在这里休息，我们是在她们披上翅膀飞走之前醒来的。我打赌她们一定是藏在这个屋子的什么地方，希望我们不要找得太仔细，要不然我们就会看到她们的。

她从窗子探出身体；话音里还带着点恐吓的意思。事实上，我打赌我们要是赶快去吃早饭，她们会在我们回来之前就跑掉啦。

一队小身体经过院子，他们穿着睡衣往餐厅走。孩子们一走，斯维媞就对着空气说，我要说，仙女们只有十五分钟来完成她们的事情。然后她也走了。科尔小声说，呃，别听我妈妈的，她好无聊。但他白皙的皮肤上泛起一层红晕，还有牙印在嘴唇上。即使是狄兰，看上去脸色也不大好。

这可真尴尬，比特说，简直快掉泪了。

艾克说道，省省吧，比特，兄弟们，破坏煽动者这名字的重点，就是要要狠。小孩子们幻想破灭是树上的熟桃子，就是要被摘下来的。他笑起来，笑得很难看，喉结在颈上跳动。比特不得不逼迫自己去注意在艾克身上的赫勒的影子，这样他才不会恨他这位朋友。他溜进屋的时候是一个人，他用手收拾起那些翅膀。

他把它们放到口袋里，整个早餐的时间，它们都在他的口袋里灼烧，然后他跑出去把它们埋在森林深处的一个洞里，一边还说着他能想到的最动听的话，希望一切都能再好起来。

即便如此，他知道，也并不足够。童年就是精致脆弱的薄纸一张，他们今天早上所做的事情可能给幼小的心灵划上伤痕，造成某种隐痛，它会在他们以后的日子里，时不时折返回来，以一种微妙的方式再度伤害他们。

六月末，整个世界变成了个大温室。艾彼像个国王一样坐在他的椅子上，一圈男孩围着他，坐在院子里的橡树下。其他的小孩子和大孩子都分散在草坪上：美国队长和大一点儿的女孩在读乔叟，玛琳娜正带几个四岁的孩子用德语数数，彼得和提奥两人像圣贤一样用希伯来语交谈。这是比特第二次上革命历史辅导课。州课程在夏天已经结束了，上辅导课是比特的主意，这样他就可以每天都见到父亲，但让他吃惊的是，还有八个男孩在餐厅的公告板上报了名，专门来听艾彼讲课。今天的主题是，撒旦。思想是他自己的属地，艾彼说，它能够在自己身上制造地狱里的天堂、天堂里的地狱。堕落天使所说的，失乐园。艾克，你怎么看？

艾克试图回答，但是他思考的时候脑子就像只蜥蜴一样到处乱窜，只剩下一大堆没头没尾的想法。他说，就是说，撒旦是不是那时在建造哈迪斯的旧泥宫？建造自己的地盘？

是的，艾彼说，但这不是他想要表达的。比特，你来说说。

比特说，我们建造自己的天堂和地狱。他的意思是事情有时候看似很糟糕，但我们可以通过向我们的境遇注入思想而求得改观。我们如果身处地狱，那是我们自己的过错。在弥尔顿写作的年代，似乎这是一种激进的想法，因为撒旦不相信一个先知先觉的上帝，而是暗示我们可以以某种方式成为自己的上帝。这是一种特权性的自我创造，超越了那些命由天定的、对自己的命运没有任何发言权的生物。

他的心怦怦直跳：他真希望他能在自己的思想沿着草坪奔逸的时候追上它，但是艾彼说，好的，好的，用他的手指示意比特放慢速度好让其他人能够跟得上。

科尔面带迷惑地说，等等，但是，就是说，撒旦说了这样的话，他就是不好的？但是我们相信这些，是吧？人是可以创造他们自身的。那么这到底错在哪里？

继续说下去，艾彼道。

比如说，那些趣皮士们，科尔说。我的意思是，我们必须相信他们可以让自己变得更好，要不我们也不会愿意浪费那么多辅导人的时间在他们身上。对吧？整个阿卡迪亚的概念就是，只要我们相信，那么文明就是可以进化的。就像汉迪总说，要是我们一直散发光明，光就可以照到世界黑暗的角落，让那里也明亮起来。我是说，那个叫乔治·艾略特的小子这么说过。

你来继续，艾彼对比特说，他的眼睛在红色胡须上方熠熠发光。

比特说，我有我自己的信仰，它给予我安慰……只要我们对真正的善怀有希望，哪怕我们不知道怎么办，也不能做我们所要做的事情，我们也已成了对抗恶的神圣力量的一部分，因为这便将扩大光明的范围，缩小跟黑暗斗争的规模。[1]还有，艾略特是个女孩，他说。科尔脸红了，然后朝比特掷了一个橡子，砸到了比特脑门上，他们都笑了，还是好朋友。

非常好，艾彼说，比特感到一阵骄傲。此时他发现自己的掌心都是湿的，赶忙把手收了起来。

艾彼说，撒旦和艾略特都在支持同一种理念，那就是，渴望变化就是制造变化的一种强有力的方式；就是说，变化首先是从渴望中发生的。哈里森，告诉我们你对撒旦的话是怎么看的，从日常生活的角度讲一讲。

是不是说，我们想要做好事的时候就已经是在做好事了？哈里森答。我们的初衷是最重要的？

初衷很重要，艾彼说。但是如果你仔细听这两段引文，意思并不只是如此。在艾略特这段话以及弥尔顿的《失乐园》里，有一种斗争的意思，努力去行动，为了让你的天堂成为现实。所以，继续你们的思考。让我们用阿卡迪亚来做个案研究。想想这些日子以来境况是怎么样的；想想你最渴望做哪些不一样的事情；什么是不合理的；我们怎么样才能出于我们善好的初衷，以现在看来可能并不对的方式来采取行动。我们不在地狱，但我们却是在抵达地狱的途中。这话可是出自我这个曾经在大

1　这是英国小说家乔治·艾略特作品《米德尔马契》第 39 章中的一段话。

夏天带领卫生队工作的人，在我摔坏脖子之前。相信我，我知道地狱是什么样。

男孩子们笑了，但是他们之间出现了另外一种不安，笑声一停，大家顿时又变得局促起来。风在橡树枝干间扬起，把阳光点点撒在他们身上。好吧，最后哈里森说。他是青少年中最年长的男孩，习惯了做发言人的角色。我觉得有一点就是，我们都应当是平等的，然而汉迪还是我们的首领，他会发号施令什么的。这我看就不够公平。我们为什么需要一个首领同时还有"九人委员会"？我们难道不应该民主地制定我们自己的规矩吗？

没错，狄兰说道。还有，他从来不像其他桃源人那样干活，就好像他是那些趣皮士的头儿似的。

嘿，艾克轻轻地说，声音只有比特能听到。艾彼笑了。他说，打倒国王。

艾彼的"犯上"行为，大家过了一会儿才明白过来。这之后，一切倏地静止。美国队长的头也停在那儿，转过来一半儿，还有一半在乔曳上。卡罗从她的法语课上直起身子，一只鸟儿仿佛被捕进了空气做的网中。

艾克说，你是说，我的爸爸，他，妨碍了民主？

时间好像又回来了。三层楼上面，汉迪的头从他卧室的窗子探出来。他垂下脸颊，山羊胡子分着叉，他被下面坚硬的土地所反射的阳光映得金黄。艾彼看见男孩子们都在向上望，于是也跟着仰头看，他的双唇张开在微笑。

我马上下去，汉迪喊道，把头缩了回去。

哦，老天，艾彼说道，看着他那一圈男孩儿。

他们等着。比特的肠胃里翻起一阵酸浪。汉迪抱着他的班卓琴大步跑出餐厅，一边随意拨弄着小曲儿。走到人群近前的时候，他似乎放松了下来。他靠在一棵树旁，俯视着他们所有人。曲子结束，他把琴搁在地上。亚伯拉罕·斯通，他说，用一种听起来几乎是仰慕的声音，煽动分裂，而且，这么公开，可没人说过你不够胆儿。

这是辅导课，汉迪，艾彼说道，我没有在煽动任何事。

是的，你在所有事情上都动机纯良，汉迪说。

也许我是的，艾彼说，也许我们的动机早就分裂了。

也许你才是那个离开原地的人，汉迪说。

也许吧，艾彼说，但是反过来说也同样成立。就是说我还守着我们最初的目标，而阿卡迪亚已经漂离了方向。

漂亮，漂亮，汉迪说。哦，你说得真漂亮，艾彼。

对，人身攻击，这是漂亮脑瓜的防卫术，艾彼说。

汉迪鼻孔周围的皮肤都变成了粉红色。他微笑着俯看艾彼，灰色的上犬牙闪动着。几轮呼吸之后，他用一种夸张的乡下口音开口说话，一边难过地摇摇头，这是一个悲哀的情景，孩子们，这是一个真正的信徒失去他信仰的一天。就像一条蛇被扯掉了脊梁骨；一下子，他除了虫子，就什么都不是了。

艾彼脸色苍白，紧抓着他无用的膝盖。比特站起来，让自己站在汉迪和艾彼之间。他可以感觉到汉迪在他脸上的呼吸。他们看着彼此待了一会儿。比特的心跳声音好大，简直盖过了全世界。

　我的意思，当然是，在放久的苹果里出现的那种虫子，汉迪冲着比特的脸拼命地笑着，比特不得不抵御那回荡在他嘴唇后边的笑声。

　我们到里边解决，艾彼说着，吱吱呀呀转着他的轮椅，缓慢地进了教室。汉迪跟着他进去，一边在班卓琴上弹奏着之前那支欢快的曲子。到底发生了什么事？艾克问，比特按住朋友的胳膊。我不知道，他说。过了一会儿，汉娜从豆浆坊跑过来，她的腿在剪得太短的牛仔裤下面显得出奇的长，然后又有另外几个成人也冲进去，莉拉和提图斯，霍斯和米琪。当大人们的声音再一次提高的时候，小孩子们便从教室四散跑出来，像一把种子。

　赫勒，悠然地倚在池塘边一块平滑的大石头上，天色灰暗，她大大的瞳孔几乎要吞掉她金色的虹膜。赫勒，在公共空间里和其他几个大孩子玩拉米纸牌，她懒洋洋的，靠着哈里森，在阿诺德的大腿上蹭着她的脚后跟，她透过睫毛冲着比特笑，三个男孩谁都没有看谁。赫勒，在向日葵地里酣睡，比特给大麻地浇完水之后跑回来，拍拍她的脸她这才醒过来。赫勒，天亮时从离家出走者的活动房赶来，到比特身边，而比特站在齐膝高的野胡萝卜地里，等着她。赫勒，离比特那么近，他可以闻到她身上的大麻味儿、香草味，还有煤油灯味儿，她把头靠在他肩上，让他紧紧贴着她，他能感到她的肋骨抵着自己的肋骨，她的膝盖硬硬地顶着他的膝，他想生气，但却只会用双臂拥着她。扭开头，赫勒的眼睛噙满泪水，她说你是我唯一的朋友，比特，握着他的手让他送她回房间。每走一步，就有什么在他身体里摇曳。

他一张又一张地给赫勒拍着照片，她为他摆出妩媚的姿势，她在他的注视下脸红，她拿手指做出嘴巴的模样，她像个模特那样做着怪表情。每一张照片都让他与她更为靠近，让他更靠近赫勒最本质的内心，那个他有一天会放在一张照相纸上还给她的、净化过的赫勒。

这，他想象自己会说，这就是你。

她会看着相纸，最终了解她自己，她会想知道自己为何迷失那么久。赫勒，一个看她自己就像看世界其他部分一样清晰的赫勒：这是他所梦寐以求的。

还有一周就是乐享日了。三年级的孩子们在餐厅的墙上贴了一张巨大的牛皮纸日历，那几天都画满了喜气洋洋、放着光芒的大太阳。时间在桃源乡并不稳定；锣鼓决定着日子，季节主宰着作息。日历对还不习惯这种秩序的比特来说，就像一种强加的负担。自从发生了那次辅导课上的争吵之后，阿卡迪亚似乎被奇怪地勒令静音了，事件似乎渲染上了一层史诗般的基调，关于它的传言从这个人传到了那个人。空气中有种不舒服的感觉。

一天晚饭时分，他们从这种紧张气氛中逃离出来，汉娜、艾彼和比特。还有三个早晨，汉娜和比特就会去收割，然后再花几个晚上在枫糖小屋里进行加工。天色的每个细微变化都让他们离终点更为接近。他们很兴奋，他们简直不能安静地坐在那儿，即使是别无选择、动弹不得的艾彼。现在他们三个坐在铜山毛榉树下摊开的一块毯子上，在凉爽的夏夜，比特感到有种往日熟悉的幸福又围绕过来，看着他母亲的手像燕子一样飞舞着分发食物，看到艾彼把心情写在脸上、望着汉娜的样子。如果不是对这种重返身边的久违的相依相伴心生感激，冲昏了头脑，他说什么也不会冒出那么傻的一句：如果猪猡警察在收货前发现了我们的计划，那可怎么办？

一直被压抑着的蠢蠢欲动的恐惧，选择在这个节骨眼儿跳出来是多么怪异啊。汉娜和艾彼之间有根弦似乎绷紧了，还有一丝不易察觉的对比特的失望。

不能忍受的是，父母竟然完全无视了比特的问题。他们谈起黏土和花生两人为乐享日买的烟花，认为那简直是可耻的浪费。他们谈论汉娜的发言，有赖于比特最新的摄影技术，幻灯片看起来漂亮极了。他们说啊说啊，比特孤单地待在冰冷的影子里，手里拿着食物，看着自己的父母兴致勃勃地进行着没有他参与的对话，让他独自陷入黏稠湿冷的焦虑之中。

维尔达是比特所能想到的可以给予赫勒的最好的东西。她是他最大的不为人知的部分；她的智慧、她的平静可以给赫勒一个锚，以这个老女人稳住比特的方式。今天溜出来之前，他们一直在和青少年组的其他人在一起，给玉米地除草。比特喜欢那些品种：蓝宝贝，里德的黄牙齿，血腥屠夫。多洛特卡已经收集了十几年的种子，人们总是把他们能找到的最奇怪的种子送给她做礼物。他喜欢胡萝卜：龙，火红南特，圣瓦勒里，巴黎市场。还有土豆的：水虎鱼，德西蕾，黄色鱼鳍，紫色维京。胡椒他避开了，因为他有一次碰过"恶魔之舌"的叶子后又揉过眼睛，整整两个星期之内他除了一个移动的红光之外什么都看不见，只好在母婴室的床上躺着。失明的时候，听人生孩子可是一件非常可怕的事情。

莱弗在拔草的时候总是骂骂咧咧，他的诅咒也越来越有创意。睾丸淌血的鸡巴，他说，臭气熏天的假阳具，他说。他对将他和他的艺术分离开来的每一分钟都充满仇恨，这个男孩爱他的玩偶胜过爱真人。比特记得春天看莱弗在杂耍乐队表演时，汉娜曾经小声嘟哝过。从他爸那儿继承的，艾彼从嘴角挤出一句，他父母同时噗嗤笑出来，然后米琪转身生气地嘘他们，两个人都脸红了。

赫勒从一排植物的末尾来到他面前，他们俩偷偷溜进了树林。空气很凉，像水一样掠过他的皮肤。

赫勒说，喉咙里有点别别扭扭的，我今天看到一件事。一个女孩在外边花园里。天特别早。她还很小，四五岁的样子，没穿衣服，她趴在黄瓜下面，啃着一个玉米。就像个野孩子，像你读过的那种没人养的小孩。我生气极了，盯着她，我甚至想吐。我是说，这么小的女孩，饿得要一大清早跑到外面去吃没煮熟的蔬菜。现在每天都有那么多人，那些陌生人，我是说，他们中间如果有坏人怎么办？要是有趣皮士看见她，想出坏点子伤害她呢？谁会来保护她呢？对不起，我真的不明白这里到底是怎么回事，我就是一点儿都不明白。不明白。赫勒的声音在发颤，但是她的脸色苍白，面无表情。

我也不明白，比特说。

太奇怪了，赫勒说，没有一件事情是对劲的。还记得我们小的时候吗，比特，无论情况有多糟糕，我们总是一个紧凑的小集体？我一直在想毡布，那种布料，你懂吗？我的意思是，你拿起一件毛衣或者一个织出来的什么东西，你用肥皂洗了又揉，最后那些毛和线纠缠成解不开的一大团。但是现在，我们就像有一百万个疯狂的编织者，都在朝着自己的小方向织，这个人做一条腰带，那个女孩却想做一个罐子套或是别的什么，我们得到的就是一个史上最大、最丑、最蠢的毯子，甚至还不能把我们大家都盖上，让我们保暖御寒。她停下来开始笑，然后低声对她自己说，操蛋的比喻，赫勒。

你说的真没错！比特说。听着，他说，又觉得自己在拦阻一道正向他迎面冲下来的瀑布，他把汉娜和艾彼的计划告诉了她，大麻，现金，还有一定会到来的转危为安。

一切都会好起来的，他说。乐享日之后。别担心。我们会有足够的东西。

她看着他，咬着大拇指的指甲，什么也没有说。

他们来到维尔达的院子，那座石头屋，那棵樱桃树。维尔达在花园里，给她的鸡抛着玉米粒。她看到赫勒时皱起了眉头，她狠狠地瞪了比特一眼，意思很明显：还带了个客人？你难道不知道我更喜欢一个人待着吗？

他满怀希望地看着她，她叹口气说，也一块儿进来吧。

他们进了屋。赫勒和维尔达客客气气地隔桌而坐，小口地呷茶，透过睫毛研究着彼此。对话表面上看起来很轻松：天气、乐享日、比特。如果他不是那么了解维尔达的话，他会说这次做客进行得顺畅极了，但是她的鼻孔使劲张开好像它们闻到了什么异味，她的回答也变得特别简短。

他们起身告辞，赫勒弯下腰去抚摸趴在地板上的尤斯塔斯，维尔达一改以往的做派，伸手抓住比特，一把将他拉到面前。她很好闻，像被阳光晒干的衣服和阿米什人的肥皂。她在他耳边说，声音又快又低，小心啊，瑞德里，这世上最强大的人就是年轻漂亮的女孩。

然后她放开他，送他们到门口。

走到外面，赫勒看上去好像不是很满意的样子。路走了一半时，她说，我知道她是你的朋友，但是……她又收回了话音。后来，她颤抖着说，知道我那时候在想什么吗？我一直都在想象，我要是变得像她那么老、那么孤独，我想我会杀了我自己的。

哦，赫勒，比特说完，一时想不出别的话来。

她看着他说，我只是开玩笑罢了，比特。但是她的声音沉重，她走进自己的屋子去睡午觉，他简直不能忍受那扇门在他们之间关闭。

摄影辅导课，比特赶上了绝佳时机：夕阳西下，而莱卡相机就在他手中，太棒了，太合比特的口味了，这桃源乡里对他最有价值的东西。院子里还有别的辅导课，年轻的脑袋们围着年长的，他觉得，这种奇迹般的聚合，恰恰构成了阿卡迪亚的伟大之处：对潜力的关注，对个体的耐心，给灵魂的伸展以必要的空间；他看到赫勒向着广阔温暖的天空眼神顾盼的样子，花栗鼠跃上桃源屋房檐的样子，赫勒那沾满泥土的脚，她看着比特，给他昙花一现的笑容，这让他开心得要溢出来。最后，当孩子群开始用邦戈鼓和铃鼓上演一个活力版《给农夫的茶》[1]的时候，他所能做的一切就是冷静扮酷，就是不站起身来，像一个充满了神灵狂喜之光的傻瓜一样跳舞。希罗上个星期给他们看过希罗尼穆斯·波希[2]的画——他自己就是以他命名的，一个大花园，钻在蚌壳和水果里的赤身裸体的男女，性器官模样的粉色房子，开心骑在猪和豹身上展开竞技的人，任雀鸟衔来莓果投入他们口中，画布上的每个人都充满安静和新鲜的快乐。比特必须控制住自己，静静地呼气和吸气，直到幸福回到了一个安全的距离，直到它变成一张编织着太阳、孩童、宁静和桃源乡的大毯，比特又一次成为贯穿这一整幅图景的唯一线索。

晚饭时，比特看到西蒙悄悄走近汉娜，对她耳语。看到汉娜脸一红，他立刻警觉了起来。她说，声音大到足够让比特听见：

---

1 《给农夫的茶》(*Tea for the Tillerman*)，是英国民谣摇滚歌手凯特·斯蒂文斯 (Cat Stevens) 1970 年的一首著名歌曲。

2 希罗尼穆斯·波希 (Hieronymus Bosch, 1450—1516)，荷兰画家，画风诡异复杂，常描绘人类道德的沉沦。《尘世乐园》是他以《天堂·人间·地狱》为主题的三联画之一，被视为他最著名的代表作。

那好的，天亮见。

　　整晚，他都在想象汉娜突然消失的情景。他想象醒来之后是一个永远失去她的空荡荡的世界，那是来自童年的一种早有体验的恐惧。汉娜出来的时候，比特就站在前门，她脚步很轻，工装裤下面是一双光脚。她看见他，嘟囔说，我的穿着闪亮铠甲的骑士啊，然后她拨弄他的头发。

　　是快乐夜晚的闪亮骑士，他这样说想让她笑，但是她没有。

　　他们一起在田野里走。西蒙迎着他们赶过来，焦急地迈着步子，有好多向日葵生长在树林的入口处，阿兹特克之日，爱尔兰眼眸，天鹅绒女王。他的头发湿湿的，从中间分开来，他穿着条新牛仔裤，走起来还吱吱作响。他看到比特便皱起了眉头，意味深长地看一眼汉娜，但是她正专注地对付蚊子在她胳膊上叮的疙瘩。西蒙说，哦，来吧，然后转过身大步流星地穿行在植物丛中。他们跟在后面，汉娜的手抓比特的手，比特任由她握着。朝阳在毛茸茸的叶子上投下第一道光线。田地的中央，矗立着西蒙的作品，那个用防水布盖着的大块头。花有齐肩那么高，他们经过时碰上去湿漉漉的，就在他们穿行到中间地带的时间里，天空已经被旭日染得绯红。

　　他们在雕塑前站了几分钟，默不作声。西蒙认为光线恰到好处的时候，他绕到雕塑后面，他们听到短柄小斧劈了两次。绳子松了，防水布像裙子一样脱落。

　　比特笑了，但是汉娜戳了一下他的胳膊，动作迅速又灼热。她说，西蒙，真是太美了。西蒙看着她，眼睛深不可测。

那个看起来像座简陋风车的东西，在微风吹来的时候开始转动，露出越来越多的部分。轮辐是来复枪，中心是一枚炸弹的弹头。比特去摸了雕塑的腿，它们很锋利。

铸剑为犁，汉娜说。她的两颊泛红。

比特用他最男人的声音说，真的吗？难道必须得照字面来理解？

别那么孩子气，汉娜嘘他，比特被刺痛了。

西蒙没理会比特，他开始解释。跟着车队到加拿大的时候，西蒙发现一辆被遗弃的车，后备箱里藏了一些来复枪。他想，大概是以前的走私者在树林里迷路了。就此他产生了这个想法。然后在一家军事用品商店，他看到炮弹头，堆成一个鹿头的形状。剑是他自己造的。这应该是融合了阿卡迪亚所有最伟大的东西。和平，劳作，简单。

太棒了，汉娜说，能用吗？

能用，西蒙说，他拨弄一下控制杆，风车转动起来，发出低沉的嗡响。他说话的时候，声音里有种苦涩的意味，在这种鬼地方，做没有功用的东西是可耻的。就算是我，也明白这一点。

比特想象自己送给别人一件艺术品作为礼物，一件他倾注了所有而完成的作品，但人家的反应却无动于衷。突然之间，他对于西蒙的同情冲淡了恼怒，他望着那座因为蕴含了西蒙的爱情而变得美丽的风车。

谢谢你，汉娜说，西蒙点点头。他看上去有点丧气。他们一起往回走。汉娜给了西蒙一个拥抱，比特发现自己在计较着拥抱的长度和力度，还有汉娜别过头不去看西蒙脸的样子。他想到还在睡梦中的艾彼，他在床单下萎缩的双腿。因为这些，他陪伴汉娜一直走到她的小房间。他等到她敲门，艾彼的声音应答，然后她走进去，只有在她安全地回到艾彼身边，那只在他肚子里摇头摆尾的鳗鱼才终于游走了。

比特和汉娜早在天亮前就醒了，今天他们要把成果收割下来再装到一辆皮卡上；现在他们光着手，衣服在寒冷的早晨因为出汗冒着气儿。赶在日出前天还是深蓝色的那几分钟里，他们匆匆忙忙将四袋花苞和叶子送进了枫糖小屋，再把用过的皮卡停在车队的固定车位上。餐厅的门一开，他们就冲进去，虽然并不是他们的班，他们筋疲力尽地坐下来，喝口咖啡。伊登过来了一下，她怀着八个月的身孕，她悄悄说今晚在八角谷仓召集一次紧急"九人委员会"会议。比特看着她蹒跚走开，带着可怕的负疚感，观察着已经被八个孩子的压路机摧毁的身体，一把年纪、体态臃肿的伊登。

一整天，空气中都弥漫着恐慌：有人在什么地方给乐享日广而告之了一番，虽然没有人知道是谁，或者没有人愿意承认知道。但是在《嗨翻时代》《全球概览》和《亨达生》上都有啦，在《声音》上也有篇小小的捧场文章。访客选择在30号这个星期一光临。今天已经是周四，周六就是乐享日了。比特走到门楼，发现那儿简直成了动物园：足有两百来个参观者。尽管提图斯有个紧急的备用方案，以防止人们乱作一团，但他的方案也只是在这个星期刚开始的时候还管点儿用。访客们开始用自己的法子穿过树林进到桃源乡来。现在，他们在林子里搭起帐篷，在车里睡觉，在餐厅聚集等待食物。食物一被抢光他们就抱怨。他们去了伊留姆，回来的时候晃着油腻腻的装着汉堡包的袋子，提图斯大发脾气，从门楼一直吼到桃源屋，他们还是坚持不肯走。

天快黑了，八角谷仓聚满了来开紧急会议的人，都没有地方坐。人们站着，有的爬到屋顶和横梁上坐在黑暗中。委员会的人坐在打开的折叠桌前，艾彼在一端，汉迪在另一端。这样一个炎热潮湿的晚上，古老动物的鬼魂气味浮出地面，飘在空中。汉娜匆忙冲进来。她凑到艾彼跟前，耳语了几句，又跑了出去。

比特注意到父亲脸色变得煞白。沉稳的艾彼完全失去了他的方寸，心不在焉地望着眼前激烈进行中的争论。提图斯正在大声朗读一张单子：要是我们窝藏了一个杀人犯该怎么办？一个恋童癖呢？要是我们当中有人被杀了该怎么办？被强奸了呢？要是那些离家出走者的家长想找他们呢？要是有女孩隐瞒自己的真实年龄进了可以胡搞的帐篷后来发现她还未成年该怎么办？要是我们藏匿了一个恐怖分子呢？

整整三页，他一直往下念着。在这些句子里，比特听到了艾彼的声音。比特心里放松了一些，提图斯现在稳稳地站在他父母亲这一边。

然后汉迪把手摊开在桌子上。他说，首先，这只是在乐享日当天，之后那些人要么会离开，要么就会在新人村先试住一个月，按照我们的规矩来。其次，他说，表情变得异常严肃，提图斯，我反对你的偏见。就算是杀人犯，他说，也理应获得改过自新的机会。

有人大叫出来，八角谷仓四处都有声音响起表示同意。

再次安静下来时，艾彼说，食物问题怎么解决？我们没有钱来养活任何人，汉迪，而且我们还要把钱寄到阿斯特里德的助产学校，还有其他的什么地方。我们自己的趣皮士和给母婴房的药品已经够让人犯愁了。你清楚这些，你比所有人都清楚，艾彼说。

汉迪说道，我清楚的，像以往一样，只是宇宙所能够提供的极小部分而已。

他们就这样争论不休，大概过了一个小时，直到雷金娜黑着脸敲敲槌。我们这样子可不会有什么结果。投票吧，她说。灯笼的光映着她的颧骨。

"九人委员会"进行投票。五票赞成，允许不速之客们留下来；四票反对，表示该赶他们出去。隔着桌子的距离，艾彼和汉迪彼此对视，一个恼怒一个欢喜。比特想，高气压与低气压正面交锋，那一场大雨可就不可避免了。

艾彼舌头打结，脸色通红：他真想踢什么地方，如果他可以的话。会议继续。

这对比特来说过于沉重，他的胃直泛酸。他离开会场，经过暮色下的草场跑到枫糖小屋，想看看汉娜为什么那么激动。他先是敲了一长三短，接着是两声短的，最后是一声长的。那是摩斯码的"比特"。汉娜开了门。

这里闷热极了，得有华氏120度。炉子里塞了木柴，汉娜穿着短裤，全身都是汗。她已拉上窗帘，正在角落里借着手电筒读着什么。纱网上是成堆的大麻。但对比特来说那些远不算多。显然，还不够支撑阿卡迪亚一年的时间。

比特说，奇怪，今天早上看着还很多的。

汉娜说，那是因为那个时候的确多。此刻他绝望地明白了发生的事情：汉娜生气极了，她的脸都在抖动。我出去小便，她说。我懒得锁门。一分钟后回来，四分之三的东西就没了。消失了。就这样。就上了个厕所，价值几千美元的我们最好的种子，没了。

比特想起那天他告诉赫勒"大罐计划"的秘密之后，她在树林里咬着指甲斜眼看他的样子。他不由得打了个冷战。这是他的错。他脸上一定表现出什么，因为汉娜突然问道，比特？你告诉过什么人吗？

突如其来的问题，像跷跷板，而他只有片刻可以选择。

没有，他答。

母亲扭过身，摇着头。汗水在她肩胛骨之间的黑暗凹陷中流淌。比特提出他可以整晚待在这儿守着晾干的大麻。汉娜想了想说，不，我觉得用不着。

比特在赫勒的门外守候，看着书，但是她那个晚上并没有回来。黎明时分她才踉踉跄跄地进了屋，一大股朗姆酒的气味早在她进来之前就先传到青少年单元的公共房间，她含糊不清地嘟哝着什么。比特帮着金茜和莫莉扶她上了床。他站在那儿，看她睡觉的样子，金茜把他紧紧揽在自己胸前。真好，可爱的金茜，他的第一个朋友。

她配不上你这样的人，她在他耳边说。

我们只是朋友，比特答。

好吧，金茜温柔地说道。我要赶你出去了，我的朋友比特。你该去睡觉了。

清晨时分，比特经过罐头作坊一扇打开的窗户，里边一些人正在做覆盆子酱。他无意中听到一个女人说：……赫勒，自从回来之后就一直不太对劲。

另一个女人说，……一个趣皮士，如果她不是的话……

有人说，乔治亚！然后大笑。

我看到……一声低语。

声音大起来……就像她老爹。

太像了，有人大加赞同。

比特向窗里望。女人们穿着被汗水浸湿的男人的背心，头上是一色的蓝色头巾。太暗，太远，又穿着统一的衣服，他看不出谁是谁。她们属于那一类不知姓名的女人。对比特来说，现在，她们就是。

比特起了床，他实在睡不着。屋外，成百上千阿卡迪亚之外的人正在高声吼叫，发出他想象中的海洋的声音。艾克正用鼻子打着呼噜。门下透着公共房间的光，他开门进去，发现拿着煤油灯的赫勒。她坐在跛脚的沙发上，盯着一本书。她抬眼望见比特，啪地把书合上。

嘿，她轻轻说。嘿，他答。他的喉咙里，他的难过，在郁积。他想问她为什么要从他们那儿偷东西；为什么她要整个阿卡迪亚挨饿。他想要告诉她，他知道。但是，她看上去是那么忧伤，他开不了口，还不能。她一定刚从特别嗨的状态恢复过来，她的瞳孔还很大，她橡皮筋一样的嘴唇在嘴角抿成苦涩的结。

他坐在她的身边，她把头枕在他的膝上。他能感到她的呼吸暖热了他的大腿，她的睫毛在他皮肤上扇动。他想象着自己的手在餐厅洗着盘子，抹掉盘子上那些黏黏的东西，蒸汽在手指上好烫，几乎要烫出泡来，他想象任何能让他控制住自己的东西。他轻轻挠她的头，手指在她发辫间移动，她的发油在他的指甲缝里。他的手移到她长长的脖颈，抚摸着上面的小小凸起，他发现她的耳朵是那么小，老鼠一般的小耳朵，在她干草发辫下面显得如此精巧，他真想去咬它们。这么一想，他的阴茎突然不自觉地勃起。她一定感觉到了。她坐起来。她脸上的皮肤看上去有点松弛，眼睛下面有闪亮的暗色东西。她端详了比特一会儿。她取下自己的整牙器，上面还带着银色的细细口水，她向前倾过身子，把她的嘴放在他的唇上。

这让他一惊，这亲吻。他的第一次。他尝到了她的呼吸，带着茴香籽儿的微辣，那是一些桃源人饭后嚼的东西。她的嘴唇多么富有弹性，她奇怪而黏滑的舌在他的嘴里，他们的牙彼此碰撞。他在颤抖。他想到公共房间的门还开着，有人也许会看见他们在长椅上。她拿起他的手，滑到她衬衫上一个隆起的地方。她又拿起自己的手，解开他牛仔裤的纽扣，她冰凉的手指关节放在他的小腹上。这对他来说简直太多了。他喘不过气，一阵美妙又不可名状的痉挛之后，他的内裤上一团湿热。

他，太想，哭。

她停下来，此刻她的手在他的下巴下面。她抬起他的脸，让他能看着她，苍白，严肃，决绝。咱们再试一次，她说着，用她的嘴唇凑近他。她的手在他牛仔裤的腰带间。她的手紧贴着他的皮肤，温暖他。比特让自己放松，沉浸在这奇妙的感觉中，这就是了，他想。赫勒的温柔紧贴着他，她的重量，坚硬的尾骨贴着他的大腿，她的腿抬起来，给了他一个突然的接纳，这，一，切，是他已知的所有美好事物的顶点。他身体里有种渴望，就这样待到永远，就这样。

然而焦虑还是回来了，她咬他的嘴唇，让他不要发出呻吟。她闯进他的口中，仿佛从她嘴的深处传来一种交战的感觉，他的耳朵里却藏着一只鬼魂，告诉他：她正在对他做的事情，不是深深的关爱，就是深深的诅咒。

仲夏，热气在空中吐着舌头。乐享日来了。

音乐声此起彼伏，互不相让：有人在乡村路的停车场上打开了一把电吉他，面包房旁边围了一圈穿着藏袍在唱歌的男人。三个"半导体收音机"在池塘边展开决斗：莱德·泽普林、布莱克·萨巴特、凯特·斯蒂文斯。

让我去游荡吧，如果夏天真的进入了你的花园，要么这只是，老虎机里吐出来的梦幻……这真是一支喀迈拉[1]歌曲。

有人租了一座红白相间的巨大帐篷，把它搭建成一个可以在里边尽情做爱的场所。任何人只要确认够了年龄就能进去，不过科尔还是偷着钻进去看了个究竟，他出来的时候，两颊就像兴奋的河豚一样鼓鼓的。粪便的气味更重了，人们随处大小便，也懒得把排泄物埋起来，比特甚至在喝粥的时候都能尝出那个味道来。

远在田纳西的阿斯特里德，也许是自己有预感，又或者是有人告诉她这次可能会有麻烦，她从助产学校开了一夜的车，在清晨赶了回来，想看看能做些什么。吃早饭时她站起身，手放在汉娜肩上，两个高挑的女人低声交谈。她们看着像姐妹，虽然她们的金发一个偏蜜色，一个偏白色："双子座"，比特长大的过程中听到每个人都这么叫她们。但是比特看着看着，发现阿斯特里德的脸低了下去，汉娜突然转过身，走开了。比特问发生了什么事，汉娜自从发生了大麻被窃事件之后一直没跟他说过话，她只是摇了摇头。

早上晚些时候，比特经过一片疯狂摇动的灌木丛，知道有人正在里边做爱。他想找根棍子把他们打出来，就像把鸟从草丛轰出来一样。但他只是喊了一嗓子，这儿可有小孩子在呢！

1　喀迈拉在希腊语里的意思是"山羊"，它拥有羊身、狮头和蛇尾，会喷火，最终被骑着飞马的贝勒洛方所杀。这里应是指歌曲怪异。

他的声音特别大，本身也孩子气十足，这一定羞到了里边作乐的两位，因为他走过去时，树丛已经停止了动作。

带着警觉的眼睛，比特一路走到桃源屋。有人在生菜地上建了一个羽毛球场，柔嫩的菜叶被踩得一塌糊涂。多洛特卡双膝跪下，在它们（雀斑罗马、红色小妖、红边生菜、阿米什鹿舌、奎特雷赛[1]）中间哭泣着。他都不忍心看她，老花镜的镜片上沾满了泪水，发辫松散凌乱，他也同样无法直视被践踏的田地，只有把手放在她的背上，轻轻地拍呀拍啊，直到她平静下来。

午饭前，他正在闷热不堪的餐厅厨房里团着蔬菜肉丸，看见赫勒从窗口经过。他赶紧叫了声，赫勒，等等，我有话跟你说，她转过身，看见他时她脸一红，摆了一下手便消失在拥挤的人群中，在那里，有人早已喝醉，在音乐里舞蹈起来，比特听得，不太，清楚。

他们聚集在一起，快到最后的时候，为了听汉娜的乐享日致辞。礼堂里灯火通明，窗帘上甚至都浸透着热气。汗水从汉娜的脸颊渗出来，顺着下巴缓缓往下滴，虽然她才说了几句开场白而已。她不得不提高嗓门喊出每一句话，这样才能盖过外边草坪上传来的喧响。

过去，人们都是等到致辞结束才开始派对狂欢的。

---

1 这些均为生菜的不同品种。

过去，当然，也没有潮水般的陌生人来践踏阿卡迪亚的礼节；那时候总有一些办法让他们都规规矩矩的。乐享日不过是仲夏和绵羊草场收割季的尾声，那浓郁的草香刺激着他们，以及音乐，以及爱。

还有一些不仅仅是擅自闯入者所为的粗鲁事情也在发生：今晚，观众真是少得可怜。一个随便溜达进来的陌生人，一定不会相信汉娜是从阿卡迪亚之初就加入的，不会相信被邀请在乐享日致辞是桃源人莫大的荣耀，不会相信汉娜为此曾经准备了几个月的时间。比特在脑子里仔细地写下听众的名字：充满爱意笑着的艾彼；提图斯和俏莎莉还有他们的一堆孩子；斯维媞、玛利亚还有瑞琪；雷金娜和奥莉；看上去特别严肃的阿斯特里德；玛丽莲和米琪，米琪给自己扇着风，还偷偷地放屁；泰山和美国队长；科尔、狄兰和艾克、金茜、菲奥娜、玛芬。赫勒坐在艾克旁边，向着四处微笑，唯独没有把笑容给比特。晚一点进来的还有德·安杰洛、斯科特和丽萨。但是就这些人了，就这些，只有这些。没有多洛特卡，没有伊登，没有其他人了。特别是，没有汉迪。

汉娜正在讲19世纪创造了阿卡迪亚村的神圣主义信徒，在她身后，草坪喧闹非凡，人们正忙着敲邦戈鼓，吸大麻，聚在一个巨大的垃圾桶周围，比特怀疑那里装的是从储藏间拿出来的苹果酒，再加上兴奋剂。杂耍歌手们穿着白袍，用慢动作走过草坪，人偶们动作敏捷地起舞。比特认出莱弗白色头发的光泽，他正在操纵一个愚人木偶的头。亚当和夏娃在一起跳华尔兹，他们新穿了一层桃红色的外衣。即使隔着礼堂的玻璃，也能听到歌声、不和谐的曲调和鼓声，以及成百个铃铛响。玩偶操作人周围聚了厚厚的人群，个个伸长脖子看着，像是中了他们的咒语。

比特想象从天空伸下来一只大手，碾碎这寻欢作乐的人群，就像调皮的男孩砸散一队蚂蚁。带着羞愧，他转回头朝向汉娜。但是热气袭人；比特自己也热得难受，没法像他希望的那样，入神地去听汉娜说话。他注意到致辞里边有他做的幻灯，和从旋转的录音带里飘出的维尔达的声音。

汉娜抬起头，看到她的观众们，虽热情不减，但还是显出疲态。她继续说，语调有点哀伤，此刻我们在这里，与他们这些神圣主义者们无异，怀抱理想，辛苦劳作，崇尚精神。与他们不同的是，她说，我们知道从历史中吸取教训，在太迟之前去谋求改变。

她停顿了一下想让自己重整旗鼓，但就在停顿的片刻外面一声炸响，一道绿色的烟花像蛇一样曲折窜向暗下来的仲夏夜天空，射出红色的光芒。她转头看看身后。她的金发闪闪发光。她再转回头的时候，比特能从她的脸上看出她已经决定给自己的致辞收尾了。

谢谢，她说。现在让我们大家都来享受这日子。尽管在空荡得有回声的舞台，他们已经竭尽全力地鼓掌，他母亲在走下台阶时肩膀还是忍不住泄气地耷拉下来。

外面，空气凉下来一点儿了，草闻起来甜甜的，已经被踏得乱七八糟。人们分散在桃源屋的草坪上，像铺了张巨大的壁纸，嬉皮士们从薄薄的白衣，到吊带背心，再到全身牛仔的装束，像玩镜子游戏。从厨房排出了一条长长的队，把食物运到室外铺展的折叠桌上。有给孩子们的柠檬汁，有用营养酵母做的大桶爆米花，杂菜沙拉，番茄沙拉，豆豉沙拉，干麦和青豆沙拉，辣豆腐沙拉，素蛋沙拉，通心粉沙拉，成堆的面包被一抢而空，米饭和豆子，洋葱辣酱，一大桶红薯泥，还有那么多的馅饼，他们没有存货了，只有再等到收割季节。各种各样的大豆冰激凌，做成开心果、香草、巧克力和草莓的口味。当天有的参观者们还不错：一些来自不同城市的人带来了葡萄和香蕉、成篓的橙子、芹菜杆、大罐的花生酱，还有食品工业用面包，比特觉得跟纸一样。特大袋子里装着沙沙作响的东西，有人管那叫薯片，太咸了，让比特齁到嗓子。还有从巨大盒子里拿出来的饼干，舔上去有种电池的味道。

像平常一样，孩子、准妈妈和趣皮士们优先，但一些个头高大的新人还是插了队。每个人都取过食物之后，还有剩余。这一整天，所有人都吃饱喝足，然后再吃到撑，直到他们再也吃不下任何东西。甚至比特，他一直用他自己坚定的道德意志抗拒兴奋，也在饱腹之后放松下来，让夏夜浸入他的身心。

音乐在绵羊草坪上的露天剧场响起。汉迪的声音回荡在空中，沙哑而又迷人，自由人乐队精彩亮相，手鼓、提琴和手风琴各自来了一段长长的炫技独奏。鼓手泰山，乐此不疲地敲击，这是他唯一的语言。天色暗了，大麻和香烟明明灭灭，比萤火虫还亮。孩子群因为吃了比平日里多得多的糖而变得异常兴奋，

171

互相追逐着。比特的肺仿佛燃烧起来，他们奔跑，大笑，把特小的孩子抱起来抛向半空再接住，互相扭打，抱作一团。科尔、艾克、赫勒还有他，偷偷跑到苹果酒桶那儿，从里边很快捞出四罐。他们把酒抱到八角谷仓后面。赫勒笑着咬掉了她那罐的塞子，闭上眼睛拼命喝。比特看着她，他真想把酒洒在她脸上，然后，也许，再从她下巴上舔进嘴里。她看着他，挑衅似的，害怕啦？

他害怕。他喜欢自己的头脑。他不想落到像美国队长那步田地，永远神经兮兮的。阿卡迪亚有超过六十个活生生的例子，无药可救的趣皮士，他们的心理都已经有了问题。

不，他回答，把罐子夺回来，酒精在他喉咙燃烧。他们从粮仓后面走出来等着酒劲儿慢慢发作的时候，赫勒拉着比特的手。她的手指凉凉的在他手中，虽然他很想松开，但他没有。他们走着，她紧紧地握住他。

音乐会上，汉迪正带着一群人唱"晚安，艾琳"。在一边儿燃着圣诞灯火的小块区域里，阿斯特里德和莉拉互相倚靠，闭着双眼，晃动身体。俏莎莉身材娇小，紧靠在提图斯的胸口。有人小声说，离家出走者活动房那边有派对，少年们开始陆陆续续往那儿溜。比特跟赫勒经过池塘，岸上堆着下水裸泳的人脱下来的衣服。水里人满为患，就像通常夏天下午的池塘一样，只不过此刻是成年人在月光下罢了。比特、赫勒、艾克还有科尔经过的时候，有四个小小孩抬起头害怕地瞟了他们一眼，之

172

后又转回头分发一些比特起初以为是小卵石的东西。他凑近了看，是蓝色的药丸。他想说什么，但好像把语言丢在了什么地方，所以他一把抓起了药丸，倒进了自己的口袋。有个小孩踢比特的脚踝，他跑开，身上被扔了一通石子。离家出走者活动房正闪耀着煤油灯，飘出收音机的声音。已经变形的柴火炉旁边，是另一个装着苹果酒的大桶。太多人聚在这里，他们已经变成一个咆哮的人群，一头多臂的怪兽。

赫勒在他耳边低语，比特没有听清她说什么。他转身把脸朝向她，他对她的愤怒一定突然变得非常明显。她退回身，消失不见了。

现在人群逐渐散开来。小维尼在舞蹈，向空中甩动着双臂。一个脸上有眼泪刺青的陌生人用胳膊撑着身体，目不转睛地看着她；他的朋友，也穿着一件黑色皮夹克，正把一个离家出走的女孩压在墙上。比特看了一眼夹克，上面画着一头死猪，他走过的时候，闻到一股麝香的气味，差点就要吐出来。太奇怪了，他想，这里多数时候只有孩子，现在竟然有成年男人出现。

他这想法被另一个让他吃惊的画面打断了：在一张帆布床上，金茜正和一个离家出走者亲热，那是一个线条刚硬、发间有秃鹫羽毛的黑发男孩。

嘿，金茜，比特说，摇着她的肩膀，她抬起头看，笑着说，嘿，比特，之后又回到和男孩的热吻中。让她得鸟虱去吧，谁管呢。

艾克放上磁带，新一轮的音乐巨响传了出来。Misfits[1]！他叫着，随着音乐甩动他的头。他出了太多的汗，胳膊下面出现两团汗渍。比特自己的衬衫也粘在了身上。

赫勒重新出现，半梦半醒，一脸迷惑。嘿，她用只有比特能听到的音量柔声说，那是我的磁带吗？他想咬她的嘴唇。他的身体想要融化在她的身体里。他想去够她的脸，但他的手探到的，却是别人的脸，赫勒已经不在他的面前，她走掉了。

迷幻药开始起作用了。他能感到在宇宙间，有某种白色而且温暖的东西，像脉搏一样跳动。时间慢下来，拉长了，变成一个螺旋。离家出走者之家里边太美丽又太可怕了，比特知道他在哭泣：他知道每个人都在想什么，因为他自己也在想，他知道科尔能感觉到地面是怎样在他脚下跳动；他知道赫勒的身体是怎样变暖发热，当她和哈里森交织在一起舞动的时候；他知道阿曼·海默同样能感觉到赫勒的身体，因为他此刻在赫勒后面紧贴着她。真是大方，他想，这些男孩甚至都不看彼此一眼，这一切在他看来是那么亲切。比特周围的脸开始呈现奇形怪状的样貌，让他什么都不敢相信。不！他想，看着科尔的眼珠变得像他的耳朵一样大。不！维尼的嘴唇拉长到她的膝盖。不！赫勒的脸越变越小，最后变成针孔，然后完全消失。一切都是那么不可思议。

音乐分裂成光的碎片，他甚至可以用嘴接住它们。碎片太多，太多了，不计其数。他爬到一个角落，闭上眼睛，轻呼自己的名字，

1　The Misfits 是一支在 20 世纪七八十年代流行的美国朋克乐队。

一遍一遍又一遍，直到有人把他拽起来，带他离开。

不知怎地，他出来了，背后靠着活动房冷冷的金属外壳。艾克在他旁边，他们来来回回传递着一根大麻烟。大地在脚下汩汩作响，他能够听到树根和泥土摩擦的声音，就像腿和腿之间的摩擦。科尔靠着活动房，他的嘴唇锁定在一个漂亮、娇小的姑娘脸上，他的手在她的裙下。比特就那么盯着，盯着他们，直到他能够认出那女孩是维尼。比特终于能够转动他的头，却发现艾克就在几英寸之外快速用力地眨着眼睛。

我想——艾克的呼吸潮湿，贴在比特的耳边——今晚我可要走运了，他笑着，摇摇晃晃地回身进去。

比特只想一个人待着。他起身走到森林的暗处，找到树下一处暖和的松软土地蜷缩起来。他想要树林的威力盘聚在他头顶，动物从他身上爬过；他想要陷进树根里，成为泥土。

在山脚下这个小洞里，古老的故事又一次充斥了他的头脑，森林变得浓密，魔力十足，女巫们坐在树杈上。这种情形在他毫无防备的时候总会发生，黑暗、邪恶的童话无休无止地在他眼前舞蹈，在灯光暗淡的过道里，穿着松鼠尾巴做成的毛茸茸的外衣，脚踏用熊掌削尖做成的小鞋子。它们策划着它们的小小把戏，那些小野兽们。如果它们看到他，会向他吹有毒的荨麻，让他睡着，一个世纪之后才苏醒，比特·凡·温克尔[1]，他这一

---

1 这里是比特模仿华盛顿·欧文的小说《瑞普·凡·温克尔》主人公的名字对自己的想象，小说里的瑞普酒醉后一觉睡了 20 年。

生都会在睡梦中度过。他吓坏了，他开始哭，直到看见自己的手指甲在月光下发出很美的光，总算让他忘记了恐惧。

他开始走。经过每一株粗壮黝黑的树木时，他都要触摸树的表皮，树皮上有无数的凸起和凹陷。活动房里的声响弱下来，和更远处的音乐会的声音融在了一起，前方传来了小溪湍急流动的水声，他意识到自己得撒尿。

他要找个合适的地方：他摸了一棵又一棵树，但没有一棵给他许可。

林子里又传来一种新的声响，一阵低吟，起初让他以为是大自然的乐声，伟大冰冷的星星们的歌唱，一点都不如他曾经想象的那么美。但是这声音太近了，比特一动不动，等着看声音来自何处。

在那儿，他看到一团黑影，一片向上滑动的油渍，地上的一个黑色肿块，被没有遮住的月光映着。即使用他已经不灵光的大脑，他也知道那是一对男女在找乐子。不过这事还是看着有点不对劲，身体的位置怪怪的。比特眯起眼睛，透过眼前跳动的雾气仔细看。那儿是一个人在另一个人身上，但是第二个人的头却在奇怪的地方，几码开外，仿佛身体又长又弯。一阵窸窣，一阵咔哒，跟着是一声熊一样的咆哮，然后是腰带扣的声音，一个家伙站在另一个人的腿间。

谢啦，宝贝儿，男人的声音低声说，你真是太棒了。

另一个声音响起，女孩的。不错，她说，挺好玩。

接着那男人说，嘿，你觉得你还能再给我兄弟一点甜头吗?

你觉得怎么样？分享一点吧？如果你不想，也完全无所谓，不过他真的也喜欢你。就算帮我个忙。

你真是个大美妞儿，另一个尖尖的声音说，男人的。是我这么长、这么长时间以来见过的最漂亮的。

一段挺长时间的停顿，然后那女孩犹豫不决地说，我不……

来嘛，第一个男声说道，没什么大不了的。他跪下来，低声地说着什么，最后，女孩的声音从黑暗中传来。好，她说，够胆就上来吧。

第二个男人站起来，皮带清脆的响声，俯身下去，和地上女孩的身体交织在一起。

比特动弹不了，他没法呼吸。完事之后，两个人都站起身来，望着地上的那一团正准备坐起来的身影。咱们带她回去吧，一个说，他们架起女孩，给她拍去尘土。其中一个人，看上去，还温柔地从她头发里拣出了什么东西。

比特缩到他旁边的那棵树后，看着他们扒开树枝离去。他们正冲着他走过来，太近了，他甚至能闻到性交特有的气味，丁香烟、血和酒精。越来越近了，他真希望自己能缩到树干里边去。他们过去了，比特看见一个男人眼睛下边有个黑点，皮夹克上反射的光，还有赫勒发光的脸，就像月亮，在她停留过的空气里拖着彗星一样的银色尾巴。

直到他再也听不到他们的一点点声音时，比特的魂儿才回到自己的身体里。星星还在空中，天永无边际的黑。溪水潺潺流淌。风中，飘着从绵羊草坪远远传来的喝彩声，一首曲子刚刚结束。他不认为他看到了他所看到的。这太不可能。就像今天晚上发生的所有事情一样，这不过是迷幻药的化学反应：只不过是欲望从极高的地方倾倒下来，坠入了恐惧的杯中。

尽管如此，他还是跑了起来。他不相信，但他还是得去找汉娜，或者艾彼，或者提图斯，找到一个可以做点什么的人，汉迪、阿斯特里德、一个接生婆、一个成年人，什么人都行。树枝擦着他的脸颊。他打着趔趄，感觉到手掌也被划破了，热热的血冲破皮肤淌出来。终于，他来到了池塘附近，桃源屋还离得远。他身体一侧一阵痉挛地刺痛，不得不停下来做几次深呼吸。

他站起来，他太累了，觉得胳膊和腿简直是石头做的。他能做的只有继续艰难前行，一步接一步。他试图集中精神，但是他已经想不起是什么让他如此害怕。树林和交欢的男女，或者是树林本身在交欢，或者是星星、交媾和树林。他不能完全想清楚。还有赫勒，也许。或者维尼。赫勒和树丛，维尼和男人？还有那句"好"？他真想哭，为了正在吞噬他的莫名的重压，以及流沙一样倾覆的恐惧。"强奸"这个词浮出他的脑海，热乎乎地发着光亮，他又把它按下去。不是这样，但仍然，不对。还是有些不对劲，如果他可以问汉娜，她应该会给他讲清楚，让他明白他不明白的事；他不相信自己的鼻子，这一回，还有他的手，饥饿像一枚紫色的长钉钉在他的胃中。这感觉时隐时现，他只知道必须赶快在哪儿找到汉娜，找到赫勒，汉娜，赫勒，汉娜。

比特经过一片在黑暗中烧过的余火，随着他渐渐靠近，那团火慢慢变成了美国队长的模样。比特走过的时候，那老趣皮士翻来覆去地唱：

> 生在童话世界的孩子们，
>
> 从不需要衬衫或者衣裙，
>
> 从不渴望食物或者火焰，
>
> 总能得偿他们心中所愿。

余烬消失了。美国队长隐没在比特身后的暗影里。

就快到桃源屋了。比特的血几乎都已耗尽。他头顶上的空气沉重无比。他就快回到自己的床边了。明天他将如何面对这一切？他的腿直不起来，他爬过苹果阶地，月光给树枝镶上银边，也给他慰藉，他躺下睡着了。他醒来时，一只硬硬的青苹果砸在他的额上，眼前是雾气笼罩的黎明，他坐起来，浑身酸痛。露水打湿了他的膝盖。不知从哪里传来奇怪的声音，咔嗒咔嗒的，他想起直升机，站起来想提醒阿卡迪亚的其他人，但又倒下了，头晕脑涨。地平线上没有什么东西，能拯救正在下沉的月亮，他往下看，发现了声音的来处：一辆阿米什人的双轮马车正沿着碎石小路赶过来。他费力地撑起身体走到路边，站在那儿让马停下来。马儿撑大了敏感的鼻孔，兴奋地在空气中嗅着，似乎闻到了什么奇怪的东西：篝火，宿醉的身体，流淌在血液中的化学成分，还有比特自己的迷惑。

阿米什人阿莫斯从马后长凳跳下来，面无表情。比特希望

179

发现愤怒或者别的什么，但是这个男人什么都没有透露出来。他打开马车门，跳出来三个趣皮士：一个穿着婚礼服装的男人；一个胖胖的女人，把头像蜗牛一样转来转去；还有亨利，他曾试图把米琪的舌头从她嘴里拽出来，因为他相信那舌头已经变成了一条眼镜蛇。在这三个精神恍惚的人里边，穿婚服的男人倒看上去最为清醒。

发生了什么事？比特问他，男人耸耸肩。我们准备走，他说着，转身离去，衣服上沾了不少尘土。

你们打算去哪儿？他问那个女人，她咕哝着，皱了皱她的脸说，卡拉马祖——呜，拖长尾音的样子就像头猫头鹰。

亨利看着他的膝盖，说到，不，不，不，不！去仙那度。看到比特不解的样子，他又说，蜜露！牛奶的天堂。天堂！

比特问，你们饿吗？趣皮士们摇摇头，满怀希望地看着他。

你们的导师在哪儿？比特问，亨利耸耸肩。

阿莫斯重新回到了座位上，拉起了缰绳。

谢谢你带他们回来，先生。如果他们有打扰到你，我向你道歉。

但是他没有从阿米什人那里得到任何回应。阿莫斯只是用他的舌头在牙齿上敲敲，马车就启动了。胖女人弹了弹比特的脸。亲爱的，她柔声说道，笑着冲他露出棕色的牙齿。小小小小小小的蜜露。

早上，比特被遍布阿卡迪亚的叫喊声和急急的脚步声惊醒。他头晕沉沉的，脑子转得很慢。他缓缓走到外边，跟跄地穿过

180

草坪，来到八角谷仓的影子下。看起来好像有成千上万的人，四散乱跑，大声叫着。比特在斯维媞面前打了个趔趄停住，斯维媞哭得很厉害，比特简直听不清她要告诉艾彼什么事。最后，比特终于拼凑起事情的原委，大概一个小时以前，孩子群到西红柿地去采摘准备做晚餐，一个女孩踩到了一只手。那手就像是从泥里长出来的一只僵尸的爪子。她用手指碰了碰它，又叫了俏莎莉来。莎莉顺着胳膊在泥里找，结果发现了肩膀，脸，还有一双眼睛，眨也不眨。她打发小孩子大呼着赶到桃源屋去。救护队跑来拼凑起年轻人的尸体（穿着灯芯绒夹克衫，头发乱贴在脸上，戴着坦桑石的戒指，嘴唇青紫），他们本想救活他，但看来毫无希望。救护车刚一到医院，警察就突袭了阿卡迪亚。

艾彼用双臂护着斯维媞，她不得不弯着点腰，把脸藏在艾彼的脖颈里，哭个不停。

比特看着眼前的慌乱，一阵新的恐惧又涌了上来。他看见警察，密密麻麻来了那么多，即使是用他不够清醒的脑子也能猜到，这些警察已经守候了整整一个周末，就等着出什么乱子。一些是州警察，但主要是城镇的警察。不过人可真是不少。有些大概是从别的大点儿的城市借过来的，比如雪城、罗切斯特，甚至水牛城。他看到他们满脸横肉的脸上洋溢的欢喜。他们简直是龙卷风，是一群暴徒。他们掀倒了还有人在里边睡觉的帐篷，切断了吊床，翻开了临时桃源的所有东西，想发现毒品。男人和女人们被推倒在地上，戴上手铐。当初曾双臂抱胸成功地将猪猡警察赶出母婴房的六个助产士，这一次却因为拒捕而被逮捕。有人闯进去，拽了几个怀孕的女孩出来。阿斯特里德独自站在一处，像个坚硬的雕塑，看他们谁敢直视她的脸。没人有这勇气。

猪猡警察走进桃源屋，带着咆哮的哈里森出来，还有面若冰霜的米琪。他们还揪出了汉克和霍斯，这两人一直过得很干净，从来不碰毒品。

这是设计好的圈套，旁边有人小声说。

比特开始奔跑，寻找着汉娜；在一阵绝望中，他回忆起汉娜还藏着几磅大麻。他闭上眼睛，祈祷昨天晚上她已经把所有的大麻都拿给其他人去卖了，此刻希望她正安详地待在什么地方，或者在树林中快走。这样的话，至少比特和父母还可以想到办法一起逃开。他感觉肩上有东西，原来是赫勒在后面抓他，她搂着他的脖子，她香草的气味，她的发辫环绕着他的肩膀。他看见汉娜在面包房旁边，冲着一个年轻警察喊着什么。他立刻松了口气，感觉着赫勒在耳边热乎乎的呼吸，一边说，哦，上帝，哦，上帝啊。

他很庆幸赫勒看不到他的脸。他正在掉眼泪。不是因为警察，不是因为死去的男孩，不是因为所有他爱的人被推来搡去，被搞得惊慌失措，四处逃散。而是因为赫勒，因为她偷窃了阿卡迪亚的未来，因为他记得前一天晚上那两个穿皮夹克的男人。

他不能就站在那儿听任赫勒抚摸他，他也不能甩甩肩让她离开。他站在那儿任由她的胳膊环绕他，却不能，就是不能够，给她任何安慰。当他终于能鼓起勇气环顾四周时，他看到科尔和狄兰握着彼此的手。

其余的准妈妈正拼命地奔向八角谷仓。她们全都叫喊着，身上一丝不挂，密布的血管，臃肿的身体，银色的妊娠纹，每一个人都有着他这辈子所见过的最美的乳房。感染之下，所有人都在脱衣服，赫勒交叉双臂掀起上衣的下摆。比特把眼神移开，他对这一切都难过得要死。

来吧，比特，赫勒边说，边把遮在胸前的手臂拿开。他脱掉了自己的衣服，慢慢地，遮遮掩掩的，既担心它太小，又害怕它突然膨胀。艾克跑过来，咧嘴笑着，阴茎晃荡荡的，在大腿间拍打。

这一切完全没有影响到警察。一些往常都是给尸体拍照的人，现在却在抓拍裸体的嬉皮士们。在远处，比特看到警察从杂耍歌手的小屋里翻出了纸糊的玩偶，把它们扯裂，试图找到其中藏匿的毒品，莱弗屈膝跪在地上，撕扯着自己的白色头发。

人群突然安静下来：警察从餐厅出来，带着汉迪，他穿一件胳膊上有洞的衬衫。汉迪的脸像布满褶皱的枕头，表情如考拉一般呆滞，他双手被束起，腕部上了手铐。他对走在身边的菲奥娜小声吩咐着什么，菲奥娜的栗色头发充满光泽，就像着了火。

比特看着艾克和赫勒，他们在这裸奔的骚乱中突然定了格。爸爸，赫勒喊，发现汉迪并没有抬头，她又叫，汉迪！这一次汉迪听到了，四望找她。他看到他们，他冲着这对年轻的子女来了一个大得夸张的笑容，露出了可怜的灰色上牙。我会回来的，孩子们，别担心，他叫着。汉迪光着脚，穿着拳击短裤。警官推他进警车的时候，他的头重重地撞在了车门框上。

窗边最后一个苍白的挥手。领头的警车开走了，后面跟着他们带来的厢式货车和巴士客车，载着人纷纷离去。唯一剩下的，只有西红柿地上一圈黄色的警戒胶带，探员们还在踩踏着植物，俏莎莉靠在提图斯身边，哭诉她刚才的经历，她刚出生的宝宝，躺在背带中像狐猴一样瞪大了眼睛。

比特碰了碰赫勒的瘦胳膊，但是这次她躲开了。

153人以吸毒的罪名被逮捕。5人之前就有罪名被通缉。26人因拒捕被控告。15个未成年人，都是离家出走者，被送回父母身边或者送到未成年人法庭。汉迪因为非法藏匿未成年人而背负15项控诉。24项协助和教唆毒品交易的控诉。5项持有毒品的控诉。对于男孩的死亡，则是一项过失致死的控罪：汉迪，至少在名义上，是阿卡迪亚土地的拥有者。是他允许这样一个毒品随意出现的派对在阿卡迪亚举行。阿斯特里德去了法院，晚上才回来，脸色阴沉。她直奔商务单元，在那儿打了个电话，她回到餐厅的时候，莱弗、赫勒和艾克正在等她。他们周围形成了一个保护层：汉娜和艾彼，米琪、玛丽莲和伊登，莉拉和希罗，斯维媞、科尔和狄兰。菲奥娜，离阿斯特里德远远的。当然，还有比特。

嗯，阿斯特里德说，我有可以保释的钱。保释汉迪的，我所能找到的也就这些了。我妈妈，玛格丽特，在挪威。那个老巫婆。

赫勒问，有什么条件？

玛格丽特总是有条件的，阿斯特里德叹口气。一是我必须和汉迪离婚，她一直希望这样。二是你们这些孩子要到特隆赫姆去跟她住在一起。

我才不去，莱弗说，他精灵一样的小脸紧紧绷着。我会杀了我自己的。

你十八岁了，你不是个孩子，你可以自己决定，阿斯特里德大声说。

我也不去，赫勒说。艾克跟着重复。

哦，你们可不行，阿斯特里德说，玛格丽特总有她的一套办法。

可是汉迪怎么办？艾克说，努力忍着不哭出来。这不公平。

阿斯特里德敲敲艾克修剪得毛茸茸的头。她又用双手抚摸赫勒的脸。汉迪不想让你们看到他在法庭受审，一点儿也不想。去挪威对你们有好处。汉迪在牢房的时候这里也没有人照顾你们。

餐厅似乎变得小得可怜，甚至压迫到他们的皮肤。在暗淡的灯光下，他们每个人看着都毫无血色。

访客们像潮水般离去。一些离家出走者跟着他们一起走，还有些新人。一些以**狼**为名的人遇到一拨以**草**为名的人，结伴消失在日落时分。多洛特卡让大家都吃了一惊。她在音乐会的狂欢者中找到了一个伴儿，她把男孩死在她花园里这事儿当作一个引爆点，她收拾好行李，用波兰语哭着，然后离开了。她一走，蚜虫就举家搬了进去，给大豆穿上了枯黄的衣服。

一些指控被撤销了。大多数人在阿卡迪亚之外的地方获得了保释，许多人很愤怒，因为他们奉献此生的这个群居村并没有保他们出来。许多家庭在一夜之间消失了,青少年的住处空出许多床位。在老阿卡迪亚人当中,离开的是维尼和她的妈妈,她们在乐享日第二天一大早就走了。科尔和艾克听说女孩离开的消息后,看上去都很有负罪感。

比特从米克尔的摄影辅导课上回来。他看见汉娜独自一个人坐在餐厅的桌子前,双手抱着头。汉娜? 比特问。出了什么事?

她站起身,没说话,牵着他的手到食品储藏间。那些架子,曾经放满货品,现在却反着光,大部分都空了。只剩菜油、白糖,还有一些调料。

我们没有什么食物了,汉娜说道。我们有豆腐,有面包,还有上一季的一点储藏。要是不赶紧想出什么办法的话,我们会饿死的。没有人把卖大麻的钱返回来,我甚至都不知道有多少被没收了。

她的声音,像锯齿一样,伤着比特的心。那汽车队呢? 比特问。他们可以卖掉一辆多余的车或者什么吗?

多余的? 汉娜道。我们有过什么多余的东西吗?

准妈妈、趣皮士和泥巴,比特说这些想逗汉娜笑。他忍不住想到汉娜的秘密收藏,带框的微型画,比利时的蕾丝花边,茶具。仿佛知道他要说什么,她说,在你开始出卖自己之前只能倾其所有。

给别人派帮工呢? 他问。她答,比特,看看吧。这个早晨我们派出了一百个最好的劳力。这样可以让我们六百个人撑个几天。之后，可就什么都没有了。

她已经转身往自己的房间走了，比特仍旧想从身后叫她，我们跟赫勒谈谈吧。让我们把她剩下的大麻，或者她用大麻换来的钱，不管有多少，都拿回来。

但是他不能：他不能靠近赫勒而不去想树丛中的男人，不去想赫勒在黑暗中一闪而过的脸。他无法走近她。一开始，赫勒被他的冷淡所刺痛，之后，她自己也躲得很远了。

汉迪获得保释回了家。比特和艾彼、汉娜一起，透过他们卧室的窗户，看着汉迪从雪佛兰车下来。他好像缩水了，赫勒、莱弗和艾克从山脚奔向他的时候，他们的个头都已经超过了父亲。

为什么没有其他人到那儿迎接汉迪回来？比特问。

我们都受够了汉迪的那套狗屎说辞。我不是首领，但我的话就是你们的命令。所有人必须工作，但阿卡迪亚也欢迎吃白食的人。他妈的乐享日。我们是一个靠干活儿维持的社会，可是我自己可以整天待在我漂亮的房间里，嗨得像天上的风筝，把我的鸡巴塞进随便一个躺在我面前的小妞身体里。

汉娜，艾彼说。

汉娜怒气冲冲地说，怎么啦？我知道你跟我想的一样。

没错，他说。只是我还从来没有听你说过鸡巴这个词儿。你变得骂骂咧咧的。

她说了声"哈！"，然后亲吻他，慢慢地，在前额上。

此刻她坐回到床上说，斯通家庭会议。第一个也是唯一的一个议程，我们是去还是留？

整整一小时，他们一直在争论。认认真真，小心翼翼。如果汉迪不在，他们似乎可以改变阿卡迪亚；但如果他们留下，就必须要肩挑起吓人的债务。如果每个人都拼命地干活，他们可以熬过这个冬天；可是只剩下这么几个人怎么工作？他们全心爱着阿卡迪亚，但他们的心也都疲倦至极。

他们决定不作决定。他们先按兵不动，如果留下真的变得不可忍受，他们就会离开。

晚上，比特想等到赫勒。他们需要谈一谈，但是她并没有从她去的什么地方回来。早晨，他坐在赫勒和金茜、玛芬一起住的房间外边，可她仍旧没有出现。她是一条光滑的白色小鱼，从他身边飞快地游开。他在午夜醒来，被又一个梦魇惊得发抖，他起身。月亮圆满却冰冷。他想跑步，又放弃了，他胃里的石头太沉重。他走向浓密、不眠的树林。那里有他熟悉的压力，有暗中而来的眼睛跟随他。那种恐怖会杀了他。他不停地走，直到发现自己来到维尔达的家，敲响她的门。她也醒着没睡，正在做玉米面包松饼。他披着她的毯子坐在炉子前，尤斯塔斯蜷缩在他脚下。维尔达懂得他的心思，一句话也没说。最后，当他掰碎他的松饼，捧着茶杯直到茶都凉了大半时，她才开口说话。即使在你以为你已经无法忍受的时候，你依然能够忍受。

他没有说话。

有时候你得让时间帮你带走你的麻烦，她说，相信我。我经历过你正经历的。我知道是怎么一回事儿。

早上，"粉红风笛手"重新发动起来，花生和黏土用了整晚时间才把它修整好。阿斯特里德又回到了田纳西的助产护理学校，与所有准妈妈和助产士们一道。她和汉迪在门口吻别。他说，我恨这一切就这样结束。

然而，还有什么——失去时的解脱？废墟中的希望？——在他的脸上。

律师会跟你联系的，你知道，阿斯特里德说。

她亲吻了她的孩子们。赫勒说，带我一起走吧。阿斯特里德说，你必须在挪威待一年，这样对你大有好处。玛格丽特很严厉，她会纠正你做事的方式，我的小姑娘，你太野了。

艾克哭了，一点也没有觉得害臊。比特什么事也做不了，除了拍拍他的肩膀让他平静下来。

阿斯特里德上了巴士，莉拉紧跟着她。希罗留下了。阿卡迪亚就像被扯掉好多页的书，而封面正在比特的手上摇摇欲坠。

提图斯一家在午饭前就开车离去，他们挤在一辆大众的厢式货车里，这车太破了，甚至连汽车队都嫌弃它，让它半死不活地待在角落里。它可能就是，比特猜想，他出生时的那辆汽车。俯身拥抱了比特之后，金茜和韦尔斯搭便车去了雪城。我爱你，她说，我会找到你的。不知所措中，比特一遍又一遍地吻着她的手，他这头发纷乱的姐姐。玛芬跟着她的妈妈们走了，她哭叫着。免费商店已经两天没有人管，后来艾彼安排了人轮班，不过在这个时候，架子上的东西被拿走后已经没有什么可以补货了。有用的东西——刀、烟草袋、糖果棒、手帕、手工制作的枕头和毛巾，都没有了。每天醒来都会发现又有人走掉。泰山、花生、黏土，还有被撤销控罪的哈里森。越来越多，越来越快。青少年的房间空了，空得开始听得见回音。那天晚上，只有200人吃晚饭。

在应该出庭受审的那天下午，汉迪突然消失了。有好几个小时，科尔和比特、狄兰一起谈论汉迪的飞行路线，经过佛蒙特，一直到加拿大。一想到他成了逃犯，大家的呼吸都变得紧张起来。但是赫勒和艾克在午夜时候回到公共房间，一瘸一拐的。带着倦容，赫勒说，是我开的车。我们一路开到尼亚加拉大瀑布，在放下他之后去的，就是为了看看那个瀑布。

他们盯着她。你们带汉迪去加拿大了？科尔问。

我是想一直开到加拿大的，艾克说，但汉迪坚持要回监狱。

你知道他说什么吗？赫勒说，在他刚走出汽车的那一刻？他说，好好的，孩子们，就这些。

没有要坚强，要勇敢，我可爱的孩子。没有我爱你们，艾克说道，试着开个玩笑。

赫勒用阿斯特里德那种冷冷的眼神看着她的兄弟说，那是因为，他的确不爱我们。

趁赫勒站起身，要和其他女孩一起去睡觉的时候，比特一把抓住她的手。她坐回到他身旁，看着门关上。你在生我的气，只剩下他们俩的时候，她说道。

是的，他说。他心里想，他指的是偷大麻这回事；但当他说这话时，他却看到那团黑影，被月光镶着银边的身体。

她张开嘴，她又闭上嘴。当她说话时，她就像一个没有填充的、失去羽毛的枕头。我以为你知道我是什么人。我非常抱歉，比特，她轻声说，我不知道你会那么想我们俩在一起的事情。

在一起？他问。

她皱眉。你说的难道不是这个吗？我和其他男孩。

不是，他说，虽然他的心里在念叨，说谎。

那是什么？她问。

大麻，他说，是你偷的。这样我们就他妈的不能卖掉它们了，赫勒，所以我们现在就像以前一样穷了。你是唯一知道这事的人。

她高耸起瘦削的肩，直到脖子都看不见了。她闭上眼睛，似乎要把身体缩起来。当她再次拉直身子站起来时，她说，这难道真的就那么重要吗？我的意思是，她说着，用两只手指着阿卡迪亚，真的吗？说到底？

其他少年在热热的水里嬉戏的时候，比特坐在池塘边的石头上。他感觉到苍老。马利筋的种子在风中飘舞，落到地上便平折了起来。在100英尺开外的圆石上，离家出走者的首领阿曼·海默坐在那儿。他的同伴们都脱掉衣服钻进了池塘。看周遭无人，他从脚边的背包里拿出比特这辈子见过的最大的一袋大麻。阿曼发现比特在看他，冲他笑了笑，他的上嘴唇碰到了打在鼻子上的鼻钉。

想来点儿吗？阿曼叫道。10美元可以给你这么一整袋，我在树林里还多的是呢。

你从哪儿弄到的？比特问。

阿曼耸耸肩说，有人告诉我有个蠢货用枫糖屋晒大麻，所以我就自取了。

这不是你的，比特说。

阿曼说，你什么意思，臭小子？这可是他妈的群居村，每个人都有份。

比特不知道怎么那么快就从自己坐着的石头上冲到了阿曼面前。他不知道手打在脸上会有多么硬，不知道牙齿竟会撞裂一个拳头，不知道愤怒能把人逼成什么样，即使是比特这样比阿曼矮半头、轻40磅的人。他往回跑，眼里噙着泪水，他看见科尔、艾克、狄兰、哈里森还有菲奥娜从水里探出湿湿的身体，看着他这个无望、瘦弱的嬉皮士小孩当着他们的面被击倒。在他躺着的两块圆石间的凉爽空地上，比特看见赫勒站在那儿，苍白、遥远，甚至都没有注意到旁边的闹声。她只是望着比特。她俯下身来，仿佛是从很高的地方望他，他闭上眼睛，感觉到她的手指在自己的脸上。

比特带着一垃圾袋大麻走到汉娜和艾彼的房间。他母亲坐在床上，手放在腿间，脸色凝重。他把袋子放在她身边的床上，她抬起头，看到他裂开伤口的手指关节，他血淋淋的头，还有因为淤青而无法睁开的眼睛。她亲吻他的手。谢谢你，她说，但她并没有一丝笑意。

现在我们可以卖掉它，汉娜，他说，我们可以还债。

她很久没有说话，当她终于开口的时候，声音低得像耳语，他只有凑得很近才能听到。太少了，她说，太迟了。

夜里，一层楼传来玻璃破碎的声音。早上，他们发现餐厅的玻璃被打碎了，山下的离家出走者活动房也被人踢倒了。看上去就像龙卷风扫过一样，科尔报告说。床单、帆布床还有床垫都被弄破，弄皱，弄得湿乎乎的。那些离家出走者都走了。不久，趣皮士们也消失了，大多数新人要么回家，要么去别的群居村了，搭便车到城市，重返正常世界。

艾克不在他们的房间里。科尔和比特找遍了池塘、没剩下几条黄面包的面包房、豆浆坊、八角谷仓和沐浴室。他们又走过农田，到门楼去找他，空气里还飘着提图斯穿的旧獾皮的气味。

最后，科尔说，瀑布，然后他和比特望了望太阳。如果他们现在出发，一路小跑，他们就来得及冲到那里并在天黑前赶回来。比特口袋里有火柴。科尔也有一点点果仁点心装在纸袋里。

他们穿过森林，穿过整个下午。他们只停下来一次，吃了点野黑莓，弄得牙齿和手都黑黑的，又接着走。终于，他们听到巨大的水声。空气变得湿润起来，草木长得跟树一样高，脚下的石头也滑溜溜的。转过弯来，出现在眼前的是比特这辈子

193

见过的最高的东西，足有40英尺高的瀑布的威力。倾泻，泡沫，水落到岩石上震耳欲聋的撞击和迸溅声，每一次都会带给他惊喜。蕨类植物在雾一般的空气中有湿湿的触感。周遭生出奇怪和美好的柔软。比特全身涌过一阵快乐的震颤，甚至让他热泪盈眶，他只好迅速地用袖子擦掉。

科尔和比特开始攀爬悬崖，紧紧抓住树根和蕨类植物，费尽全力来到悬崖边缘。艾克穿着他的牛仔裤坐在一片水洼里，离瀑布只有五英尺远。他们小心翼翼地靠近他，水流大到足以把他们掀下悬崖。以前开心的时候，他们要跳进水池，也还得仔细瞄准了才行，否则身体就会撞到下边的石头。他们各坐在艾克的一侧，艾克一句话也不说。他胳膊上的皮肤有些泛青，起着一层鸡皮疙瘩。比特猜不出他在这里已经待了多久。

天空在树顶上变得朦胧，是平滑的深银色。太阳透过云间的缝隙，覆盖并且抚摸着远方的大地。比特感到耳后刺痒，好像他被人在后面盯着似的。一只食米鸟在鸣叫。一头母鹿正踱步到下面的水池，过了一会儿，它的小鹿们也跟了过来。

艾克说，他们不要我了，谁都不要，我的父母。

现在不是撒谎的时候，男孩子们沉默不语。他们这样一起坐了很长时间，在湍急的水流面前，注视水从崖边奔涌而出，倾听它又在下面令自己粉身碎骨。

艾克开始冷得发抖，他们走出来，比特尽全力生了一大堆火。艾克把他光着的腿紧紧抱在胸前，他的裤子在火旁冒着气。他从衬衫口袋里拿出一小袋大麻，科尔忙乎起来。

天光逝去前的最后一刻，给山谷涂上一层糖浆色。树林里有些动静，他们警觉地抬头看，以为是熊，却发现是两个男孩走出来到了水边。他们不是阿卡迪亚人：他们穿着工装裤和亚麻罩衫，个头和科尔一样高，肩膀宽宽的。其中一个把手中拿来戳篝火的小棍儿轻轻扔开，另一个猫下腰。比特很警惕，全神贯注，等着他们突然行动。

谁知第一个男孩只是说了声，嗨，科尔用鼻子喷出一团烟来说，你们好。

你们好，另一个重复道。他一头黑发，看着比前一个年轻。

不会英语，第一个男孩说，他牙齿间有道缝。阿莫斯的孩子？小阿莫斯和约翰，他说，指了指他自己和他的兄弟。

哦，明白了，没错，科尔说。我们认识阿莫斯。他很酷。你们是他的儿子。

俯下身子的男孩望着比特放进嘴里的大麻烟卷。比特吸了一口，想了想，拿给他。

男孩狠狠吸了一大口，然后干咳起来。科尔笑嘻嘻看着他，比特用拳头挡住自己的笑脸，然后那个年纪小一点的走上来，深深地来了一口，又吐了出来，只咳了几下。

比特看着这两个长着方脸庞和粗大手指的壮男孩。最古老的乌托邦主义者，汉娜在看到来帮他们收割庄稼的阿米什人的时候，曾经这样说：他们过着他们所坚信的最完美的生活，一代又一代。比特想象着用动物肉做的食物，那些粗重的工作，庞大的家族，穿着拘谨长工作衣的表姐妹们。能永远和家人住在一起该有多满足，和那些长得与你相似、想法与你相似、做事与你相似的人在一起，有同样的上帝去爱和敬畏，一个发怒了就毁灭、爱了就给予的上帝，一个会帮你严守秘密，让你放空自己重新回到你的自身的无限轻盈的上帝。他感到自己失去了什么他从不知晓的东西。

他们坐下，像亲密的伙伴一样，传递着大麻烟。周遭更黑暗了。不知得到了什么信号，阿米什男孩站起来，冲阿卡迪亚朋友们点点头，消失在林间，回到他们安全、稳固的房子，回到他们的家。

艾克穿上他已经干一点儿的裤子。科尔踩灭篝火的余烬。他们快步往家赶。比特什么也没有问，只要艾克不主动开口。走到一半的时候，艾克望着他的朋友。他的脸有点肿，这一路上，他的肚子一直在咕噜噜乱叫。

那些阿米什人可真他妈的怪啊，艾克说完就开始笑。

科尔发出一小声尖叫。比特发现自己也在笑，笑啊笑啊，一直笑到泪水从眼睛里蹦出来，他不得不靠在树上才能停下来，否则他一定会笑得尿裤子了。等他们安静下来，男孩子们无助地看着彼此。他们觉得累极了，有种痛彻骨髓的疲倦。

那些混蛋们，科尔说，他们简直比我们要去外面那个世界这件事还要怪异。

比特开始发抖，虽然他们走得足够快，能让身体暖和起来。但他还是觉得很不舒服，想变成疾走、跑步甚至飞奔。他不能想象自己在外面。因为，他现在可以承认，无论他怎样绞尽脑汁，也完全无法想象出一个更广大的世界。他一点儿准备也没有。

他们来到餐厅的时候，天已经黑了。他们错过了晚饭。厨房里黑着灯，空荡荡的。但是他们发现不锈钢台子上躺着一张纸条：汉娜留了饭在炉子上，还有一整条面包，特意留给他们的。比特把纸条藏到口袋里，这样艾克就不会因为看到他妈妈在纸条最后写的"我爱你"而勾起自己的伤心事了。

他们刚吃完晚饭，赫勒就来到厨房，她的脸颊毫无光彩。艾克，她轻声说，玛格丽特来了。

一位上年纪的女人疾步进来，她身材挺直，肤色洁白，很像阿斯特里德，只是个头小一些，周围的空气都因为她的到来而紧张起来。她身上似乎有某种力量，一种巫气。她像拍电报一样历数规矩：硬椅子，冷水浴，管好膀胱的问题。你现在过来，伊萨克，她说话带着跟阿斯特里德一样的口音，不过夸张得更可笑一些。

艾克站起来，个头高过了他的外祖母。她拍拍他的脸，走了出去。空气又回到了屋子里。

艾克说，我可不想说再见。再见的意思是没有下次，而我，几个星期就会再见到你们。几个月，最多。他转过身，奔出门去。

赫勒拥抱了科尔很久，太久了，比特觉得。她过来拥抱比特的时候，他沉浸在她的香草味中，她的发辫在他脸周围搭起一个帐篷，她的牙箍像是舌头上的一道闪电。他长高了，他吃惊地发现：他现在几乎已经能够平视她的金色眼睛了。

197

别忘记，她说，她的前额顶着他的前额，我。

我不会的，他说。

如果你忘记了，那就当我从来没有存在过。

他被她紧紧地拥着。她吻他，牙齿的坚硬，舌头的触碰，手凉凉的在他的后脖颈上。他想要告诉她的事情太多，而他一句话也说不出来；如果他说了，他也许会口不择言。她拉起他的手，还有科尔的，一起走下石板台阶，来到停在石子路上的汽车前面。她转身之前，他拿出一直放在塑料袋里、用针别在他短裤里边的照片。他把照片放在她手里。那是赫勒在池塘旁，尚早的清晨，她以为旁边没有其他人便裸身站在石头上，影子映在平静的水面。头两边各有一只金黄色的发辫儿，那么美丽，美丽已经不再能够形容它。她看到照片，吃了一惊；她勇敢地注视他的脸，感到胸口可怕地收紧，他知道她明白。艾克前面有个靠枕挡住了他的视线，他们敲窗玻璃的时候他也不看。

赫勒上了车，车轻轻开走。一个巨人，从树林边缘的黑暗中走出来，它被汽车前灯照到，反射着光。这是一个老人，滑稽的昆虫眼睛，下巴留着叉齿形状的胡须，还有意大利面一样弯曲的胳膊。他用优雅的、几乎是人的动作挥手和鞠躬。汽车经过，黑暗又回到它林边的藏身之处。比特看见玩偶下的莱弗，还在黑暗中舞蹈。

只有一百人了。雷金娜和奥利在伊留姆买了一辆卡车，一辆带有巨大底盘的帅气、光滑的福特车。午夜时分，他们跑到面包房，在被人发现和阻止之前，拿走了工业搅拌器和一个炉子。第二天，有两个老人开着捷豹来接斯科特和丽萨，他们要求两个人在上车之前必须脱掉阿卡迪亚的衣服，穿上新的，卡其布的纽扣衬衫和运动衣是给斯科特的，裙子和连裤袜是给丽萨的。比特望着斯科特和丽萨钻进车，坐在后座上，握着手，那个穿着船鞋和高尔夫球裤的司机怒气冲冲地朝他们喊了一嗓子之后发动起了车子，两人不自然地望着自己的膝盖笑。比特心痛不已。

汉娜说，我总是怀疑他们是秘密的共和党人。

他们是你的朋友，比特说。

朋友，汉娜说，这词儿。

只剩六十个人了。番茄已经在藤蔓上腐烂。

桃源屋的厕所堵了，没有霍斯和汉克来修理它们。恶臭又熏走了三十个桃源人。汉娜自己做晚饭，用他们现有的东西：从冷藏室里拿出的豆豉，几罐豌豆，一些水煮的卷心菜。

第二天，斯维媞来到少年宿舍找狄兰。他的小脸儿紧张得发抖，脸色苍白，几乎跟他的兄弟一样苍白。斯维媞带着重重的愁容，在科尔的头周围晃着手，头发在她的掌下放着静电。我们要走了，科尔，她说，我的一个女朋友要带我们去城里。

走到车跟前，科尔和狄兰默默地拥抱比特，上了车。汽车开走了。他朋友离开之后，森林里啄木鸟的声音更大了，像响板一样欢天喜地的。世界仿佛被戳了个洞，比特所知道的关于自己的一切，都在逃开去。

汉娜深夜里唤醒他。宝贝，她在他耳边低语，拿上你的东西。

他把一星期前在床铺下面藏着的一个棕色袋子拿出来，穿好衣服，爬下了床。他站在地上时，汉娜已经离开。他在旋梯那儿追上了她，看到她脸上闪烁着某种坚硬的东西。

出来很凉。下到石板台阶上，他不能回头，他知道人回头的时候会发生什么。一辆汽车正在发动中，是辆破旧的平托。艾彼已经坐在了副驾驶的位子上，他的轮椅折叠起来放进了后备箱。这个家为数不多的财产都在后座上，装在一个盒子里。比特知道那个没有脸的布娃娃在最上面，那是阿米什人送的礼物，里边装满了优质的大麻。

汉娜关了车门，挂上挡。森林从他们身边一闪而过，门楼一片黑暗。蜿蜒而行的县级公路恰好经过维尔达独居的石屋。在那儿，汉娜关掉引擎，比特和她钻出车（门口的黑暗中，饱满的樱桃果实让脚下滑溜溜的）。尤斯塔斯古怪地叫了一声，维尔达穿着白色睡衣出现了，肩上扛着来复枪。慢慢地，她才把枪放下来。

哦，她说，这一天终于来了。

对不起，汉娜小声说道。

维尔达消失在屋里。她再走出来时，把一个包袱放在比特手中。我不会再见到你了，瑞德里，她说。他拥抱她瘦弱的身骨。汉娜走上前去也拥抱了她，维尔达说，上路吧。她的头发在汽车前灯的照射下闪闪发光，她的眼睛却在他们的汽车离开时只剩下深深的眼窝。

比特打开了包袱。里边有一袋玫瑰果茶，用橡皮筋束好的四英寸厚的纸，一只骨雕工艺品，还有一小团软得像老鼠毛一样的现金。他把纸递给了汉娜，把钱给了艾彼，汉娜在纸上拍了拍，把手收回到方向盘；艾彼冲着钱吹了声口哨。比特拿起骨雕，用指尖感受着它精致的雕工，他牢记那张脸的样子，刻骨铭心。

他把头斜倚在冰凉的车窗上。一样的月悬在天穹。一排床单在飘摆，一个邮筒闪着光。他们经过并且超越了他已知的一切。绕过一片他从未去过的弯路，一幢他从未见过的房子：一切都是全新的，新得让人受不了。一座用钢铁铸成的桥；一家冷饮店；成群的奶牛，比他所能想象的奶牛要大得多；人行道，以及竿子上飘扬的旗；一座砖砌的校舍；一架摩天轮；连绵不断的山啊，层峦沉睡。

太阳升起了。窗玻璃上，它把比特的影子反射给他自己，对比特来说少得可怜的自己：一头漂亮卷曲的金发，脏兮兮的T恤衫领口，瘦削骨骼上一层脆弱、苍白的皮肤，眼睛在脸上显得太大了，仿佛威胁着要吞掉这飞旋而过的世界，或是威胁着要被这个世界吞掉。

极乐之岛

十月才刚开始。窗外，城市栖息在日光渐淡而夜色渐浓的时刻。鱼形的夕阳在墙上投下一个奶油杯子的影儿，格蕾特蜷身倚着比特。他靠着她的床头板，端详她的睫毛、额头、小巧的鼻梁，他的漂亮女儿。

困吗？他问。她说，不。

他不介意。他愿意永远倚靠在女儿小小的温暖里。他从她的床望向对面墙上他正在画的壁画，那是他在自己从大学回家之后和格蕾特被保姆莎朗带回来之前那段不安等待的时间里唯一能做的事情。莎朗住在楼下的公寓，自己也为人母。她身材娇小，动作麻利，深色头发。他对她的了解也只是莎朗这个名字，不过比特感觉与她并不疏远。有一天早晨他接弗兰基的时候开玩笑说，我们是好队友：都是天涯沦落人！不过这玩笑恐怕是个错误，因为莎朗根本没有笑。

格蕾特墙上画的是阿卡迪亚，一棵朝向桃源屋的弯曲的苹果树，八角谷仓，还有外面的那些房子，临时桃源，池塘。他用了几个月的时间细化景物，现在他开始专注画人了。目前画中的几个人都还只是粗粗勾勒了轮廓：汉娜在花园，艾彼坐着轮椅在院子的橡树下，阿斯特里德正将一个新生儿抱到太阳底下，汉迪在粉色风笛手的车顶。还有维尔达和她的狗，尤斯塔斯，在森林的边缘，只不过是阳光下的一个斑影，如果不特意去找也许都难以发现。科尔和狄兰在玩纸牌；金茜站在一座搭屋的门口，房顶上栖着一只白色的鸟；莱弗在人偶下起舞；埃里克坐在那儿，像个墨水点；艾克在池塘里玩燕子跳水，正冻得打哆嗦。比特自己，还是个小小孩，他在看赫勒。而她，颀长苍白，坐在岩石上，双脚浸在水里，像个水妖。

当然，这一切远没有驻在他脑海里的那个地方美丽。虽然想象与实现想象之间的巨大鸿沟谁都不陌生，但当这鸿沟就在眼前的时候还是会让人吃上一惊。不过这也成为他在摄影之外的一种解脱：所有他追求的艺术，这些年来，似乎正在他教学的压力之下濒临死亡。自从阿卡迪亚被莱弗的乌有乡动画公司接管之后，壁画画得像不像也就不那么要紧了。莱弗把整个桃源屋的二层都翻修一新，磨光，镀铬，镶上玻璃，变成了他的私家所有；他一个人，独享着以前200人一起住的空间。八角谷仓成了办公室和会议厅。原先的豆浆坊现在是网球场，曾经花团锦簇的多洛特卡的园子，今天是一片停车场。

莱弗的确一直痛恨除草。他们第一次在新桃源参观的时候，赫勒这么一说，把大家都逗笑了，笑声压在喉咙里。比特用鼻尖碰碰格蕾特的肩膀，爆米花和温牛奶的味道，让他将思绪收了回来。

还不困？他问。格蕾特说，不困，讲故事吧。

他想找一个还没讲过的，看到岩石上赫勒婀娜的侧影，他有了主意。好的，他说。我要讲的是第一个赫勒的故事。你的妈妈就是以她命名的。好多年以前，在希腊……但是格蕾特打断了他。

不对。是很久很久以前，她说。

很久很久以前，在希腊，比特说，有个美丽的女孩叫作赫勒，她还有个哥哥叫佛里克索斯。他们的爸爸和妈妈离了婚，又娶了一个叫伊诺的妻子。这个伊诺很邪恶，很邪恶，她嫉妒两个孩子。她想尽办法，想让赫勒和佛里克索斯当替罪羊。她把他们国家所有的种子都煮熟了，永远也不可能发芽，所以谷物播种之后不见动静，农夫们都傻眼了。我们该怎么办？他们哭喊道。谁对这场灾荒负责？他们跑到神殿的使者那里，可这个神谕者早已被伊诺收买，她用生着硬疖的小手指指着两个孩子喊：就是他们！这两个可恶的孩子！农夫们冲上来追赶他们两个，想要杀死他们，这样才能消除诅咒。

孩子们的亲生母亲找到赫尔墨斯神求助。恳求您，她说，请您一定救救他们。赫尔墨斯被母亲的悲伤所感染，他派遣一只会飞的金色公羊去解救两个孩子。羊背着孩子飞过一片叫达达尼尔的海水。

比特停了一下。有趣，他说，拜伦就曾经横渡过达达尼尔海峡。

谁？格蕾特问。她才三岁。

没什么，比特说。到了最后，那只羊飞得太高了，赫勒头

207

一晕从羊背上掉了下去，掉啊，掉啊，掉到了海里。

现在比特不得不急中生智把故事改一下。他之前可没意识到这故事有个可怕的结尾，溺水而死的尸体，可怜的、死去的第一个赫勒。格蕾特会怎么想她自己的那个赫勒，她的妈妈？她大概会把这两个消失不见的女人联想到一起。

于是他说，所有人都笑了，大家把她从水里拉上来，给了她一个皇冠，让她做了女王。她从此幸福地生活，直到永远。他们还给她掉下去的那片海取了另一个名字，赫勒斯滂。

赫勒斯胖[1]，格蕾特轻声道，带着微笑进入了梦乡。

窗外一片黑暗。一辆路过的车用前灯向房间伸进一只光的手臂。他拉上窗帘，关好门。独自穿过昏暗公寓的时候，他能感到指尖有木头的凉意。

比特的忧伤每夜都会变换形状。此刻他的脑子里已经满是希腊神话：他想到普罗透斯，这个海洋老人，他能预知未来，却又痛恨真相，总是通过改变样子来回避。比特伸出手想抓住他的忧伤，忧伤悄悄滑过，变成水，一条蛇，一只鼠，一把刀，一块沉重无比、他不得不丢下的哑铃。自赫勒出去散步再也没有回来，已经过去了九个月。

他对自己感到吃惊，他拿着葡萄酒杯坐在窗边，看见街对面的夜总会开始灯红酒绿。他是柔软心肠的比特·斯通。他读俄国

---

1 格蕾特发音不标准。

小说的时候会哭，他看到来给他打扫公寓的女人因为骨痂和关节炎而变形的手也会哭。他却从来没有因为赫勒的不辞而别掉过眼泪。他总想着将来会有人把这一切解释给他听，想着有天早晨他醒来时听到钥匙在锁眼里转动的声音，然后赫勒走进来，疲惫至极；想着他穿过阳光照耀下的公园，突然一抬头，看到她正朝他走过来，脸上带着羞涩的笑，然后拥抱他，轻轻在他耳边讲一个故事，故事里她不曾受到伤害，故事里她也从未想过要伤害他。

他想着他的妻子可能在任何一个地方出现。他的心跳会突然加速，当他以为远处那个瘦削的手指是赫勒的时候；他奔进咖啡馆，以为靠窗那张脸的侧影是她。它们从来都不是。他愣住，他就那么待在那儿。在过度的希望之下，他每日在这个城市里的行走都变得不可忍受。

消失前的那天晚上，赫勒弄醒了他。已是深夜，她把冰凉的手放到他胸前，她衣服的褶皱里散发着冬雨的气味。她的头发湿湿地贴在前额和两颊上，黑暗中的脸难以解读。她在楼道中间甩掉了雨衣和靴子，而他被她的寒气惊醒时犹在梦中。他看见她湿漉漉的衣服把地毯都弄湿了，有点生气，甚至想把她推开。

但是她的手向下移动，解开他睡衣上衣的纽扣，她的身子紧紧贴着他的皮肤，他用双臂抱着她，好让她不再发抖。

出什么事了？他问，可是她没有回答。她把他的衣服脱了，上衣、裤子、袜子、内裤，全都褪下来，然后又粗暴地脱掉自己的衣服，再回到温暖的被子里。她冰凉的身体，冻得起了鸡皮疙瘩，可怕地贴着他。

赫勒？他说。

她没回答。此刻她的嘴吻在了他的胸膛，她继续移动着，咬着，但不那么用力。门开着，厨房里还亮着灯，他看到她脸上的妆已经被雨水弄掉了。没有了妆，她的脸是衰颓的，她在重遇比特之前所经历的那些沧桑，她二十年的迷失岁月，都印在了皮肤上。对我而言，你现在的样子比你曾经完美的样子还要美，他曾经这样对她说，吻着她的肩膀，当时她为镜子里的自己哭泣。她转过身去，并不相信他的话，但他却是真心的。她的人生写在了她的脸上。在那儿，至少，她是可以解读的。

有时候他对她的爱在他心里实在太巨大了，如同羊毛线绳拧成的顽固的东西，柔软却又深沉。即使在他生气的时候，这爱也给他温暖，可以把她还给他。

她的嘴唇还在向下移动，向下。他抚摸着她的头顶，她湿发下面脆弱的头骨，他轻轻地拉动着她。他想要舒缓，温暖，亲吻。但她不。她紧紧握着他那儿，虽然他还没有完全准备好；她自己也没有，那里还不够湿润，冷冰冰的。然而她就那么在他的身上，微微地动着，几分钟之后他完全兴奋起来，才抱起赫勒的大腿，让自己完全进入她的身体。她再次垂下身子，把躯体紧贴在他的胸上，最后她的嘴唇找到了他的唇。他想象着外面灯光掩映下的宁静街道，成千上万隐匿在床被里的心灵，此刻正温暖地听着雨声。他忍不住端详她的侧脸，她闭着的双眼，她精致的耳郭，她鼻孔上因为穿过鼻环而留下的小伤疤，她被牙齿紧咬着的薄薄的苍白的下嘴唇。他感觉高潮将至，但控制住了节奏，直到最后她低声说，来吧，我不会来了。

桌上的葡萄酒瓶已经空了，如今他突然想，是不是当初他并没有听全她所说的话，是不是他错过了最关键的词语。一遍又一遍地，他回放着那个场景，试图听得更真切些，以便发现预示未来的那一刻。

来吧，她说；她说了或者没有说，我不会来了。

来吧，她说；她说了或者没有说，我不会回来了。

早上，格蕾特自己穿衣服：豹纹连裤袜，镶褶边儿的粉裙，绿色胶靴上画满了骨碌碌转的眼睛。她在考虑要不要戴上她的瓢虫耳套，她冲着门上的长镜子，把头左扭扭右扭扭，撅起了小嘴儿。最后，她决定戴上赫勒的一条紫色珠串，在脖子上绕了一圈又一圈，让她看起来像个缅甸巴东女人。莎朗手里拿着杯咖啡打开门，不禁吹了声口哨。好时尚啊，她说。注意了，全世界，格蕾特来啦！

格蕾特用脚尖跳到门前，把脸埋到莎朗的腿间。

莎朗的儿子弗兰基走了出来。他是个像猫头鹰一样神情严峻的男孩，被他背后巨大的书包压得够呛。他递给比特一只鞋说，这鞋掉下来了。趁比特蹲下帮他把鞋重新穿上的时候，莎朗把格蕾特柔美的浅色头发弄平整，比特很惭愧地想起，他早上又忘记给格蕾特梳头了。格蕾特就像一朵要随风飘散的蒲公英。

莎朗从自己的头发上取下来一根橡皮圈，帮格蕾特在脑后梳起了一只小辫儿。她冲比特一笑，眼周泛起几丝细纹，她可不是他每天都能见到的那种邋里邋遢的中年女人，她挺漂亮。没事，她说。

　　比特站起来，莎朗把咖啡递给他，亲了亲两个孩子的额头。下午见，她说，好好儿的。

　　我挺好的，弗兰基用略显受伤的小声音说。

　　我可不好！格蕾特说，发出了顽皮的笑声。

　　格蕾特拉着比特的手，弗兰基攥着格蕾特的手，他们进入到拥挤的人流中。这是比特自己的孩子群。在早晨的匆忙赶路中，孩子在腿和臀部的丛林中穿行，不时被手提袋和公文包碰一下。在一个交通信号灯下的灰砖台上，他干脆弯下腰，张开双臂抱起了他们。孩子们把头斜靠在他的肩上，冲着他的下巴呼吸。他们的学校是低矮的砖石建筑，隐藏在一片悬铃树后，在他们进去之前，格蕾特郑重其事地和每株树木拥抱，一株接着一株。

　　老师是个胖胖的女人，看上去极其温柔，似乎冲着她嚷两句她的皮肤都会受伤出现淤青。她看到比特，颤颤地小声叫出来。哦，我的天，她说，您还好吗？您昨晚睡觉了吗？您吃东西了吗？哦，您看上去气色可真不好。

　　我很好，我很好，他说。很好，很好，在他转身逃进寒冷的空气中时，这声音还不断地在他脑子里反复。他的周围，穿着深色外衣的人群，有的用手指敲击着屏幕，有的耳边正讲着电话，有的正往耳朵里塞着耳机，他们在人群中竖起一道隐形

212

的音乐屏障，数码的陪伴俨然比旁边的人身更温暖些。有时候比特甚至想象，他，只有他，是这个世界的目击者。

比特自己都感到吃惊，他竟然可以只投入一小部分精力就把课上得这么好。甚至，好过他当时全心投入做的事情。这些沉迷于博客和短信的孩子们在镜头近前会变得不自在。他们变得沉默寡言。当他意识到自己其实对此也无所谓时，着实放松了许多。学生们也是，他们明白。

在暗房的红色灯光下，模样古怪的瘦女孩西尔维，正用镊子夹着相纸进行冲洗。比特站在她身边。她的皮肤上有一些凸起的痣，她闻上去有粉饼、咖啡和蜂蜜香波的气味。她抬头看他。我喜欢这些，她说，这个暗房，我没想到我会这么喜欢，数码的东西实在太容易了些，您知道吗？

我知道，他说，这就是为什么我不搞数码那一套。

西尔维偷偷一笑。这就是您的声望所在，斯通教授。没有人说您是容易的。

他吃了一惊，难道是他听错了？她这句话可以有很多种理解，至少三种，西尔维总是这样话里有话。

他走开，穿过橡胶帘来到明亮的房间，喷水式的龙头正在汩汩作响。他坐在桌子上，让他的学生们慢慢聚在他的周围。他们真是太可爱了，男孩子们比比特高出几英寸，但他们宁愿坐着，这样可以凸显比特的高大。女孩们玩着自己的头发，用眼角瞟着他看。他们多少听说过他的故事：自从赫勒离家出走，他在这些善感的年轻女人眼里似乎变得更英俊了，他的遭遇将他性格里柔软的东西变得高贵了起来，成为痛苦。他感觉到自己脸红了，于是开口讲话以摆脱尴尬。

好啦，我的朋友们，他说。拿出你们的笔记本，这一次的任务是迄今为止最难的。

多数周末，他都会给班上的同学留一份作业。比如在你的房间里做一个暗箱，画出你看到的东西。在地铁里偷偷地抓拍陌生人。站在漆黑的摄影房里，随意转20片胶卷，然后走出来，写下你在里边时所想到的一切，不加编辑。

他的工作，正式地讲，就是教授消失的暗房艺术：摄影系里的模拟研究。或者，也有人简单地称作摄影，与化学和胶片有关的摄影，最近刚刚从必修课降级为选修课。数码实在是容易多了。他讲授高级课程已经有几年了，湿版摄影，大画幅什么的。对于大多数他的学生来说，他的课更像是通往兴趣嗜好的驿站。但是他的工作，正如他所理解的，是帮助他的学生去看：让他们学会专注，放慢速度来欣赏他们所做的事情。这是他们可以在生活中用得到的东西。

这个周末，他冲着讲台下的八张脸孔说，你们要来一次数码斋戒。他意识到自己差点口误，几乎说成了瑜伽，这是阿卡迪亚的后遗症。他有时候会说这些旧语真是"双加好"的"鸭言"[1]，

---

1 双加好（doubleplusgood）和鸭言（duckspeak）都是作家乔治·奥威尔在小说《1984》里创造的新词。

当他不由自主地说出来时，自己都忍不住笑。我是在一个群居村长大的，他会说，他会感到一点点叛逆，然后讲一些更好笑或者更悲伤的故事：那年夏天因为吃了家庭活动房厕所附近小河里的豆瓣菜，大家都得了肝炎；小婴儿菲利普所遭遇的不幸，以及他棕色脖子上的白褶儿一直都在比特的记忆中，即使在35年之后。

什么是数码斋戒？西尔维问道。每个班上都会有一个选定的发言人，西尔维就是这个班的代表。这个难对付的女孩儿，总是过分热情急切。他不得不格外温柔地对待她。一句稍微不客气的词儿，都会让她眼泪汪汪。

没有手机，比特说，没有电脑，没有MP3，没有GPS，没有社交网络，没有电子邮件，没有任何你们那些说实话我完全搞不懂的新鲜玩意儿。如果你们有其他的作业，尽量在今晚全部完成，或者推后到星期天晚上再做，如果你们能做到的话。我们来看看，你们能有多长时间抗拒外面世界诱惑的歌声。把你们对数码斋戒的反应写下来，星期一交给我。一页纸，用手亲笔写，当然。

有人做鬼脸；还有的，头脑活络的，一笑了之。他们喜欢搞点复古。他们穿戴着他离开桃源乡到城市来时的那种牛仔裤、T恤、球鞋和太阳镜。他提醒自己，嬉皮士正是他们那个时代的孩子气罢了。

西尔维站起来收拾东西的时候大声说，没问题。她笑着，她的骨制手镯在手腕上一个劲地响。西尔维唱出来，容易，容易，容易。

第一个早晨，醒来时没有赫勒在枕旁，他几乎是平静的。他在脑子里编着各种原由：她下午去散了很长时间的步，然后去看望一个老朋友，在那儿待到太晚所以没有回家。偶尔，她的确会这样做。雷金娜和奥利在城里有一家杯型蛋糕的店面，在河边还有一栋装饰华美的公寓，赫勒有那儿的钥匙。也许她帮他们看护猫咪忘记告诉比特了。也有可能她去了郊区金茜的家，那时候金茜刚刚生下双胞胎，然后赫勒忘记跟比特说一声。他不想顺着这个思路继续瞎想下去；也许又是毒品，它曾经毁灭了赫勒20岁的时光，那种绝望，那些脚趾间的针眼。

　　为了避免待在公寓，比特带格蕾特在儿童博物馆逛了一整天。他们两个在外面早早地吃了晚饭。这也算是一种消极的进攻。比特应该承认。他希望赫勒回到冰冷的公寓时，担心他们都去了哪里，像他那样几乎不能控制自己的恐惧，像他那样感觉到胸口发紧，一整天都是。他和格蕾特回到家的时候，天已经黑了；但是他们的公寓，也同样，黑着。

　　到了深夜，他的担忧加剧了。格蕾特叫了一个钟头的"妈咪"，最后终于睡着了。比特坐在他总是不肯以手机取代的、沉重的老式转盘电话旁边，开始给他们的朋友打电话。没有人见过她。他又开始打给家人。埃里克，现在是加州的一名工程师，脾气很坏，他还在工作。汉迪正和他的第四任老婆桑尼吃晚餐，是桑尼接的电话，她告诉比特汉迪要为音乐会保护自己的嗓子，有什么事她可以转告，比特大喊说，这可是汉迪的女

216

儿啊，见鬼，快叫他来听电话，然后桑尼竟挂掉了电话。阿斯特里德还在田纳西的助产学校。没有人在最近一个星期内有赫勒的消息。

艾克的电话号码还在用了很久的皮革封面的通讯录里：可怜的艾克，已经死去二十年了，他像他的姐姐一样，青春期后蜕变得非常标致。他太爱自己这新的成年人的身体，肆意地使用它，和给她织毛衣的漂亮挪威女人，和夜晚在公园里的男人。当他终于承认自己得病的时候，已经病入膏肓了。没过多久他就去世了。染了风寒，肺炎，在医院的一个周末，捧着花束的比特到得太晚，病床上还有艾克身体的印迹和温度。那些年，赫勒的家人都不清楚她的去向，也不知道如何联络到她。她不知道要来参加艾克的葬礼。这伤透了她的心，即便是20年后她听说这件事，她还是哭了很久，感觉人生的羞辱几乎将她活吞下去。

他打电话给莱弗，听到了冰冷的回答。不方便多说。正在编辑动画。没有他姐姐的消息。等到明早报警。比特给警察打过电话后再联系他。越早越好。然后就挂了。

他给汉娜打电话的时候已经是午夜了，汉娜离开艾彼单独住还没有多久。他观察到，也惊讶到，汉娜如何变成了一个暴怒的女人，一个崭新的汉娜，一个咆哮者。他母亲接起电话，比特听到她身后的沙漠，郊狼的嚎声和昆虫的鸣叫；他几乎能够感觉到一堵热墙在他身边竖了起来，几乎能看到张牙舞爪的树形仙人掌。她在那里的一所大学教书，她还是对艾彼一腔怒气，甚至都不愿意提到他的名字。你父亲，她这么叫他。我没有赫勒的消息，那天晚上她答说。给你父亲打电话。

　　尽管比特是站在汉娜一边的（他总是站在汉娜这边，可怜的艾彼），但母亲的脾气实在太暴躁了，把他也吓了一跳。她的愤怒跟艾彼的过错比起来，倒显得有点过分。比特可以理解，她为什么生那么大的气：艾彼把他们的全部积蓄都用来在阿卡迪亚的糖枫林中建一座房子，完全忘记了这么多年来他们如何节衣缩食，只在房子几乎盖好的时候才对她说，我们又一贫如洗了。更糟糕的是，艾彼事实上属于非法占地：莱弗的公司，乌有乡动画，现在从汉迪那里租用了这片地。莱弗做过一段时间木偶表演，后来又去拍电影，他厌倦了天天举着粘出来的木偶屁股，他开始琢磨用电脑来制作木偶动画电影。他的新作重新演绎了苏格兰的民谣《世界尽头的井》。片子拍得如梦魇一般，诡异的美。场景全在阿卡迪亚就地取材。公司在加利福尼亚的农场太小了，汉迪名义上还是阿卡迪亚的拥有者，而且他也总是需要钱的，所以莱弗便承租下来。曾经属于自由人的一切，现在竟成了一个公司的：这怎么能容忍啊！离散的阿卡迪亚人奋起反对。抗议者们聚集而来，扎着马尾的男人搭起小风一吹恨不得就四分五裂的旧帐篷，还有些臀部已然像奶油蛋卷一样松垮的女人们。多数人逛了几圈之后就回家了，但是有四家人留下来盖起了自己的房子。米琪在枫林那一侧的山坡上建了座地热采暖的小房子，作为她的霍比特洞屋。提图斯带着俏莎莉还有他们的孩子搭了一座树屋。斯科特和丽萨，将无政府主义灵魂藏在布克兄弟牌套头衫里的这一对儿，建造的是一座可以俯瞰池塘的传教士风格小屋。还有艾彼，这个老工程师，倾其所有开始打造他的房子。他一心一意要应对石油时代末日的到来，于是什么都尽可能利用离网太阳能，做备用风车；建雨水集蓄系统，做备用井；环绕式的太阳能供暖，做备用炉；材料百分之八十都是废物再利用。甚至房子的绝缘材料都来自诺克斯堡的碎纸钞。

赫勒消失那晚比特给父亲打电话的时候，他试图想象那片黑暗、孤寂的糖枫林，树林沉重地压向老人。艾彼接起电话，语气慌张。怎么啦？他问。听完比特的解释，父亲沉默不语。最后他说，赫勒可真是个大麻烦，亲爱的。

我知道赫勒有多麻烦，比特厉声道，但她这四年来都好好的。

艾彼没有说话。比特挂了电话，重重地。

比特真想绝望地哭一场。他听到小小的动静，抬起头看到格蕾特，她脸色苍白地站在门前，怀里抱着她的毛绒青蛙。我睡不着，她说，我要妈妈回来。

妈妈去散步了，比特说，不如让我来给你讲个故事好吗？她太倦了，根本无力拒绝，他便坐在她的床边，以后每晚他都这样坐在她的床边，一直等到她呼吸均匀地进入梦中，进入清晨，他想象着，自己今后如何保护她。

他把西尔维数码斋戒的文章读了三遍才放下来。她笔迹精致、紧凑，用了整整一张纸。她描述起初她抛开那些电子产品时有多么孤独，感觉自己与她所熟悉的生活隔离了开来。她有一阵儿简直手足无措，想着如果她父亲突然心脏病发，或者一个教授给她发了封很重要的邮件，那该怎么办。为了逃避这种焦虑，她用很长的时间出去走路散心。没有耳机里的音乐陪她走在路上，感觉怪怪的。城市显得如此喧嚣，现在她终于可以听到它日常的噪声，她还能感知到其他一些东西：小货车里飘来的椒盐卷饼的香气，一扇格栅冒出的重重烟气中深沉的蓝色。她在一个公园里坐了许久，观察鸽子闪着虹彩的脖颈。这样寻常的脏兮兮的鸟儿身上竟有那么漂亮的颜色，简直不可思议。人们匆匆而过，她注意到他们的脸上面无表情，似乎大家都习惯了没人注意到自己，也允许自己再被人看到。她觉得有点儿冷，因为她看了太长时间。为了暖和点儿，她去了一个电影论坛：那里正在放映40年代的影片。在冷冷的大白天里走进剧院，是有点怪异，她总是手痒痒地想去查她的电邮或者短信，也为自己孤身一人感到难堪。不过她还是买了一大桶爆米花坐在那儿，一场电影之后，她感觉好极了。就像从她的人生当中请了个假。然后一个男子在她邻座坐了下来，他帅气，是个黑白混血。由天鹅绒和金箔装饰的几乎空着的老剧院，她手里热腾腾的黄油爆米花，眼前影片里的激情跌宕，身边男子的俊俏侧影，他香皂和剃须水的气味，都那么妙不可言，让她身体充满不安分。她不再盯着电影，而是等待旁边的男人来触碰他，她也拿不准她是会叫出声来然后一走了之，还是会沉浸在那种感觉里，姑且让自己头脑发热。到底接下来发生了什么，她并没有写。只说之后在她回家的路上，她的膝盖还有点紧绷绷的，走在甚至没有一部电话保护的刺骨的寒冷和黑暗里，她体会到，在人们能随时随地联系到别人之前，是如何深切地感觉到自身的存在。人们又是要付出多少努力，才能与他人建立联系。那个时候，过去似乎更为客观，她想象到，因为事情不会立刻被发布到网上公诸于众；未来也更为遥远，因为它必须被精心地谋划。这就意味着，当下将会成为一种更为深刻的体验。刚才的经历对她而言，就仿佛回到了童年，而她则陷入到对这段时光的深深的乡愁之中。

西尔维看着他给大家发作业，当他把她那份给她时，她的眼睛还是一直盯着他的脸。她离开的时候问道，斯通教授？我的分数？其他同学鱼贯而出，他可以听到他们在楼道里的脚步，他们渐渐放开的嗓音，从楼梯间一直延荡到室外。他收好自己的东西，为西尔维打开门，等他们两个都走出来后锁好门。

你得了A-，西尔维，他说。

我知道，她说，我以为会是A。

他笑，而她也友好地笑回去。她有一张明亮的脸，总是做渴望状；像只小狗，等待人来宠爱。他尽可能和颜悦色地说，西尔维，A代表完美。我还没有过一个完美的学生。没有人是完美的。

他这么说着，身体里有种奇怪的涌动，一种刺痛。他明白他是多么渴望能找到什么人，证明自己是错的。

嗯，推开门走到冷冷的室外。阳光下面，她脸上的痣显得更黑，皮肤变得透明。她鬓角处有一道蓝色血管。她站在那儿，很尴尬的样子，一只脚在另一只上蹭。她的视线飞快地离开，又回来落在他的下巴上。试试我吧，她说，语速很快，声音压得很低。

又是话里有话。他挥了下手就离开了。走了三个街区之后，他才回过神来。他应该说，他现在知道，这不是让我去试的。

每隔几个学期，就会出现这样的情形：有他一站在附近就会脸红的害羞女孩，还有眼神里充满暗示的自信女孩。赫勒曾说，那是因为比特身材不高，性格温和，善解人意。她们看到你，就看到一个理想的丈夫形象，她边说边笑。

我一直以为，那是因为我十分性感，比特说。

哦，你是很性感，她说。但是你更贴近大地，这让你显得更加谦和。你没有威胁性。

这解释刺痛了比特。你就是这样看我的吧？最后，他问道。

赫勒走到他跟前，然后，用她的前额顶着比特的，眼睛里充满笑意。我看到的，是我最好的朋友，她说。在那个时候，这就足够了。

他一边清理学校里的暗房，一边想着自己曾经的梦想都去了何方。这些梦想也并不算宏大，它们也并没有沉重到难以负荷。桃源乡留给他的一份遗产，就是他对于幸福的追求和这个世界并不同步。他的向往就是安全，可靠，一种有充足食物、保护和金钱的生活，有书和爱，可以奢侈到能够通过艺术来探求真相，奢侈到能够看得更深入，能够找到更多感同身受的捷径。这看起来并不是那么难以企及。在这个充斥着成千上万艺术家的城市里，他安静和缓慢的诉求，很容易被看作一种没有野心的表现。即使这样的事业心，在赫勒出走之后，也消失了。

出于一种恼怒，他抓起一张已经冲洗好的照片——本是用来试验需要什么样的切边——开始在背面写起来。他列出他所知道的自己想要办的个人影展，列出要获得的资助和赢得的比赛，列出他应该陈列作品的画廊，还有他的要价。他甚至设想了一套全新的肖像，放大到足够大，整个都被特写所覆盖：某个毛囊，某个姿势。他一步一步写下明年的规划，以便实现上述设想，然后锁上了暗房的门，感觉踌躇满志。

然而这张纸，上面信手写下的那些东西，却又让他难为情。他离开那座建筑的时候，把纸条折了又折，放在自己的钱包里。它一整天都在那里，形成一种奇怪的、不舒服的重量。那个晚上，纸条从钱包里掉了出来，似乎在告诉他一些他早已知道的事情，把它终于扔到垃圾桶之后，他才如释重负。

他的女人们给他打电话。汉娜每天都从沙漠给他打；隔几个星期，维尼、玛丽莲、米琪、伊登、雷金娜、斯维媞都会打来；阿斯特里德每周打来一次，屏住呼吸想听他讲进展。然而他总是说，他没有从警察那里得到任何消息，私家侦探那里也没有消息。那个侦探是一个长着小胡子的嗜酒者，就像大一号的波洛[1]，见到比特时，总是说一些陈词滥调来安慰他。但是比特已

1　波洛，英国小说家阿加莎·克里斯蒂笔下著名的大侦探形象。

经开始怀疑，这家伙除了每星期把自己难以负担的一千美元装进腰包外，其实什么都没有做。阿斯特里德在电话里的声音总是显得有些嘶哑。

今天，她说，哦，我可怜的姑娘。她死了，我可以感觉到。

比特怒从中来，他说道，阿斯特里德，她就在那儿，我相信她还活着。

电话那端传来吸气声。吸气表示赞同。是的，她慢慢说。相信吧，我们中总得有人相信。

之后没多久，金茜就打电话来，身后还有她双胞胎儿子的叫声。去年有足足六个月时间，金茜都没有跟比特说话，那是在她请比特和赫勒出去吃晚餐之后发生的事情。当时她把他们撑得像用来做鹅肝酱的肥鹅，她紧张地弄着自己的头发，让它们在脑袋上乱乱地蓬着，赫勒放下手里的叉子说，好吧，金茜，你到底要跟我们说什么事。然后金茜望着比特脱口而出说，她已经42岁了，以前一直以为自己不想要孩子，但是现在她特别想要孩子，她希望赫勒和比特能够同意捐精子给她，哦，我的上帝，她就这么说了出来。她并不想冒犯他们。考虑一下吧？他们说考虑考虑，然后很严肃地回了家。那天晚上比特看着赫勒在黑暗中脱衣服，她慢慢地从肩膀上把黑裙子褪下来。她裸着的肩膀开始颤抖。他伸出手想安慰她，却发现她其实在笑。止住笑后她说，你应该去捐精。这是有意义的事。再说，所有人都知道，你本来是要娶金茜的。这样你会更快乐。她微微地笑，然后盖上床单睡觉了。于是比特对金茜说了不，虽然这很伤他

224

的心；他说现在这个世界太可怕，他实在不忍心再让他的一个孩子活在其中。但是他知道他拒绝的原因，那是因为赫勒并没有表现出半点嫉妒。当金茜怀了双胞胎的时候，她按响了比特家的门铃，带着一捧牡丹花和一块巧克力蛋糕，对他说，事情都过去啦，这风波才结束。

最后他挂断了电话，准备回到格蕾特的墙边继续他的壁画——他正在画提图斯，一个门楼巨人——电话又响了，这次是汉娜。

还是没消息？她问。

没有，他答。他想象母亲的样子。她体重轻了许多：她看上去就像那些整天暴走，爱好户外运动的瘦削、黝黑的女人，有健美的双腿和被阳光灼烤过的头发。但是她的声音却变得越发阴沉。他说，你还好吗，汉娜？

应该还好，她说。我想我是太孤独。喝了太多酒。

此时他好像听出了哑嗓子中的波本酒。寄予期待的人屈从放弃，这是件令人失望的事。同样，他的红酒瓶今晚也空了。他说，我也是。

他们在默契的沉默中待了一会儿。垃圾车在下面的街上发出声响的时候，比特说，汉娜，为了尊严而让自己如此孤独，这值得吗？我是说，你是可以选择的。

就是因为，汉娜说，犹豫着自己的措辞，就是因为我有尊严。

好吧，比特说，这就是你不跟艾彼说话的原因。

哎呀，我可有比尊严更好的理由，她说。

225

还有别的？比特问。他想也许很简单：钱，人间最常见的诱因。他也无力再去想别的理由。

不是一直有吗？汉娜说，比特明白，无论这原因到底是什么，由于她对艾彼的忠诚依旧太强烈，她说不出口。

我想念她，最后他说。

哦，亲爱的，汉娜说，我也想你的父亲，那个轮椅上的老家伙。

莎朗打开门，双眼迷离，她的棕色头发蓬在脑袋上就像个蘑菇盖儿。格蕾特和弗兰基互相拧着脖子玩儿。比特说，晚上没睡好？莎朗耸耸肩说，糟糕透了，我昨天收到了离——婚——协——议。

对不起，比特说，但是他心里甚至还涌起一丝妒意；莎朗的忧伤毕竟还有一个收尾，至少。

昨天，女孩时代的赫勒无处不在。公寓墙上的照片，大学咖啡厅给他端茶的服务生纤细的手腕，他就诊的牙医诊所茶几上的杂志。那些初闯好莱坞的年轻女星们总是想成为赫勒曾经的样子：层次丰富的衣裙里骨感的身材，她干净苍白的脸，她茫然的表情。就好像他二十五年来关于赫勒的念想在世界遍地开花。

十四岁时那场从阿卡迪亚到凶险的**外面世界**的过渡，他几乎没能熬过来。他孤独极了。那里有难看的城市里的树木、鸽子、墙上的尿迹。他一个人也不认识，常常独自在外面一走就是几个钟头。皇后区的街道弯弯曲曲，与其他街道相连；公园，完全是对乡村的拙劣模仿。他感觉柔弱，无着无落。那些总是纠缠他的故事情节，他自己的童话，没有人看到，因此也没有人懂得他；没有人知道他就是奇迹婴儿，嬉皮士中的小比特，艾彼和汉娜的孩子；也没有人了解艾彼坠落的那场意外，汉娜力大无穷的传奇，还有风雪夜里他与维尔达的奇妙相遇；他们不知道菲利普小宝宝、狂飙老头以及乐享日发生的不幸。他们什么都不知道。他们看了一眼他小小的个头，想把他放到初中一年级，但是当他展示了他的微积分、历史和生物的知识后，他们不情愿地让他上了三年级，和比他大两岁的孩子同班。他就那样上学，周边危机四伏。其他的孩子简直不可理喻。他们互相殴打，拼命地嚼口香糖，做一些类似迷你战争的血腥运动。他们很残忍。他们把比特叫作迪皮，因为他是在嬉皮士的水里浸过的；他们还叫他"臭屁股"，因为起初他一星期洗澡从不敢超过两次，即使水是免费的，肥皂也充足。他从学校回家，就好像拖着一袋铅。

哪怕是一开始他觉得还不错的东西，很快也变得无聊了：奶酪条、花生酱、汽水、肉桂糖，他都吃到恶心。街上到处都是狗，他本来想象狗是善良、温驯的动物，但这里的狗会用皮带拴着，会在混凝土上留下腐烂的粪便。夏天转凉进入秋天，但是除了更为柔和的光线，寒气的暗示，这个季节根本无法展示它的真正魅力。没有金色，没有光彩，没有木头燃烧后清香的烟气。如果便道上再冒出些脏兮兮的冰，那就更惨了。更糟糕的则是人，他们做事总是漫不经心。有一次街角的管道爆裂，穿橙色工作服的人来了，在混凝土上补了一块，结果一星期没过管道又破了。人们当众争吵，满脸怒色。每个人都苍白、臃肿、不健康。起初，他只是惊诧于周遭人的粗鄙、肥胖，后来有一天他才意识到，原来在这里要见到像阿卡迪亚那样棕色皮肤、骨瘦如柴的人并非寻常：透过衬衫就能看到你朋友的肋骨绝非寻常，更别说看到男人和女人整日袒胸露臂地工作，那时他们都不穿上衣，身体的每一部分都在太阳下闪亮。到了晚上，墙壁后面的声音，要么就是做作的、像从罐子里传出来的电视声，要么就是邻居因为生气而提高的嗓门。没有柔美的歌，没有摇篮曲。在走廊，他还看到一个母亲用拳头打自己的婴孩。

哪怕是在公寓里，也是黯淡阴郁：灰色的油毡地面，免费赠送的家具。他的父母走来走去，脸上愁云惨雾像蒙着一层厚厚的漆。沉默在他们中间蔓延，几乎变成和湿海绵一样的固体。汉娜站在窗前，修长的手指捧着她的茶，一直到茶水变冷。她的眼神像这里的冬天一般萧条。她在一个社会福利诊所做行政工作，下班回家后，他们就默默地吃晚饭。他们住在六楼，楼里没有电梯，没有汉娜和比特帮忙，艾彼根本下不了楼，所以他整日都坐着那张靠福利买的新轮椅在公寓里穿来穿去。他一遍又一遍地走，成百上千次。他的轮子在地毯上压出了印子。

外面的世界里，最让比特痛恨，恨到非理性甚至作呕程度的事，是看到一条街开外某个宠物店里的金鱼，看到它在玻璃缸里永无停歇地无聊游动。他上学要经过那家店时，就干脆过马路。他害怕他自己，害怕他真的控制不住要用拳头砸碎玻璃，用他带血的手捧出金鱼，把它带到河边去。在那儿他会将它轻轻放到水面，让小鱼自在地滑入冰凉的河水。尽管它有可能在一秒钟内就被黑暗中突然张开的大嘴吞掉。但至少,在那一秒钟,它会感到自己是个活生生的小尤物,在一汪没有被自己的死尸弄脏的活水里。

他原先阿卡迪亚的朋友都四散了,他无法寻到他们的下落。他也不曾尝试去交**外面世界**的朋友。在学校里他功课不错,所以大人们也没怎么管他。汉娜和艾彼偶尔会提醒他,他点点头然后转过身。他睡得越来越晚,睡的时间也越来越长。不睡的时候,他就把自己锁在卫生间里。他从一家照相馆搞到了一枚红色灯泡,还从汉娜那儿偷拿了一点钱买了些化学用品,只有在这间经他改造的暗房的幽暗光线里,观察世界在一张白纸上渐渐显现,他才能感觉到那个曾经的自我,苏醒了过来。他可以控制这个世界。他可以在他的双手之间创造一些适宜的小窗,让他慢慢学习观察,直到他能懂得它们。

离开阿卡迪亚的第一年,跌跌撞撞从春入了夏。不用上学,他干脆连床都不起,也拒绝吃东西。他掉了20磅体重。当他开始缄口不言的时候,以前就见识过他沉默的父母亲,还是决定带他去看医生。

沉闷的走廊,握着比特手的女医生,胶状的罐头水果,围坐一圈对着空气说出他们内心魔鬼的可悲的人,一种精神虹吸法。在那段时间的迷雾里,汉娜曾在窗边哭泣,她带着负罪感,紧握双拳向医生忏悔,自己如何将忧郁传染给了比特,这一切都是她的错。他看着,仿佛是从很远的地方看着。她每天都来,帮他剪指甲,梳理他的头发,还给他讲故事,让他靠在她的膝盖上，好像他是个小孩子。每天早晨他都吞下一粒药片，慢慢地，这化学的东西在他的身体系统里安顿下来，开始发挥作用，像一个超导体，将他自己每一块带着磁性的碎片都收了回来。最后，它们终于能够在他的忧郁和这世界之间建立起一道屏障。那之后的每一天，他都会吞下同样的药片。他害怕，如果他不这样做可能又会发生什么，化学作用在他的大脑暗处渐渐衰减。即使坚持用药，他还是有过几次时间不短的复发。在读研究生时，他曾陷入深深的焦虑，一整月都没有走出过他的住处；城市发生恐怖袭击之后；赫勒悄无声息走掉的最初几个月里。他现在仍然没有完全走出最后一次病发的阴影。

他第一次抑郁症痊愈之后，比特回到学校继续上学，后来又顺利上了大学。他在康奈尔大学的第二年，有一次去史密斯看望金茜，听说赫勒已经从挪威回来了。不知不觉，金茜已经成为整个网络的中心结点，她重新找到了每个人，并和大家都保持着联系。又过了几年，也是金茜告诉比特，赫勒在当模特，主要是当地的工作，杰西潘尼的商品目录还有广告。然后她去了洛杉矶。之后又去了旧金山。再后来她到戒毒康复中心。科尔再度成为比特最好的朋友，24岁时他们在一家杂货店巧遇，原来他们都住在两个街区之外。科尔接着讲赫勒的行踪：她结婚了。但婚姻被宣布无效。她到了迈阿密。然后，有很长的时间，没有人知道她在哪里。

一转眼，比特已经35岁。时间，他总是想，真是飞逝如电啊。他受够了贫穷，受够了去取悦画廊，办几场不痛不痒的个展，受够了。他回到学校攻读美术硕士，在一所大学做了助理教授。

后来，在一个下着毛毛雨的春日，科尔给他打电话，说赫勒要来纽约了。她打算住在斯维缇那里，斯维缇嫁了一个有钱人，在公园大道拥有一间像洞穴一样的巨大公寓。斯维缇邀请她的儿子们一起吃晚餐，但是科尔和狄兰彼此厌恶，因为狄兰在做了好多年编辑之后，被一家极右的有线新闻节目聘作评论员。

一个年轻帅气，打着领结的黑人，对所有自由主义和嬉皮士的东西都抱有不可理喻的仇恨，科尔在电话里说，他是新保守主义的梦遗。

上帝啊，比特说，虽然他满脑子想的只有赫勒，赫勒，赫勒，这个长着脆弱苍白脸孔，鼻翼闪着鼻环的女孩。

科尔笑了。他说，斯维缇总是说，*天知道，孩子们，我给你们取了再准确不过的名字，科尔黑，狄兰白。但是命运却不小心把你们放到了错误的模具里*。当然，这话会让狄兰喊出"种族主义者！"来，他动不动就这么说。所以我希望晚餐的时候你也一起去，好让我们两个不要对着干。你永远不会得罪任何人。

能再见到赫勒，让比特献出右臂他也愿意。但那天晚上他有一个展览要开幕。"化学四行诗"，这是画廊给起的展览主题。一个女人给野花的生殖器官拍了特写；一个男人夹在双重否定之间，在建筑物的影子里看到自己的魂灵；一个女人用裸身的孩子布置原始蛮荒的场景。还有比特和他的大幅肖像作品。

没有问题，科尔说。我们先去看展览，然后一起去斯维缇家。

但是比特那个晚上并没有去斯维缇那儿。两兄弟因为停车的事情吵起来，赫勒失去了耐心；她干脆在车流中打开车门，往画廊方向跑，想离他们远一点。她甩掉短发上的雨水，耳环叮当作响。即使距离很远，比特还是能看到岁月在她身上的留痕。她略显松弛的皮肤，她画上去的眉毛，让他心碎。她纤弱，忧伤，但她走在路上，依然引人注目，像以往一样。他屏住呼吸注视着她。然后她看到他拿着红酒站在角落，她收起装出来的笑容，迈着快步径直走向他。她摊在他的肩膀上，在香水里的柑橘和丁香味道之下，她肌肤最深邃的气味还跟过去一样，他的身体对她的反应也还跟过去一样。在画廊时尚的光影里，昔日重来，所有古老的故事隐隐作响，绷紧，在他们中间，如同电缆。

带我回家，她贴着他的脖子说。所以他带着她奔跑在夜色中，在福克斯兄弟甚至还没有停好车之前，在他们走进画廊，看到他们自己帅气的成年人的**外面世界**的脸，和脆弱的坦白的阿卡迪亚的脸并排放在一起之前。他们有壳的和蜕壳的脸，在比特当晚展出的几十幅阿卡迪亚人的肖像画中间。最触动他们的，后来他们告诉他，却是画框之间的空白，在那时与此刻之间无形的跨越。

一个酷寒的十一月清晨，比特从联合广场的示威人群中穿过。冷得简直要冻掉你的蛋蛋，他想着，回忆起他大学毕业后在法国度过的饥肠辘辘的日子，那时他为了能追寻大摄影师的灵感碎片，不惜周游半个世界。为此比特宁愿做任何事：打扫工作室，摄影师和情人幽会时帮他在太太面前撒谎，印刷相版，做单调的放大处理。他又冷又饿，还没有钱。他在橱窗玻璃上看到自己，被那个骨瘦如柴的小个子吓了一跳，那完全是雨果笔下的人物，一个晚上被老鼠咬肚子的加夫洛许[1]。他到市场上找**有伤的**水果好砍下价来，当时有个老婆婆，胖农妇的样子，有点龅牙，她招呼他过来。我可怜的孩子，她说，眼里充满怜爱。她一定是做过妈妈的。她把比特的手当做篮子，在里边装满了很棒的紫色无花果，上面有一层薄薄的霜。"*Couilles du pape*（教皇的蛋蛋）"，她眨了下眼睛说道，而此刻他笑了，想起这些。教皇的蛋蛋：小小的，凉凉的，紫紫的。

他边回忆边微笑，他知道，因为游行者们看到他也朝他笑。他们的脸上涂了白色，他们穿着白色的袍子。他照了一张照片，然后又照了十张。他瞟了一眼他们的宣传单，印在一张粉红脸颊般颜色的纸上。他们在抗议关塔那摩，那个关押恐怖主义者的监狱。他们抗议酷刑和正当程序缺失。合情合理，他支持他们。

但是他的视线停在一个句子上，它像一道闪电穿过他的身体。

幽灵囚徒：指被匿名关押的人，甚至他们的家人也完全不知情。

在那一刻，他身体里迅速掠过的是一种解脱。这就是赫勒去的地方，他大胆猜测；他胡乱想着，可能赫勒当众讲了一些蠢话，就像她在聚会上常常做的那样：上帝，如果我得了不治之症，我要绑着炸弹，跟迪克和布什[2]同归于尽。又或者是，在

---

1 加夫洛许，法国作家维克多·雨果名作《悲惨世界》中的人物。

2 指美国2001—2009年在任的副总统迪克·切尼和总统乔治·布什。

电视里看到女人在被毁掉的集市边抽泣或哭号时，妈的，我们到底对这个可怜、该死的国家做了什么，怪不得他们想把我们统统杀掉。有人告发了赫勒，他想，他们立了案。他仿佛看到她走出住所去散步，看到一辆面包车突然停下，她头上被套了麻袋塞进车里；她穿着橙色连裤装坐在不锈钢桌前，联邦调查局的人并不知道，她是多么不具伤害性，多么饱受摧残，而格蕾特又是多么需要她。

比特让宣传单落进了一个垃圾桶。他充满震惊，他需要坐下来。有那么一瞬间，当他想到赫勒是国家的敌人，竟有点如释重负的感觉，这样她就不是被诱骗，被贩卖，被强奸，被谋杀；她不会是从车上滚下来，倒在丑陋的汽车旅馆房间里不省人事，橡皮筋下的血管上插着针头。比这些可怕的可能性更糟糕的是，想到她只是健康而且清醒地离开。最伤害他的是他曾有过的片刻安宁：他宁愿想象自己的妻子在秘密监狱被酷刑折磨，也难以接受她横下心来再也不爱他们。

早晨送格蕾特上学，比特站在原地望着格蕾特，其他孩子的家长早就走了。生活服务员的脸就像屋顶窗子一样明亮，挂在她棕色屋檐般的头发下面，她扶着他的臂肘，慢慢地把他带到门厅。他眨了眨眼睛。远处传来孩子们的声音，他们温暖小身体的气味，阳光洒在蜜色的走廊上，但是似乎有什么冷冷的东西抓住他的后脖颈，让他动弹不得。

看，他命令自己，用心看。地板中央有一张纸。他盯着它，一直到那张纸看来怪异到可怕的地步。它表面有折痕，一个角被折起来，这张纸像皮肤一样也有毛孔，上面有铅笔划出的羽毛般纤细的笔画，纸角就像被无形的微风轻轻掀起，在它的小小影子上摇啊摇的，窗子透进来的光似乎凝聚在上面，仿佛仅仅因为它被注意到了，这张纸便拥有了比其他东西更大的力量。

他回忆起自己还是小孩子时曾经列过一个单子，集中了许多美好的事物，他还试图轻轻说出咒语，好让妈妈离开悲伤的床。他打算继续列这张单子：穿过地铁站投在瓷砖墙上的一片午后阳光，风中一株挂满白色塑料袋的树，清晨格蕾特握在手里的小勺子，格蕾特呼吸里那种小沙鼠的气味，格蕾特从他身边跑到运动场，变成一个大点儿，一个小点儿。一次又一次，所有美好的东西都回来了，环绕着他赏心悦目的格蕾特。是她破解了咒语。他又可以动弹了。

感恩节那周汉娜会飞过来。艾彼也会来，提图斯已经同意开车送他来过节。艾彼的到来还是个秘密。比特不确定，在门铃响起之前自己是否有勇气告诉汉娜。

在机场，汉娜取行李的时候，她看上去苍老又疲惫。她的头发已经花白，一条长辫子弯弯地垂在她的上臂。她的箱子很重。她盯着地面，生气地动着嘴唇，比特不能相信，他的母亲也成为那种，因为太孤独所以会自言自语的女人。比特想象事情变得更糟：一群猫，一个堆满瓶子的垃圾桶，汉娜成为露宿街头的拾荒女。他下意识地在她身后找艾彼的身影。自他还是小孩子的时候，他就没有看到父母分开过。

然后格蕾特跳起来大声叫，汉娜抬头望，她一看到格蕾特，脸上又焕发了青春，重新成为伟大的金发汉娜，她弯下膝盖拥抱她的小孙女。比特吻她头发的时候，感到她发间有一种同样温暖的拓荒者的气味。他的头有点晕，他的敏感被唤醒。

他们在一起度过了一段相当奢侈的时光，简直太奢侈了。格蕾特紧靠着祖母，手抓着她，带她一个玩具一个玩具地看，一家商店一家商店地跑，在她嘴上留下长长慢慢的一吻。她们如胶似漆黏在一起，让比特都有点嫉妒，他忍不住笑自己：他嫉妒的是哪个人？他更想得到谁的关心？

在一家老式的冰淇淋店，汉娜和格蕾特两人说着悄悄话，互相喂着冰淇淋，他有了个主意。汉娜，他说，她抬头看他，脸色红润。你能明天帮忙看格蕾特吗？我想明天坐火车去费城。

她从钱包里摸出两张钞票给格蕾特，小不点儿，她叫，你的奶奶好想吃一块巧克力曲奇。格蕾特蹦蹦跳跳地离开：在柜台买东西是她最喜欢做的事。

汉娜望着比特。你要去找伊利亚？她问。

怎么？比特问，你觉得这是个坏主意？

只不过，你希望找到什么呢？

也许她去了他那儿，他说。也许她选择了他。这当然糟透了，但总比不知道要好些。

她刚失踪的时候你没有给他打电话吗？你不认为，如果她在那儿，私家侦探一定会找到她吗？她向他伸出手，碰到那双手的时候他着实吃了一惊：鸟爪一样嶙峋的骨头，纸巾一样薄的皮肤。

我确实给他打过电话。我不管什么侦探。但是我没有去过，没有亲眼看到。

汉娜把垂到眼前的一绺发白的头发吹开，说道，什么，你认为伊利亚说谎了？

比特轻轻地答，他望见格蕾特正把曲奇饼干举得高高的，快步往这边走过来。如果我是他，我会。

汉娜把玩着一根红白条纹的吸管，犹豫着。格蕾特爬上她的膝盖，汉娜说，好吧。也许在那里找不到她，对你反而是件好事。算是个了结，然后继续生活。

也许吧，比特说，我想我必须得试试。

汉娜把格蕾特拉到怀里，用自己的长手臂拥着比特的女儿，两人静静地依偎在一起。简直是同一个女孩的两个版本，都在悄悄地望着他。

我大肚皮的俄耳甫斯，汉娜夸张地用演出的腔调说，朝着灯的方向，温暖的光在头顶嗞嗞响。我的俄耳甫斯，降到了深深的地狱，吹起他温柔的曲调。

格蕾特，还不可能懂得这一切，但听到祖母声音里的笑意，也跟着大笑起来，露出她小小弯弯的乳牙。

比特搭乘天亮前的一班火车，穿过正从梦中醒来的城市。他喜欢费城，这地方有种不由分说的强硬。天已破晓，天色明亮。

到伊利亚那里用的时间比他所想的要长，他不得不在斯库基尔河边的自行车道上走了好几英里。河水被风吹得皱皱的，给他送上阵阵凉意，在他耳边欢快地吹着口哨。小艇轻盈地滑过，"8"样的轨迹像爬行的怪兽经过水面。终于，他又看到了那座教堂，小学生们穿着校服聚集在那儿，等待去上学。他曾经来过这里，跟赫勒一起，那次是她从伊利亚那儿拿走她的东西，搬到比特家去住。他在砖房子前站了几分钟，犹豫不决，然后他敲了敲门。门开了。

在那一瞬间，比特感觉是在盯着镜子中未来的自己。那人看上去很糟。矮个子男人，深色头发，像壁炉柴架一样的颌骨，他曾经还算英俊的脸孔凝固成块状，如放了好几天的牛奶。伊利亚，赫勒的前夫，伸出一只苍白的手，将他引进了门。

公寓里很冷，散发出一种阴郁的气味，到处都是啤酒瓶和外卖的盒子，比特立刻就知道赫勒不在这里。她可受不了这样的杂乱。

他们站在阴暗的厨房，伊利亚用比特所猜想的俄语口音说，告诉我，这么说，她死了。

她死了？比特问。

我不知道，伊利亚说，我以为这是你赶到这里要对我说的话。

不是，比特说，我可以坐下吗？

当然，当然，当然，当然。伊利亚一边说，一边清理椅子上的报纸。不好意思刚才忘了先请你坐下，我以为你来的目的就是要告诉我坏消息。

没有消息，比特说，我只是想见你。

没有消息就是坏消息。伊利亚说完一笑，露了一下他的褐色牙齿，还有凹陷的牙龈。他也坐下来，把弄着一支香烟，点燃，一边揪起自己贴在骨头上的发黄的脸皮。他往外吐气时，脸上的表情这才柔和起来。

这么说，你来是为了问赫勒在不在这里，或者我是不是见过她。我只能说，没有。我非常非常遗憾，你能明白的。

比特能明白。赫勒和伊利亚的婚姻一瓦解，她就来到比特身边。伊利亚是乐队里的小提琴手，麻烦不断。赫勒给比特讲过伊利亚的火爆脾气，抛碎在墙上的家具，他隔着楼梯扶手从楼上掐着赫勒的脖子。赫勒在戒毒中心的最后那段时间，他们曾经见过，那时赫勒三十岁出头，已经在康复中心里待了整整一年。伊利亚变得越发抑郁，他甚至试图用刀刺穿自己的心脏，赫勒决定离开他。伊利亚在医院醒来时发现她已不见，他只有变得更加阴郁。他用了两年时间才离开医院，之后又开始拉琴。不过那个时候赫勒已经和比特在一起了，格蕾特也已经一岁。

她要是真来找我，伊利亚说，我应该会开心的。但是，唉，她才不会来。我要回家了。

回家？比特抬起头说，俄罗斯？

敖德萨，伊利亚轻声说。我快死了，我想叶落归根。这个国家已经抛弃了那些曾经让她魅力四射的东西，当然。那种充沛丰富，你知道。许多东西，我担心，不久就会支离破碎。难以维系，所有这些。这样的话，这儿和乌克兰也没有什么区别。

所以，到了最后，从哪里来，回哪里去。这里边也有某种可爱的对称，是吧。

比特不知该说些什么。山上的钟声飘下来，比特忘记数了。他最后说，很遗憾听你说病了。我知道我们算不上什么朋友，但是听到你这么说，我很难过。

哦，不是，我是快要死掉了，伊利亚说，不是生病。我生来就是要死的。但我不是那么不同寻常。世界上有很多跟我相似的人。还有你，为什么你要说我们不是朋友？我们也不是敌人。恰恰相反。我们是手拉手的兄弟，带伤行走的人，都是和赫勒有关的人。我们没有多大的差别。

他盯着比特看了挺长时间，然后望向别的地方。不过，如果你问我，我倒是挺纳闷你为什么没有问我，我会说别再费力找她了。

为什么？比特问。

我不认为她还活着。我这种感觉已经有些日子了。如果这伤害了你，请你原谅。

嗯，我倒是坚信她还活着，比特说。

对，伊利亚说，我们在很多方面非常像，这没错，但我们毕竟不同。你依然还是理想主义的。

他们在发酸的厨房里坐了很久。墙上有只塑料时钟，滴答滴答滴答地走着。

你愿意要我的房子吗？伊利亚突然问。

哦，比特说。他想象格蕾特在这里的情形，有足够的空间、宁静和隐私,到山脚下的学校去上学。她可以拥有一整间玩具房；他则可以有一个暗房。可以有更为安静的散步,晚上在他们的睡梦中有山下的河流呢喃。但是,他将失去他的工作、他的朋友。

房子很漂亮,他说。但我们的生活在纽约,我也没有钱。

伊利亚轻轻弹着他修长的拉提琴的手指。没关系,他说,我要去的地方并不需要用钱。

乌克兰?比特说。伊利亚笑了,拿出了他们坐在一起之后的第四支烟。

我送给你。这房子。你可以卖,想怎么处理就怎么处理。我不在乎。只有一个条件,他说,似乎为脑子里的这个主意已经歇斯底里。他开始踱步。他的手臂,在房间里随意甩动,像只蜘蛛,跟他的瘦小身躯比起来,显得太长太大了。

什么条件?比特说,感觉有点不舒服。

给我一张小姑娘的照片。赫勒的女儿。你们的玛格丽特[1]。

就这些,伊利亚笑个不停,充满奇怪暗色快乐的温暖的笑。

比特想了一会儿。给他照片并不会造成什么伤害。如果知道伊利亚想看,他也许早就会定期把照片寄给他。但是在他内心深处似乎有个小怪兽在抗议,急切地表示反对。他等着,试图想明白原因。

伊利亚的笑终于要停下来的时候,比特从衣兜里取出钱夹,拿出他刚洗出来的女儿最近的照片,格蕾特拿着一盏南瓜灯,

---

1 格蕾特是玛格丽特的小名。

双脚坚实，笑容像南瓜灯一样开心。她目光中有艾彼那种冷静的自信。她还有汉娜一般丰润的嘴唇。

伊利亚接过照片，注视了格蕾特许久。比特有点坐不住了。他正想把照片要回来，伊利亚抬起头，眼中噙着泪水。他面带笑容，但他的嘴里却仿佛含了被碾碎的昆虫。他握住比特的手，而比特回握得太用力，一时竟忘记起小提琴手敏感的骨头。伊利亚疼得缩回手来，放在自己胸前。

对不起，比特说。

呵，这手我也不会再用到了，伊利亚说。这么说，我们成交。他送比特出门，轻轻拍了下他的肩膀。

愿你归途顺利，比特说。是的，伊利亚缓缓地说。是的，我想会顺利的。他眨了下眼睛，关上了门。

比特坐着咣当作响的火车回家。车尾有一个女人，面对着他，他刚上车时几乎没注意到她，但到后来他越是看她，就越觉得她漂亮。她有鹰翼一般的黑发，浓黑的眉毛，还有让比特联想到希腊雕塑的那种鼻子。她的耳环映着头顶上的阅读灯闪闪发光，金色的光点在她颌骨上舞动。他可以用火棉胶来拍摄她，用上它美丽的不完美，它长久、悠缓的凝视。她翻书的时候，手的动作迅速而紧张，她的面部表情敏感而多变，他似乎都能跟着她一起读书：这里是一个美妙的时刻，这里是一个紧张的段落，这里让人莞尔，这里是欢爱的场景。她咬着她的嘴唇，她的脸充满了欢愉，比特可以想到她在床上的样子：给予，柔软，喉咙里发出鸟鸣般的叫声。他会爱上这样的女人，他知道。他们两人之间，除了过道、一些座位、一些要移动的空气外，别无阻碍。没有什么阻碍他走过去坐在她身边，让她的笑容从书本上移开。

你好，他会说。你好，她会说。然后，他会开始他新的生活。

没有什么阻碍他，就是说，只有赫勒。她看不见的手就是镣铐，她看不见的眼睛在注视他。她欧防风[1]一样苍白的身体，他无法停止相信，此刻，她在家中——一个狭小逼仄的公寓里等着他，打着瞌睡直到他回去钻进他们几年前一起买的床单里。

女子在一个不知名的车站站了起来，走向车门。她跨到站台上，火车又开始移动。窗上有个光点，和路灯一起闪亮，就这样女子走了，永远地离开了他。

那天早晨，也就是他们分别二十年后又在一起的第一个夜晚的次日，他去买"Nutella"三明治和咖啡，他回来的时候发现赫勒抽泣个不停。过了几个小时，她才说出话来。我这辈子做了那么多坏事，我配不上你。

城市对她来说毒气十足，充斥着诱惑与恐惧。他没有钱。他给别的摄影师做助理，自己一年也卖不出几件作品，他在大学里的工资也微薄得可笑。他的公寓在一家中餐馆楼上，他认为自己的心悸应该归咎于悬浮在空气中的味精。但是，他向科

---

1 欧防风，一种外形类似于白萝卜的植物。

尔借钱，向斯维媂借钱，向雷金娜和奥利借钱，然后租了一座小小的石头农舍，在乡下住了一年。

如果问他，成年后哪段时光像童年一样圆满和充实，接近完美，比特会说是在走风漏气的老旧农舍里度过的那一年。每一天当他醒来，就看到穿着破旧睡衣和羊毛袜子的赫勒，她坐在餐桌旁，手中捧着一杯冒着热气的茶。那些躺在草坪上的，走在山路上的，徜徉在堆满了旧物件的潮湿又冰冷的谷仓里的日子啊。赫勒会用整个下午的时间来观察燕子在屋檐下筑巢。他们会大老远从佛蒙特开车到农民市场。春天流淌到夏日，到秋季。赫勒让自己的头发长起来，体重也增加了，看上去丰盈许多，不再那么骨感了，而且，她还欣喜地发现，胸部也跟着丰满起来。到了十月，她已经有了格蕾特。

他们拥有一段奢侈的时光。他们用好几个钟头来聊天，比特描述他所憧憬的他们孩子应该过上的生活，他们要为孩子打造一个什么样的世界。有一天晚上，望着赫勒在帐篷床单下面修长的身体轮廓，他描绘了一个团结、美好的社区，充满了他像家人一样爱着的人，大家住在一起，彼此依赖，一个由音乐、故事、思想和欢乐构成的世界，享受世俗的幸福。他说着也意识到这听起来就像阿卡迪亚，所以一边说一边自己也笑起来。

赫勒说话了，她的声音，显得那么遥远：你记的不对。你的记忆在做某种疯狂的体操，想从我们的童年中获得快乐。

什么？比特说，感到身体里隐隐升起一种难过。

哦，比特。我不敢相信你竟然都不记得了。那时候可真冷，赫勒说，我们从来没有暖和过。我们从来没有足够的东西吃。我们从来没有足够的衣服穿。我每一个晚上都会被"粉红风笛手"里有人性交的声音吵醒。走到哪儿我都散发着一种柴火的气味。我五岁的时候汉迪就让我喝酸苹果酒。一个五岁的孩子会产生什么样的幻觉？有两个月的时间，我妈妈每次说话我都会看到火焰从她嘴里冒出来。我们就像是疯帽子[1]的座上客，丝毫不知道外面的世界正在千变万化。

赫勒面向着他，挺着大肚子，眼圈通红。她说，我快无聊死了，比特。我想吃泰国菜。我想要生活。这种离群索居的日子，远离尘嚣的小房子，过几天还好。但是两个人还远远不够，比特。远远不够。我们回到城里去吧。回去，回去吧，好吗？

他没问"不够做什么"，他没说。你觉得准备好了吗？他只说，好的。然后给房东打了电话，开始收拾东西。

顺从的比特，好心肠的比特，柔和慷慨的比特。他恨这个人。他希望自己能有点儿主心骨，有胆量说"不"。如果他有，她会还待在那里。如果他能更强势一点，他就不会成为那个被别人离弃的人。

黑白两色的暗房位于艺术楼的地下室，这座建筑有狭长幽暗的走廊和铿锵作响的锅炉。晚上他独自在这里的时候，木质

---

1 疯帽子（Mad Hatter）是童话《爱丽丝梦游仙境》中的人物，因受到惩罚，他的时间被永远定格在十六点的下午茶时刻。

地板将白天所积聚的压力释放出来,发出尖锐的脆响,像脚步声。他唯一可用暗房来做自己事情的时间就是假日,比如这个感恩节,此时他的学生都回家了,饮酒,开派对,和中学时的恋人在酒吧约会。

汉娜和格蕾特今晚去看儿童剧,她们穿得就像华丽的女皇,颧骨上亮闪闪的。比特要充分利用属于自己的时间。他感到身体里曾有过的火焰又被重新燃起。指尖上有某种兴奋的震颤。他迫不及待要马上开始。他吹着口哨走进去:有人走时忘记关暗室的安全灯,他吃惊地看了一眼,脱掉了外套,把袖子挽起来。他抬起头,发现放大机工作台旁的黑暗中,有一个人,正看着他。

你好,斯通教授,西尔维说。

房间里,幽闭恐惧症的感觉在加剧。比特皱了下眉头说道,西尔维,你怎么会在这里?

我太热衷于我的艺术了。她说完就笑了。

比特愣了一下。这个女孩到底为什么总是打扰他?他都准备好要开工了,冲洗他的胶卷,她说这样的话,实在是有欠妥当。

事实上,她说,我在躲避我的家。每个人都醉醺醺,吵吵闹闹的。我爸爸在外边工作,像以往那样。我们简直是一团糟。她的嗓音有一点发颤。

很遗憾听到这些,他说,家有时候是不好办。

您也在逃避自己的家吗?她问。

不,假日是我在这里工作的时间。我必须一个人工作。

她笑了,朦胧的红色灯光下两颊现出了酒窝。不过,有我在这里，她说，您就不是一个人了。

没错，他说。他重现穿上外套。感恩节快乐，他说完就出门而去。尽管西尔维在里边喊，等等，对不起，他没有停步。

他被激怒了，莫名其妙地生着气。为了让自己平静下来，在回去的路上，他找一家通宵营业的餐馆停下来，坐在一张铺着毡布的桌子前，给自己要了一壶咖啡。有人走进来的时候，他尝试去猜测他们的身份。今晚实在太冷，不那么好猜。深夜不眠的可能是妓女，可能是纵酒的浪子，可能是有钱的离婚女人渴望一双爱抚她们的手。他们坐在黑暗中，满怀信任。相信咖啡是热的，也没被下过毒。相信没有疯狂的暴徒带着枪或炸弹闯进来。

人们对他人的信任，让他有时候简直喘不过气来。多么脆弱啊，这所谓的社会契约：我们所有人都会遵守规则，带着关爱和礼节行动，给基础建设投资，愿意为失败付出代价。一个在马路上开着卡车的男人，不会一时兴起，撞向玻璃橱窗，找无辜者与他同归于尽。相信那个总统不会将手放在红色按钮上，在生气或者脆弱的时候，引爆整个世界。文明的无形组织，如此纤薄，可以轻易地被割裂。它依然还存在，这本身实在就是个奇迹。

他想象自己打一个响指，能让餐馆里的所有人都站起来，瞬间每个人都变成一个更好的自己。那个脸上坑洼如橡树皮的女人抛开她的头巾，甩开她的头发和岁月的留痕，像撕开一块创可贴。那个削了发的僧人，自语了几句，然后一跃跳上桌子，在空中敲出音乐的节奏。厨房深处，那些疲倦不堪的厨师们，个头不高的深色皮肤的人，侧手翻，霹雳舞，像被翻过个儿的甲壳虫那样在地上打转，他们的脸焕发欢欣的光彩，他们看上去突然变得十分美丽，十几个顾客都立即跟着大声唱起来，声音嘶哑却动听。歌声回响在城市的上空，一个接一个地，人们被唤醒，从他们黑暗的梦境中。整个岛上的人，大家都坐在床上，听着歌声环绕他们，友善的海洋充溢着他们，让他们在很长一段时间忘记世上所有的恶，让他们忘记所有的一切，只记得这首歌。

他笑自己，想象也随之飘散。挥之不去的是倦意，门开了，寒气透进来，还有一大堆人。寡言少语的女服务生招呼坐下来的顾客。黑夜正悄悄地走向白天。他们永远在这里，坐在他们的桌子前，彼此分隔，形单影只。

感恩节。

格蕾特在小睡。素火鸡和一些根类蔬菜正在一起烤着，汉娜来到厨房坐在比特的身旁，做了一下深呼吸，大口地喝了一杯。她说话了。问题在于，比特，你无法开始新的生活，除非你过了自己这一关——门铃声打断了她。

送东西的，比特说。虽然他知道不是。他感到有点紧张。我给他小费之后您可以继续说。

好吧，她不耐烦地说。她太早就开始痛饮，现在已经是第三杯波本了。

比特没有应答就直接开了门禁，他打开房门等着。电梯砰的一声停下，艾彼的笑容出现在打开的梯门后。他还是老样子，永远如此。他的脸像比特一样，几乎没什么皱纹，他的肩膀和

248

双臂因为常转动轮椅而显得异常健壮。他在比特的颊上亲了一下，比特的皮肤又重温到熟悉的络腮胡扎扎的感觉。艾彼指了指他膝盖上那瓶"Pappy Van Winkle"波本酒——汉娜的最爱，冲比特挤了下眼睛。

正是我们想要的，比特大声说道，您可以把东西放到厨房桌上。

汉娜正在排练刚才被打断的对比特的一番推心置腹，艾彼推着轮椅进来。她一下子呆住了。他靠近她。他们俩坐着几乎一样高，他去握她的手。她没有躲闪。

哦，艾彼，她过了一会才说话。她无法掩饰脸上的喜悦。

我知道，他说，我是个混蛋。

是的，她说。

但是你爱我。

很不幸，她说。

被惩罚得还不够？

汉娜拭了下眼睛，依旧笑着。问题是，她说，我的确只是在惩罚自己。

你倒是想，艾彼说，我不能没有你，我的汉娜。

嗯，这正是我的计划，她说，我真想杀了你。

我知道，他说，但是得等到你看到那房子。说实话，它简直太漂亮了。

这值得吗？她说，又带着几分调侃。

不值，我们分开的每一天，他说，每一秒钟。但是如果你回到我身边，我就能两样同时拥有了。所以答案，就是一个比较肯定的也许吧。

她看着艾彼，她的脸上布满疲惫。在那一刻里比特已经从自己的难过中跳离出来。他意识到他本应该在这段时间里更加体贴留心：汉娜这些日子所经历的可怕的空洞。她的身体如何在夜里渴望靠近艾彼的温暖，就像它40年来曾经的那样，却只触到了冰冷的床单；她如何被她怒气中那种干燥、含混的感觉所填满，这感觉在她舌根又是多么苦涩。

她阴沉着脸。艾彼笑了，用指尖碰了碰她的鼻子。

哦，好吧，她终于说。我本来想让你对我摇尾乞怜，不过不管那么多了。我们已不再年轻。她郑重其事地看了看比特，然后说，倒是你还有很多日子可以努力让自己快乐。

她转头看着艾彼，再给我几个星期时间，直到学期结束，我就跟你回家。你这个不负责任的、讨人厌的、不说实话的死老头。

艾彼微笑，凑过去要吻她。但她还没有准备好，躲开了。上帝啊，你总是能得到你想要的，她说。

虽然他的声音听起来像在抱歉，艾彼平静地说，是的。

他们四点钟开饭，城市太静了，简直像个村庄。天色已经暗淡下来，比特从公寓往外看，能看到成百上千的窗户有灯光闪亮。

真好，艾彼说道，望着窗外飘落的雪。你现在住在城里，我总觉得奇怪，你明明是在一个前不着村后不着店的群居村里出生和长大的。那时你需要应付污秽、臭气、贫穷、老鼠，还有垃圾。

但像这样的日子,我明白。现在几乎是甜蜜的。或者,至少是舒适的。

比特也试过在乡下生活,汉娜提醒艾彼,试过一段时间。

听到汉娜暗示说这乡村生活的尝试以失败告终,比特竟有点如梦方醒的感觉。格蕾特正用叉子和自己盘里的甘蓝较劲,她就是那一年乡村生活的产物。还难道还不够好吗?他第一次想起赫勒怀着格蕾特的样子。他怀念老式的分娩场景,他可以裸身站在赫勒身后,帮助她猛地发力,把她的头发向后理好,但是她坚决反对:我们才不搞嬉皮士那套肮脏的臭狗屎呢,她这么说,然后安排了剖腹产。整个剖腹手术过程中,比特一直都在赫勒的头后面,被忧伤的气氛所笼罩。不过到了最后,这也变得无所谓了。护士把格蕾特匆匆抱走,把她洗干净又送了回来,她的小脸又红又圆,像她母亲一样皱皱的。赫勒的皮肤也像婴儿的一样,还真是绝配。在家中,赫勒对孩子的渴望让比特吃惊。他以为自己会操持一切,会是那个起床给孩子换衣服和唱歌的人。事实上,全是赫勒在忙乎这些事,他知道赫勒对孩子的爱全由心生:母女心灵间的琴瑟和鸣。他努力不去嫉妒,这心有灵犀的两个灵魂中并没有他的。

失落感再次侵袭他。他叉子上的土豆泥在手里也变得沉重起来。他永远也不相信,会有什么人愿意离开赫勒和格蕾特共享的那个完美小天地。他相信没有人可以。

他的父母彼此交谈着,汉娜轻轻擦去格蕾特颊上的草莓酱。比特只能去看窗外的飘雪,在那儿他能看到他父母所看不到的东西;如果不曾了解全部,他们就无法理解缺失。他,比特,当年在听电台播音员描述两架飞机如何撞向大楼时，浑然不觉手里的一杯咖啡已经冷却。差不多二十年前，他和父母刚来到这个城市，他管那两座摩天大厦分别叫作汉娜和阿斯特里德，就像在桃源乡时每个人都玩的把戏那样，大家叫她们双子大厦，因为她们俩身材高挑，满头金发；尽管高楼本身冒犯了他的审美观，太野心勃勃了些。他已经习惯看到它们在天空映衬下的轮廓。他还根据名字赋予它们各自的性格特征：阿斯特里德更冷一些，而天线总让他想起母亲的发辫。在他第一次见到它们的二十年后，那座叫阿斯特里德的大厦倾覆成一片废墟。之后，是那座叫汉娜的。他关掉了广播，痛如泉涌，没有什么办法把它压下去。真是荒谬，上千的人死了，而他个人的损失只是天空上的一个空洞。但他无能为力。他知道只有走出门去，去金茜位于郊外那座收拾整洁的房子，让她来照顾他。

起初他以为，这个城市会没事的：有种伤害只有用可怕的愤怒才能抚慰。他错了。甚至到现在，多年以后的现在，它仍然没有彻底痊愈振作起来。它退缩和收紧得更加厉害。即使在全球经济下滑之前，在比特看来，似乎人们也只能穿着他们并非最佳的衣着，控制自己不去百分百地享受快乐。当他漫步城中，观察他的同类如何脚步匆匆，他几乎可以抓到他们所遗失的东西。这并非他们所相信的，这并非不动产或生命。这个关于他们自己的故事，自从荷兰人下船踏上遍布牡蛎的岛屿，用荷兰盾换土地那一刻起，就这样由他们讲述着：这个到处是水和野生动物的地方，特别、罕见、公平。它敞开怀抱欢迎来到这里的每一个人，这里有空间和机会让人发达、成名、美梦成真。目标的平等，会带给他们安全。

这个故事真实与否，已经不重要了。比特驰骋自己的思绪：他知道，故事的重要性并非取决于真实。他明白，这感觉就像风穿过房间，当我们丢失了我们所相信的自己的故事，那我们所失去的，将远比故事还多，我们正在失去我们自己。

艾彼正在讲怪脾气的老提图斯中了1000美元乐透彩票的事，比特突然打断了他，连他自己都吃了一惊。他的话音又高又快，急匆匆的，把在一旁沉浸叉子游戏的格蕾特都吓到了。

艾彼，他说到，整个阿卡迪亚的试验并不是关于一个美丽乡下的，你不这样想吗？它是关于人的，关于彼此联系，关于人们互相依赖、亲密相处。乡村正在消亡，美利坚的小镇正在消亡，还存留同样感觉的唯一的地方就是这儿，在城市里，成百万的人呼吸着同样的空气。这个，这里，这时，比乌托邦还乌托邦，比你在森林深处、只有土拨鼠做邻居的漂亮小房子还要乌托邦。你没有看见吗？我们这些孩子都在这儿，几乎所有阿卡迪亚出来的孩子都在这儿，在城里。我们也跟着城市化，因为我们都在寻找我们所失去的。这是唯一接近它的地方。彼此亲近，互相关联。你明白吗？它再也不会在任何地方存在了。

他觉得自己就快要掉泪了。其他人都望着他。格蕾特放下手中的叉子，从椅子上滑下来，又爬上比特的膝盖，用她海星一样可爱的小手轻拍爸爸的脸。他的父母隔着桌子彼此交换眼色，似乎在说，他终于脱轨了。

我没有脱轨，他说。

我们从来没有说你脱轨，他们立刻说，会意地互相笑。倒霉，汉娜说。你欠我一瓶汽水，艾彼说。他们又释然地微笑，因为成功地转移了话题，至少是当时，至少是那一会儿。

班上的学生们就像一群鱼。比特在这个星期的摄影评讲课上想：他们的求知欲极强，他们超越了正常的速度。西尔维的小组让他吃惊。他们的主题成熟，思想深邃，比通常本科生做得更冒险（一个男孩给他在浴缸里的表兄弟拍照，刻意挑逗艺术作品和儿童色情之间的界限；一个女孩拍了一系列手在纤维、丝绸、粗麻布、平纹和棉毛的褶皱间隐没的影像，异常细腻震撼）。无论他什么时候进教室，房间里总是有种奇怪的热度。穿着破洞T恤衫、过膝长靴的西尔维，面容未着粉饰却写满请求的西尔维，该称赞的时候她就微笑和称赞，不该称赞的时候，她看着比特，保持沉默，似乎在说，请继续。我在等待。

赫勒离开整一年了。比特请了一个保姆，这样他可以跟楼下的莎朗出去共进晚餐。

你确定要这么做？她早上问他，递给他一杯咖啡，努力克制，不表现出过分的开心。这会毁掉一切的，你知道。她用手理了下她的黑色短发，妩媚地眨着她浓黑的睫毛。

我确定，他说。这一整天他都想着她的笑容。

他们去了不远处那家意大利餐馆。那儿的菜说不上妙不可言，但也还好：穿着稻草"裤子"的基安蒂酒，黄油芝士意面，甜奶油馅煎饼卷。和一位比自己矮的女人走在一起，甚至她还穿着高跟鞋，比特感觉有点怪，却也挺不错。莎朗今晚看上去出奇地美，穿一身漂亮的蓝色衣裙，无袖的设计正好炫耀她瘦瘦的肩，脸上精心化了妆。她笑得不少，只是手显得有点紧张，拍拍菜单，摆弄着银质餐具、盘子，一次又一次。

他们谈论孩子，谈论他们的前任，谈论天气。然后他们不那么拘束了。现在他们又在谈论书。没有其他的媒体，从来没有买过电视和电脑，书籍几乎构成了比特的大部分生活。莎朗身体前倾，她褐色的唇膏在嘴唇中央的地方有点掉色。她眼睛熠熠放光，开始谈论安·兰德。

她改变了我的人生，她兴奋地说。霍华德·洛克！多米尼克·弗兰肯！[1] 安是20世纪一位伟大的哲学家。客观主义。我在大学读《阿特拉斯耸耸肩》时就想，哦，我的天哪，一切都谈到了点子上，终于。你明白我的意思吗？

比特听着，努力让自己保持一种中立的表情。轮到他时，他提到了乔治·艾略特，莎朗说她从来没有听说过她。"如果我们曾有敏锐的目光，和所有普通人生活的感觉，"他背诵道，"我们就能听到小草的生长、松鼠的心跳，那么埋在沉默下面的喧嚣，足以置我们于死地。"[2]

1　两人都是俄裔美国哲学家、作家安·兰德的小说《源泉》中的人物。
2　这段话出自乔治·艾略特的小说《米德尔马契》。

莎朗缓缓地啜了一口红酒。我不太明白，她最后说。

他们回到莎朗的公寓。弗兰基和格蕾特在楼上比特的家里睡了，由保姆看着。莎朗的家和比特家结构相同，而且几乎和比特那儿一样家徒四壁，就好像她也是被塞进了一个衣柜大小的面包卡车里。但是比特的家有色彩，有舒适，和温暖。可莎朗的房间苍白、寒冷。对不起，这里太冷了，她在卫生间里大声说。弗兰基不在这里的时候，我就把暖气关掉。省一点是一点，世道艰难啊。

她回来时，就坐在比特身旁，没有什么扭捏，她抬起嘴唇等待他来吻。她吻技不错，投入而徐缓。她的小腹对触摸有点闪躲，但是很温暖。

比特抽回身来。对不起，他说。

哦，是我对不起，她忧郁地说。她咬了下自己的手指甲。我不像你的前妻那样漂亮。

是，他说，看到她有点吃惊的表情，他赶紧改口说。哦，不，你很漂亮。我的意思是，不是这个意思，我只是觉得不太对劲。

他们拉着手，听壁炉上面的挂钟嘀嗒作响。他们可以听到楼上保姆的声音，她正在用笔记本看电影。

他说，我想她在看安·兰德。

莎朗笑了好久，终于止住笑的时候，她捏了捏他的前臂。哦，我似乎总是容易对你们这种英俊而感伤的自由主义者一见倾心。我需要给自己找个不错的老保守派才是。

祝你在这个城市里如愿以偿，他说着站起身来。如果你想，我可以把弗兰基抱下来。

嗯，你能让他继续睡吗？她说，如果你不介意照顾孩子的话，我想打电话叫一个朋友进城里去。夜还不深，我们也还不老。

你的确是，他说。

有一天你也会重新焕发青春的，如果你给自己机会的话，她说，然后她给了他一个闺房密友间的面颊上的吻。现在走吧，我得换上跳舞的衣服。他爬上楼梯，想象莎朗在灯光闪烁的夜店里，闭着眼睛聆听音乐，曲调有点复古，充满了合成器和假声，希望她会变成一个与平日里不同的人，一个思想者；或者，更好的是，希望他能够放松自己的戒备，装成一个区别于他自身的人，哪怕只是一个晚上的时间。

他赶去上本学期的最后一次课，再把学期作业收齐。他的学生们突然间变得靓丽又亲切，在出门之前，他们向他致谢，用肢体接触来表达。拍肩，拥抱，握手。他们的温暖让他吃惊。他以为自己是严厉的，而不是那种平易近人的教授。

自由了，他闲逛了一个小时。他有一种要找寻什么的急迫感，却不是真正需要什么：他走进商场又走出来，买了曲奇饼干、牙刷和一只格蕾特洗澡时玩的小企鹅。

最后，他在火车站坐下来，看人们来来往往。

有一次他到欧洲进行拍摄，最后结束的几天他去旅游。在一座满是蜜木和天窗光线的瑞士火车站，他看到一个女人在长椅上哭泣。她身形硕大，身体的某些部分悬在扶手上，蔓延到旁边的座位。她穿一件大罩衫，上面印着褪色的蓝色小狗和带亮片的中式凉鞋，她脚上的皲裂皮肤看上去像烤土豆。但是她的头发经过精心打理，似乎要去听一场歌剧，她的手做祈祷状，放在小小的像雀一样的嘴前。

比特站住，定格在来往的人流中，望着她。没有一个人停下来去问到底发生什么事。他愤怒地走向哭泣的女人，人群分开了。当他走到近前，才看到一个宽边草帽倒放在那儿，女人的肚子上立着一个牌子：哭泣的女人，用四种语言写：*Weeping Woman*；*Femme Sanglotante*；*Donna Piangente*；*Weinende Frau*。钟表发出沉重的报时声。房梁上的鸽子飞起来又落下。那个哭泣的女人，像拧水龙头一样收起她的啜泣，整理她的牌子和帽子。转眼间，她臃肿的身影就消失在人群中，比特又成为孤身一人。

忆起这些，他感到自己老了，眼睛里有阵刺痛。他想，是呀。但是，刺痛又消失了。他愤怒的心呼唤他的关切，有只拳头在他胸腔的门上，砸着。

吃着南瓜馅饺子和农民集市上买来的鲜嫩蔬菜，比特对格蕾特说：小萝卜在舌头中间发出辣辣的味道。寒冷的一天结束后冲个热水澡。感觉到你在用力掐我的脖子。柠檬喷射的汁液在我的水里。

格蕾特停下吃东西的嘴。她盯着自己的父亲。

一根小冰柱的味道，他说。在池塘上漂浮的感觉。一块锡箔包装纸里巧克力的吻。他微笑。

格蕾特慢条斯理地说，南瓜饼呢？还有一只小狗舔你嘴的时候？

当收银员给你找零钱，她的手碰到你的手的时候，比特说。

还有汉娜闻上去的气味，格蕾特说。艾彼敲自己膝盖的搞笑样子。砰——砰——！

她的女儿坐不住了，她兴奋地站在椅子上，祈求小小的家神给她带来葡萄味的止咳糖浆、日本金龟子，还要在幼儿园的仓鼠笼子里添置一张雪松木床。比特想起了赫勒，想起她走了多长多黑的路才来到他面前，而这路尽头的灯光，就是眼前这个往地上喷洒香蒜酱的胖嘟嘟的金发小女孩。

西尔维没有敲门就走进他的办公室，她把门在身后锁上。他坐直了身体。他本来应该给学生评分的，但他却极不恰当地又一次读起了杜拉斯的《情人》，这是赫勒最喜欢的书。他把书藏在文档下面，但西尔维把它抽了出来。她在他身边倚着桌子，双腿修长、苍白和骨感，他想到冰冷的室外，正飘着冻雨，泥浆覆盖便道，她皮肤上会浮起的鸡皮疙瘩。她一边看书，一边撅嘴做出怪相。她的头发显得格外干净。如果在她脸上的痣之间连线，大概她脸颊和下巴上就会形成北斗七星。他等着。她终于把书放下，手镯叮当地脆响。

你知道，她说。评完成绩以后，你就不再是我的教授了。

我已经评完了，他说，A-。

她看起来有点委屈，他又一次坐直身子。这女孩到底是怎么回事，为什么那么容易受伤？把他的怒气发泄出来，去摧毁她其实并不算坏的地方，是件很容易的事情。他有那么一点点遗憾她不是比他大五岁，这样就会觉得在没有被时间打磨得坚硬之前，她还是个充满魅力的女人。她身上有某种东西能够抚慰他。

好吧，她说道，我以前就说过，你并不容易。

特别是现在，我尤其不容易，他说，试图想缓和一下气氛。

她将一只脚轻滑到他双脚间。好，她说着，身体前倾，嘴唇向他逼近。他可以闻到她呼吸里肉桂的气味，再深一点，还有咖啡。

哦，亲爱的，他说，不行。你很可爱，但是不行。

为什么？她说，我已成年，你也不再是我的教授。

我不是那种男人，他说，你让我想起一个人。

谁？她问。

我，他想说。他冲她笑。

我妻子，他说，当她比你还小一点的时候。

她直起身，咬着嘴唇，陷入沉思。她看上去似乎要提起赫勒失踪的事，不过她终归还是收回了想法，这让他心生感激。她说，我想我是不会介意的。她又拿起书的时候，脸都红了。做情人，我不在乎。

我在乎，他说。

我不明白，她说着，眼睛闪着光，这并不意味着什么。

他抓起她的手，带她来到走廊。他吻了她潮湿颤抖的两个掌心。那儿的气味，冲洗药水的气味，触动了他。

更有理由要克制自己了，他说着，关上了门。

春天，催醒了全世界的乐观主义。在他身体里，同样，也有枝蔓在生长。他每天都看到女人迫不及待早早穿上的帆布鞋和轻便的外衣。很快，很快，他将不顾他羞涩心性的极力反对，主动去找某一个女人搭讪，开始一段对话。您应该永远穿花衣服，他会对人家这么说，您穿花朵图案的衬衫漂亮极了。或者，如果实在不太好意思如此，也许只是一个简单的"嗨"，像推开一扇窗那样。

先是疾风暴雪，然后冰雪消融。汉娜回到了艾彼身边，一起住在他们森林中的绿色小屋里，她告诉所有人，我丈夫离不开我，虽然比特知道他们其实是彼此需要。沙漠一望无际，秃鹫乱飞，那儿简直要把她榨干。

有天他收到信，得知了一个意外的坏消息：那是来自律师的信件，附了一份讣告的剪报。伊利亚，在照片上看着那么年轻英俊，他的表情柔和，满怀希望。

比特去见了那位律师，带回来一摞文件和一把钥匙。

在家里，比特一遍又一遍地回想所发生的事情，结果只是更为困惑。费城的公寓已经是慷慨馈赠，孰料还有一小笔钱。比特的头晕乎了好几天。

出售那天，比特和格蕾特在那座旧砖房子里转了几圈。这里已经做过清洁，不再弥漫香烟和忧伤的气味。有那么一刻，他甚至可以看到他们在费城的生活，像一种平行的存在，他们

261

在这所房子里，保留原先的装修和画框，过明亮和舒适的日子。他甚至有一种冲动要打电话给房产中介，取消交易，搬到这个小城市来，这个缓慢的城市。

他知道他不会。如果他们搬家，赫勒就不会认得回家的路了。他打开花园的门，冬日清冷的空气进来。阳光洒在旧地板上。他的小女儿转啊转啊转啊，转着圈子进到阳光里，又转出来，再转进去，她红色的裙子喇叭一样张开，火焰般闪耀。

一时兴起，他对格蕾特说，你想到哪里去度假？他知道她会说到祖父祖母那儿去。阿卡迪亚。

出乎他的意料。她盯着自己的脚趾想了半天。最后她说，希腊，表情羞怯，皱着眉头向上望着他。

接下来的一小时里他都在迷惑中。当他终于想明白的时候，他已经和一堆陌生人挤在地铁里了。赫勒，那个故事，赫勒斯滂。在女儿的头脑里，赫勒一直都在从公羊的背上落下，穿过空气，如抛起的一枚硬币，闪耀着，欢喜着，坠入到下面的水中。

它们会伤人，那些故事，它们会灼痛。在画廊里，他重新爱上赫勒的那个晚上，他曾经开始了一个故事。故事是这样的：时光如水流逝，他每天清晨在赫勒酸涩的呼吸和蓬乱的头发旁醒来，他们生下一个格蕾特，甚至两个。赫勒和比特的身体随着一杯杯的咖啡、一顿顿的晚餐而苍老，日子随着他们的变老而所剩无几，两人温柔相待携手走向生命的终点。在她离开的那一夜，他失去了这个故事。现在时间果然流逝，但他却不知如何是好。他不知道是否必须找到一个魔幻咒语以便重新唤回这个故事，把她从她所选择的黑暗当中召唤回来。

与世隔绝的那一年，在他们的石头房子附近，有一片被小河环绕的土地，他们有时候在上面走走。下过大雨之后，河水漫过岸，那块地就成了一片小岛。岛上有春天撩人的气息，泥浆和花芽，宽阔却脚步缓慢的云朵。风更为疾，树也不能缓和它。

赫勒和比特远足出去吃野餐，躺在阳光下，在刺骨的河水中游泳。

那个岛上有一个瞬间，几乎常驻在他的身体里，当他早上起床的时候，当他沐浴的时候，当他行走的时候，当他，像现在这样，在孤寂的夜里醒来的时候，都会想起。

一次又一次的，他看见赫勒从水里冒出来，头发光滑，水在她肌肤上淌着快活的水滴，寒气掠过时，她洁白的身体泛起一层红色。冰冷的太阳爱她，抚摸她，在她手臂细细的汗毛上折射七彩的光。

你开心吗？他问道，在赫勒的唇边。

我太开心了，她轻声说。她冰凉的呼吸，她冰凉的肌肤，她冰凉的吻着他的唇。

比特不再寻找赫勒。他从未停止过寻找。

赫勒在他生命中的存在，成了一个洞，一片真空。即使许多年过去，比特依然这样想。常有那样的片刻，他惊奇地看到破碎成尘埃的赫勒，当他再仔细看时，她又消失不见。

他在房间里看到她，在床上看到她，那些日子里，她总在那里等待着他：拉在胸部以下的白色床单，日光下裸露的乳头。你到哪里去了？她问，声音湿润，带着睡意。我一直在等你。

他在研究生酒吧里看到她。他正在给他艺术系的学生们买一轮啤酒。她的头发染了颜色；她身穿黑色皮夹克，从他面前径直走过，她的脸如一面刀刃，消失在后门之外。

他在某个夜晚关窗子的时候看到她，外面正下着暴雨，一个女子穿着透明的塑料冲锋衣穿过街道，她脊骨的骨关节在丝绸衬衫里清晰可见，她浅色的头发紧贴在两颊上。当他冲进倾盆大雨中想追她的时候，她已经消失了，躲在通风口的流浪汉坚持说刚才根本没有人经过。

他在泰国的医院里看到她。他潜水时触到了一条石鱼，被毒液袭击，当场晕死过去，后来被抢救过来。就在电击之后，他看见在医生们的头后面，逆着光线出现了赫勒脸部的侧影，一个光晕，一个球面像差[1]。然后她移动了，她的脸变成了一个护士的脸，白皙，苍老，瘦削，为他的起死回生而感恩地笑。

大多数时候，他是在女儿的身上看到她。他把格蕾特从一个儿童派对上抱回她自己的房间，给她盖好被子，当他关了灯、

1　球面像差，摄影术语，光线进入球面镜片后，在其边缘部分比中央部分更容易产生严重的折射和弯曲。

闭好门，把头靠在门上休息的时候，他知道赫勒就在那里，睡着。她在格蕾特的脸上，随着格蕾特一起成长。她的婴儿肥渐渐消失，母亲的颧骨开始显山露水，一模一样金色虹膜的眼睛正在变得复杂难猜；赫勒在格蕾特的声音里，当她看着他，把她的小脑袋放在他的肩上说，哦，爸爸，你怎么哭了？他的女儿，一个也有不少比特性格的温柔女孩，朝他笑着，说道，你总是哭，爸爸。你为什么总是哭啊？

尘世乐园

在一所可以鸟瞰城市的公寓中，一个日落派对已近尾声，当西贝柳斯[1]的音乐让位给新近流行的冰岛氛围摇滚，当山羊奶酪开胃饼干和瓤冬菇盒变凉成了一团黏糊糊的幼儿园手工作品的时候，每个人都喝了不少酿自城市天台葡萄园的发酸的本地红酒，已有些微醉意。比特发现空气中有些东西正发生微妙的变化，聚会者们的某种乐趣开始荡漾，他们组合成一对对奇怪的伴侣，他们倚在沙发上，靠在门背后，分享着彼此生命中深藏的秘密。

　　一个女人站在比特面前，她高挑，稀疏的眉毛被像烟灰一样的物质填充着。哦，我爱他，她说道，脸上闪现着在她二十岁时一定拥有过的美丽。他住在威尼斯。他已经结婚了。我们是在汽艇上认识的。她的嘴唇在对往事的回忆中，变得愈发柔软。

1　西贝柳斯 (Jean Sibelius)，芬兰著名音乐家，民族主义音乐和浪漫主义音乐晚期重要代表人物。

比特吞下本已到嘴边的话：可怜的快要被泵得沉没的威尼斯。可怜的密克罗尼西亚，可怜的图瓦卢，消失的亚特兰蒂斯岛。取而代之的，他只是点点头。女人的脸萎顿下来，回到现实。她收身吻了他的面颊一下，便消失在人群中，去寻觅更多的酒。

比特背靠玻璃墙，观察着这派对。他的朋友们被正缓缓坠落在河那边的夕阳映成橙色。狄兰隔着房间向比特举起了酒杯，液体滑出红色的曲线，反射着落日。维尼，这间公寓的主人，笑得太厉害了，她不得不将酒放在旁边的桌子上，躲在角落里用她白皙的小手擦拭她的眼睛。科尔用一只手指碰碰吊灯，略带思索地皱起眉头。半个世纪的生活沧桑给他朋友们的脸庞刻上了皱纹，让他们的腰腹变得松软，但在他们的骨子里，依然还保有一种相通的情感，某个陌生人说出的一个词也会在他们每个人心中激起同样的火花。一个女人喊声"trip？"他们就会立刻想到嬉皮士，皮包骨头的美国队长，穿着星条旗做的纱笼裙。有人说到"纯"，在他们眼前就会浮现银色糖枫林的景象，糖汁音乐一般流入锡制的平底锅中。

他想起孩童时代在阿卡迪亚拿破旧的降落伞玩耍：他们穿梭在迅速苍老的生活里，但每个人都拥有了丝绸一样细腻的记忆棱角，能在彼此之间流淌，让长长的坠落变得柔软。

突然，比特感觉他几乎不能承受他对朋友所抱有的那种热爱。他到阳台上呼吸清凉的空气，观察下面街道上的人们，言谈行止，完美而渺小。他想象他们都还年轻，男人们用肩膀推挤着彼此沿街行走，压抑着他们心里对于夜晚的兴奋；女人们穿着高跟鞋，鞋跟仿佛敲击出奇特的密码。他想起格蕾特小一点儿的时候，准备出门去找小朋友玩，她停在褐石的幽暗门厅，透过玻璃检查自己的小小妆容，摸一下她的粉色发辫，转身走向门之前还不忘冲自己嫣然一笑。满足感，如温热的浪涌上来，在淹没他的片刻也同时消散。

　　他穿过城市步行回家，让派对的余音彻底消失在他的头脑中。他发现自己在寻找他明知看不到的星星。午夜已过，格蕾特还未回家。褐石街区在他周围收缩起来。长窗敞开，料峭的春风吹了进来。为了避开女儿迷失在这城市某个角落的想象，他尝试读诗，一本2018年的最佳诗歌选。诗歌是他近来的兴趣所在，在它的支离破碎中，可以发现这个散裂世界的真正回音。然而今晚，派对之后奇怪的松弛感让他无法对词句全神贯注。

　　他找来格蕾特的电子阅读器，打开新闻来解闷。却看到"*病毒性传染病肆虐印度尼西亚*"，一个神情严肃的金发新闻播音员说，"*这是一个突发性空气传染事件*"。比特关掉了阅读器。

　　魔鬼正在窗外虎视眈眈。冰帽已经融化，冰川几乎消失；大陆的腹地已经不适合生存，海岸线上被暴风雨折磨的人成百万地逃走；人们纷纷离开新奥尔良和佛罗里达礁岛群；炎热的内陆城市也被放弃，凤凰城和丹佛正在变成无人的鬼城。每一天都会有逃难者出现在城里。有一家人暂避在比特的门前台阶上，父母带着两个小孩，沉默而且小心。褐石熄灯之后他们过来，清晨时离去，他们唯一的痕迹，就是用水管冲澡时弄湿的地。他会在一个小冰箱里放些食物留给他们。这是他唯一能做的。像往常一样，他的友善总是被问题的严重性所遮蔽，刻意的忽视依然是对问题存在的一种否认。比特很少花他的薪水，存着钱等到将来，到了，他知道，有钱人才能活下去的时候。去年艾彼用了一个月时间，在地下室堆满了食物、水和一些装备。那里还有为比特准备的一把手枪，像这样的时候，比特就能感到儒格枪在他手里的分量，那是一种能与结局抗衡的叫人宽慰的重量。

在一些糟糕的夜晚，当深深的忧伤再一次袭来的时候，虽然他为自己的自私感到羞愧，但他还是要恳求：让格蕾特活着，让她活下去。

马路上，几只老鼠窸窸窣窣，在月光下闪着银光。钟敲了两下。有人在唱歌，歌声透过石膏和板条以及砖块传到他的耳边。终于，格蕾特的脚步声出现，在人行道上不均匀地响起。她进入视线，在路灯的光影下时现时隐。裙子短得骇人，上身穿件吊带衫，化了妆的脸像月色一般。他的担忧在她上楼梯的过程中消失殆尽，取而代之的是一点点怒气。她才14岁。他打开门却发现她早已在哭泣。

宝贝，他问，怎么了？她把头埋在他的臂膀里，他能感到她抽泣的背。她闻上去有伏特加、烟和汗的气味。

我讨厌女孩，她在他的肩膀上说。

哦，比特说道。他关上门。你比熄灯时间还晚了两个小时。

别说了，爸爸，她说，你难道没有看到我是多么、多么难过？

我讨厌我的人生。

她只是在热身，她需要找个人宣泄出来。他突然感到太累，无法再一次承受歇斯底里发作的格蕾特。她会又一次老调重弹：他是如此平淡无聊，他们是这么的穷，他只要当初稍微努力一点，也不至于像现在这样尴尬窘迫，他也不至于落得如此孤单，他其实并不完全令人生厌，虽然他只是个小人物。

放在架上的老式电话响了。他依然没有手机，太喜欢固定电话的归属感。为了逃开女儿，他拿起了话筒。大错特错！格蕾特嚷的声音更大了。但当她看到父亲的脸色时，她突然不做声了。

斯通先生？听筒里的声音又问了一遍，您听清楚我的话了吗？

哦，他魂不守舍地答。透过门梁上的波纹玻璃，外面的街灯时明时灭。

我们会赶到那儿的，说完他挂了电话。

爸爸？格蕾特小声问。他的女儿在昏暗的门厅里看上去像个陌生人。

爸爸？是奶奶和爷爷出事了吗？她问道。你说话，说呀。

他不能，还不能，说出话来。他伸出一只手，指尖触到脸颊的感觉让他重新找到了言语。收拾一下包，他用尽可能温和的语调说道，他移动自己的身体，厚重又陌生、好像用黏土充满的身体，一步步上着楼梯。

比特坐在昏暗的病房里。医院正在他们周围忙碌运转；拉上的窗帘背后，又一个黎明降临大地。汉娜躺在病床上，格蕾特睡在下面的帆布床上。然而比房间本身更大，比医院更大，比这个悄悄来临的清晨更巨大的，是艾彼的不在场，这，大过一切。

那情景在他脑海中一遍遍地重现，整个晚上已是如此，以执着的细节不断反复，超越他的想象，直到成为事实本身。他看到他的父母，应该是在一年以前，就是汉娜确诊之后。他们应该是在医院的院子里，汉娜坐在长椅上，艾彼坐着轮椅在她身旁。那是去年温暖二月里一个春天般的日子。无人照料的花圃，冬季杂草中冒出几株自然长出的郁金香。贴着墙壁滑落下来的塑料袋发出窸窣的声响。一只可笑的胖鸟，燕雀中的伪君子，在樱树枝条上乱飞。

汉娜伸出舌头。舌头发灰，而且在抽搐，仿佛里边有一群微小的生物拼命要钻出来。

肌束震颤，她说，我愈发可爱的症状之一。用她那只好手，她捏了捏艾彼的膝。

渐冻人症，艾彼说道，我这该死的。

显然，汉娜说，我才是该死的那一个。他发出了一个被掐脖子的声音。她说，我68岁了，亲爱的，又不是太年轻不可以死。

疾病在他们之间，像一个不被承认的孩子。发生变化的这一年，它被注意到了，却从未被谈起。汉娜意识到自己只是变老，迅速地衰退。她再也不能够打开罐子，不能用镊子拔去她下巴上粗硬的黑色汗毛。在她的大拇指和食指之间，正在形成一个山谷。她在给房子周围除草的时候绊了一跤，头碰到了没启动

274

的除草机刀口。艾彼看到她在草坪上似笑非笑，脸上有一道道血痕。她被茶叶呛到了喉咙。说话对她来说开始变得古怪。生活骤添难度。

她一直没想过要去看医生，直到二月快要结束，她已经不再能够铲起人行道上当年的第一场也是最后一场雪。这个女人，曾经徒手搅拌水泥，曾经一口气捏出数百个生面团，四十年来将自己的丈夫架出浴缸的女人。这个强壮的女人，却被两英寸的颗粒彻底击垮。

阳光温暖着他们头上的皮肤。一个女人的声音穿过空气飘过来。我们该怎么办？艾彼说。

我们可不能告诉比特和格蕾特，汉娜说，我不能成为累赘。

好的，艾彼说。

我们从今天开始要一起洗澡，汉娜说。你给我洗，我给你洗。她强作笑颜。

我要给咱们做个水上滑梯，好让我们进浴缸，艾彼说，一边擦拭着眼睛。

小风再起，冲着他们轻轻地吹拂。麻雀叽叽喳喳地飞走。

抽搐的时候，汉娜笑着说，我觉得自己就像个冒泡的按摩浴缸。

比特编织的这些细节似乎异常重要：鸟，郁金香，他为了精确而用了几个小时想出来的对话。依靠这些细节，他搭建起一座屏障，以阻挡绝望和后来在医院的慌乱。借着房门下面透进的微弱光亮，他看到格蕾特的脸，正在粉色发辫的巢里安睡。只有在睡梦中，她才如此安静，他的不知疲倦的、瘦瘦的女儿。他老了，住在一个单一的生存平面上，格蕾特是这个平面上最主要的东西；她年轻，在许多平面上舒服地生活，有些平面他甚至不能完全猜想出来，学校的、朋友的、数字的生活。他趴到地上凑近地看她呼吸。他醒来时房间是黑暗的，但医生已经站在他的头顶，脸色模糊，她示意他出去。

走廊刺眼的灯光下很多人来来往往。医生递给他一杯还在沸腾的咖啡。她坚硬的线条看上去精力充沛，虽然她昨天深夜还赶到这里见过比特和格蕾特。她说话的时候，露出了硕大洁白的牙齿。它们让比特想起冰块，她露出它们时，他甚至渴望——他知道这荒谬至极——去舔它们。她拥抱他，她闻起来有紫罗兰粉的气味，对于如此年轻的女士来说过于古董的气味。这使他心神不宁。无论他怎么努力，他依然还是想不起这位可爱女子的名字。

如果你想谈谈……她说，声音缥缈。

我甚至不知道从哪里开始谈，他说道。她往后退了一步，这才让他意识到自己话语里的恼怒。这感觉他从未有过，也并不令他讨厌。对不起，他说，有太多事情我不明白。

你要坐下吗？她问。他跌坐在她旁边的椅子上。在他们周围，穿着蓝色和粉色医生服的人们匆忙移动脚步奔向他人的苦痛。有人戴着口罩，防范最近的印度尼西亚病毒，尽管距离还很遥远。她说，跟我谈谈吧。

我有太多问题，他说道。为什么他们不把汉娜生病的事情告诉我们，他们把这事隐瞒了整整一年。为什么她不去求医问药，为什么他们从来不去检查病情。他们他妈的为什么决定要自杀，而不是让这个家来共同面对。

这是你要问你母亲的问题，医生答道。

如果她还能够苏醒的话，他说，我会问的。

哦，斯通先生，她柔声说。她眼睛下面有一根神经略微发颤，她用一只手挡着。那个阿米什女人发现她的时候她还醒着呢。汉娜只是不想立刻睁开她的眼睛。

比特将自己的前额埋在膝盖里，重重地呼吸着。他得忍住不马上冲进汉娜的房间去摇醒她。轻轻地，医生冰凉的手落在他的脖颈上，安抚着他。

很快，医生的手变得温暖，成为他身上能感受到的唯一的重量。当她将写着艾彼漂亮字迹的纸条交给他时，他的腿竟下意识地一抖。比特把纸条读了一遍又一遍。他的父母认为：他们能够携手同归乃是上帝的眷顾，正如他们这一辈子曾携手同行，因为他们是浪漫的孩子。医生开始谈论起他的父母。她的措辞非常简洁，没有什么感情，也听不出责备。他怀疑这种超脱是医学院里教出来的。他保持静止，好让这超脱从她的发肤渗透到他的身上。

从医生的话和纸条上的字里，比特得以发现他自己悲伤的台词。他可以看到从何时开始他的父母要费尽气力照顾彼此的生活；看到汉娜如何掉了东西，而艾彼却无法捡起；还有，晚饭后艾彼如何合上书，转着轮椅到汉娜身边，打开手掌给她看药盒子；他们如何将房子收拾得井井有条，把担心放坏的食物放在门口，给臭鼬、浣熊和饥饿的鹿吃，然后清洁好厕所，写完这张纸条；他们如何穿上干净的衣服躺在床上；他们如何将药片均匀地分开，再将它们放进装着凉水的两个相同的杯子里，注视它们的踪迹。暖暖的，他们拥抱着彼此，等待一切消逝，飘远。艾彼如愿以偿。汉娜失败了。她回到了比特身边。

他折起艾彼的纸条，放进口袋里。医生的话还没有说完他就站起身来，沿着长走廊走下去。他不想表现得粗鲁，特别是在这样一位眼睛因熬夜而抽搐的可爱医生面前，但他一心只想找个空空的房间，独享孤寂所带来的纯净的寒度。

不知不觉已是中午了。格蕾特整个早上都埋头在她的电子阅读器上。比特在这两个拼命保持沉默的女人中间几乎要窒息。最后，他和格蕾特到餐厅去买三明治，还发现了用不太新鲜的温室莴苣做的松垮垮的卷饼。几年以前，他们还在墨西哥吃过卷着脆脆的生菜和其他丰富配料的薄饼。这样一个小东西，却象征着如此大的变故。

他们付了账坐下来时，艾彼的死在比特脚下打开了一道裂缝。他真想掉进去，但此刻他瞥见了面包上格蕾特修长的手指，咬过的指甲上有残缺的黑色指甲油。

什么？格蕾特盯着他问，爸爸，怎么啦？

世界都混在了一起，颜色在颤抖。他感觉到格蕾特抚摸他的脸颊。是艾彼，他说。

哦，格蕾特说。她的身上也发生变化，她把椅子拉到足够近的位置。他们闭着眼睛彼此依靠，悲伤的食物，惨淡的餐厅灯光。

如果艾彼在那儿，比特可能还是会将他掐死，那种看似难过的东西实则是愤怒。艾彼是根基；艾彼是比特世界的重心；自比特记事起，他父亲就是他深信不疑的东西。

汉娜的房间里摆满了干花。当地的花商资源丰富，甚至还有不少进口货。但是花粉让格蕾特的脸过敏红肿，汉娜也被弄得在床上直打喷嚏。

金茜和她的两个儿子来了，格蕾特跑到楼下接他们。趁着两人独处的这一会儿，比特走到母亲身边。他趴在她面前，贴近她的脸，眼睛被她难闻的口气熏得流下泪来。我知道你醒着，他说，睁开眼睛吧。

皱纹围绕的眼窝里，一只眼睛慢慢张开。汉娜眨了下眼。她用他几乎听不到的微弱声音说，我不想睁开。

他松了口气。他笑出了声。但很快，愤怒又占据他的心头。你可不是该死的巴特比，他说。她眯缝着眼望着他。

金茜和双胞胎儿子跑上来，比特立刻被男孩子的气味、脏兮兮的手、热乎乎的喘息所包围。快看！奥斯卡叫道，他打开手，给他看一只古董表上精致的齿轮。我在学校操场上捡到，专门给你留的。伊萨克没带来什么，但他也不甘示弱地说，快看！他竟在汉娜病房的地板上来了个手倒立。快看！两个男孩同时喊，看我！金茜从来没有过丈夫或者固定的男朋友：她心里只有比特。双胞胎在这里过夜，他们一开始在格蕾特床上互相搂抱打闹，但早上却见他们蜷缩在比特卧室的地板上，像忠实的狗。

比特把两个瘦瘦的孩子带到自己床上休息。他在门口望着金茜。不像这个世界上的其他人，姣好的容颜渐随年华老去，变成白发和皱纹，她的魅力却丝毫未减。少年时看来无趣的个性保留下来，反而让如今53岁的她引人注目。她的卷发里偶尔有几根白发，但脸色红润，几乎没有皱纹。她在比特欣赏的目光下显得开心和羞涩。她凑到汉娜面前亲吻她，梳理她额前的头发，轻声说着什么。虽然比特努力去听，可还是没有听清她说的话。

悲痛如一场低烧。忧伤是他脑后的一座蜂巢：他的动作必须特别缓慢小心，才能不惊动蜜蜂挥舞它们的针。阿斯特里德来了，格蕾特喊着阿斯特里德外婆，从汉娜病房外的椅子上跳起来。阿斯特里德大步走进汉娜的房间，命令她坐起来。看到汉娜痛苦地撑起身子，比特不由有些吃惊。两个老朋友在屋子里四目相望，同样的情景在多年前也曾让比特心潮澎湃：临时桃源的院子里，两个女人高挑而且年轻，一个蜜色头发，一个浅色金发，小小的比特，望着她们不可思议的舒展和挺拔发呆。

返回阿卡迪亚的车仿佛开了一个世纪。收音机里报道爪哇岛已经有一千人死亡，突如其来的疫病，迅速展开的隔离措施。比特把广播关掉，但阿斯特里德又把它打开，一边小声说，装作不知道对谁都没有好处。他尽力屏蔽掉那些细节，疾病发作突然，仅仅十二个小时病人就会猝然死去，医生称这是一种类似SARS和禽流感的病毒，没有人知道传染源是什么。最后阿斯特里德终于也同意换台到古典音乐。比特相信，如果他对着后视镜看一眼的话，就会发现一个胡子拉碴、形容憔悴的自己，但是他的眼睛却炯炯有神，两颊绯红。他仍能感觉到医生在拥抱他时的身形，她紫罗兰的气味飘在空中。随时给我打电话，她轻声道，这是我的号码。最后她洁白的牙齿一闪，他真想带她一起走。

平静的枫林里，太阳发出幽幽的绿光，鸟儿在树顶高声鸣唱。比特提醒自己不要生它们的气。它们可能并不知情。

家里还是老样子。食品储藏间里，仍旧成排地摆着装满豌豆和谷物的玻璃罐。木工棚里，所有的工具码放在齐膝的高度，方便艾彼使用。枫林里的小路，被杂草覆盖了一半。围着房子绕着放了一圈柴火，像个堡垒，像个防风林，一个环抱的姿势。黎明的群山现出紫色。暗影移动的方式就像夜间森林的动物。成千上万亩的树林，是莱弗早在土地还没有那么贵的时候，在废弃的农庄上再造的。艾彼最爱用的盘子依旧摆在餐具的最上面。比特父母满身的忧郁依旧印在他们曾睡着的床垫上。

汉娜的沉默，这一生的沉默，依旧如是。

在这里入眠，向床铺屈服，此刻对他而言太容易了，但格蕾特在他身边，她厌恶地眯起眼睛。打起精神来，老爸，她说。他吸了口气，让家的感觉一遍又一遍地流过他全身，让他的双手忙碌起来——把地板擦得锃亮，烤蛋糕，铺床——从他身体漫无目的的剧烈运动中获得慰藉，让身体带领他度过时间。

许多瞬间，最终，累积成了一个星期。此刻是葬礼，来了许多人。他头晕，看不清楚。

太阳太高，风太大，池塘水冲击着岸边。人们都想安慰他。比特个头不高，但他们记忆中的他则更小：他们轻轻拍他的头顶，他拼命忍着不去捏碎他们的手。汉娜的一只手臂在他手臂里抽搐。一个他应该认识的穿海军长袍的人正在说一句咒语真言。人们谈论着艾彼：他是阿卡迪亚神秘的力量，他奇迹般地让桃源屋在短短三个月里焕然一新，他让群居村又存活了十年。还有他上年纪之后组织的一些事：到华盛顿的游行，像灰鸽子一样坚定落在所有人信箱里的充满激情的筹款信。艾彼忠诚于他所坚信的事。艾彼，一个始终不渝的人。

杂耍乐队的几个原始成员，如今已经苍老，在他们新做的木偶下面颤颤巍巍的。他们的声音都随着年纪变得更加沙哑，因为失去音准而变得更加用力。比特从麻木变回到伤痛。这大概，他想，就是所谓情难自已的感觉。

他远望山上的桃源屋。乌有乡动画公司在莱弗失踪之后便放弃了那里，阿斯特里德让它空置了两年。常青藤爬满了西边的窗户。排水沟里长出了小树。成堆的鸽子栖在房顶，仿佛系在桃源屋和天空之间的纽扣。

有人递给比特、格蕾特和汉娜一个骨灰罐。他们打开它，将艾彼黑色的骨灰撒在池塘上的风中。水面被覆上一层油脂，艾彼骨灰中重的部分沉到水里，被小鱼咬噬。骨灰一粒粒地，在水里荡涤，让此刻正从黑暗但安全的栖身处，望着这伙奇怪人群的鹿、熊和麝鼠们日后啜饮。

之后，悼念的人群聚集在桃源屋楼下，有人用音响放出汉迪年轻又富含磁性的歌声。汉娜是一只空空的面袋，堆在角落的椅子上。透过音乐，比特听到有人生气地小声抱怨莱弗对旧家园所做的改变，楼下那一翼的卧室现在已打通变成了大厅，又被许多小办公隔间弄得像迷宫似的。如果老桃源人看到楼上滑溜闪亮的样子，比特想，无政府的火花又要在他们疲倦的心里燃起了。可怜的莱弗，他是个从不介意变化的人。在那一刻，比特想起这个三年前在高空气球上消失的怪人，眼睛忽然刺痛。他透过窗望见发灰的天空，想象莱弗还在那里，在气球舱内，冰冷而平静，睫毛覆盖冰霜，蓝色的嘴唇露出笑容，身体在天际的风中飘摇。

他们来到他身边，那些在他还是孩子时就爱着他的人。但是他们早已风采不再。埃里克胖得像个炸面团，牙缝里还有菠菜，他是个工程师，是阿斯特里德和汉迪唯一幸存的孩子，因为平淡无趣正是他的救生艇。米琪成了一个没头发的干瘪老太太，她那么小，比特必须弯下腰跟她说话，这是她最后一次从佛罗里达过来了，她透过防病毒的绿色口罩小声说道。她太老，不能再坐火车遭罪了。泰山现在完全是拿皮革做的，从头上到手上，都是同样的棕色山羊皮。西蒙的假发上有一个角没有粘好，他屈膝蹲在汉娜面前吻她的手时，他的假发就像罐子上的黑盖，被斜打开来查看里边的东西是否煮好。斯科特和丽萨穿金戴银。雷金娜和奥利被百慕大的阳光晒成金黄色，就像他们自己做的杯型蛋糕。多洛特卡如今已经失明，她脖子后垂着条秃马尾辫，她的情人怜爱地拉着她的辫梢，像牵着小狗的颈绳。

医院里那个身材娇小的医生也来了，她走近的时候，比特很开心。她不是故人：在她身上没有回忆的重量。她眼角周围的皮肤现出细细的皱纹。她在他的面颊上吻了一下便走开了。

我们为你感到深深的悲痛，小比特，人们对他低语。

我们非常爱你的父亲，他们低语道。

如果有什么事我们可以做，他们低语道。

他们低语，低语，低语。所有人都在低语，除了德·安杰洛，用他模仿五旬节派教会牧师的嗓子大声说，上帝保佑那个又老又瘦的混蛋，艾彼！眼泪淌下来，顺着他没有一丝皱纹、像婴儿一样柔软、奇迹般未改变的脸。

大部分人很快就离开了。他们都有工作，有家庭，还有火车要赶。狄兰、科尔、金茜和她的孩子们最后才走：他们共同

284

租了辆巴士车，这样可以省油钱。直到比特走进院子里早在几年前就被莱弗完全用玻璃包起来的潮湿温室的时候，他才看见阿米什人。院子现在像个陌生的地方，空气沉重而湿润。一条小溪，隐藏在蕨类植物、苔藓和扑面而来的雾气之后，汩汩地流着。阿米什人暗色的身影在雾中显得异常模糊，从比特站着的地方看，他们简直就像刚刚下船踏上新大陆的清教徒，为脚下又出现土地而恐惧、敬畏。

他不想在这里看到这些人。他们太接近那个他从未有能力信仰的上帝了，食肉，眉头紧锁，鞭笞柱上的那种。

一个身影离开了人群，向他走过来，越来越近，越来越清晰。她走到跟前的时候，比特看到她的小脸就像一个白色的盘子，盛放着各类莓果：蓝莓眼睛、樱桃鼻子、草莓嘴。她碰了碰他的胳膊，她的表情告诉他，她就是那个发现他父母只成功一半的自杀现场的人。

她什么都没有说，只是一个劲地捏着他的手臂。他默默接受。他抬头，目光穿过橡树巨大的枝杈，那棵橡树是他的老朋友了。透过头顶不太洁净的玻璃，一大片乌云正在聚集。最初的几个雨点像子弹一样射下来。他能体会到，此刻这株沉睡在玻璃顶下面的可怜橡树是什么感觉。不再有骄阳烧灼它的叶子，不再有冬日的洗礼，风暴的冲刷，不再有它自身重量消散时的那份解脱。

比特出去走了走，想一个人待着。雨已经停了，但湿草粘着他的脚踝，树叶上的雨水滴在他头上。绵羊草场已经消失，取而代之的是一片低低的桦树林，像雾霭中的女孩一般苍白。它们在山脚下轻轻摇动，仿佛转眼间它们就会恢复成人的形状，撒腿奔跑起来。在大地与森林交界之处，有一片小小的空地，那是汉迪的老地方，比特能够看到汉迪很久以前的样子，交叉着腿，头发扎在一条瑙加海德革里，脸色愉快，像一只蛙。

比特坐在汉迪经常坐着的地方。没有什么得意的感觉，相反，他只觉得湿乎乎的土地浸透他的裤子。好，他大声说，随便吧。

天空从灰色变成墨蓝。月亮，这睿智的仲裁者，正在等待着他。

一方面，比特有他自己的生活：他的学生，兴趣盎然的脸；褐石的住所；和可爱的女人们约会，她们跟他开心一个晚上，一个星期，一个月，然后悄然离去；各种聚会，画廊开幕，还有和格蕾特在公园里的早午餐。城市的文明。他平静从容的生活、他的书、他的朋友都在那儿。从这个方面看，他生病的母亲应该住进城里的医院，这样比特和格蕾特可以每天去看望她，给她送去鲜花、冰片和新闻。如果有隔离施行，如果疫情袭来，他有水箱，他有食物，他有艾彼的枪安稳地备在地下室里。他们等得起。

另一方面，他愿意汉娜能终老在阿卡迪亚，这是让他父母最感幸福的地方。这是他童年时最感幸福的地方（或者不是？最好不要相信这些回忆的光辉：是金色的尘土落在记忆上，让它闪光罢了）。从这个方面想，比特应该和母亲待在阿卡迪亚，为她修剪变形的脚趾甲，给她洗澡，侍候她吃药，每天都怀着彻骨的焦虑。他还记得小时候曾在人家生孩子的时候帮忙，拂去女人额上满是汗水的头发，抚摸她们肿胀的身体。在这里他要接生的，是母亲的衰老至死，而格蕾特在一旁，注视这一切。

后一种选择是沉重、艰难的。它需要行动。他已经习惯了安静地坐在旁边，看着。他总是轻轻按下自己的怒气，就像抚摸伤口的边缘。曾尝试自杀的汉娜，是否还值得有人如此悉心照料？她对生命的抗拒，会对格蕾特——他这城里出生长大，除了窗台上苍蝇的痕迹、捕鼠器上的老鼠之外几乎没有目睹过死亡的女儿——造成怎样的影响呢？

他希望能得到暗示，但是夜晚越发收紧它的口袋，风哄着树林进入梦乡。两个选择：或者如他还年轻时就一贯的随遇而安，或者一头扑进去，漂游其中。

夜里。葬礼上剩的馅饼放在厨房台子上，他们四个人围坐在温室的桌子旁。比特想拿起母亲坏掉的那只手，它那么轻，那么凉，但是汉娜用她的好手拨开了比特。在厨房吊灯并不太亮的光线下，汉娜的脸看上去像用香皂雕刻出来的。

阿斯特里德等到一个最合适的时刻才开口。她一向神情庄严，此刻也显示出无上的权威。城里比特认识的助产士们说起她来，都满怀崇敬；如果这世界上什么地方将她的照片像神一样摆出来膜拜，就像阿卡迪亚以前为甘地、马克思布置彩色的神坛那样，比特一定不会觉得奇怪。阿斯特里德在50岁的时候拔掉了自己的一口坏牙，安上假牙齿的她，就像做完了木工活儿的房间。她穿着长而宽大的土色衣服，尽量显得简洁。赫勒的风格一定会跟她的母亲差不多，如果她选择和比特白头偕老的话。但是当格蕾特坐在自己外祖母身边，倚靠她温热的身体时，比特发现他的女儿简直就是又一个阿斯特里德，只是加了一点点汉娜头发的蜜色。这感觉令他恍然，仿佛端坐在时间的褶皱里。

我希望你能留下来，阿斯特里德，他说，让自己也吃了一惊。

老阿斯特里德望着他，脸色柔和。她耸耸肩说，汉迪。

汉迪疯了。晚上他会以为自己在朝鲜战争的战场，大叫着"要换我上阵了，士兵！"和"需要补给！"。他二十岁之后的所有一切都被抹掉了：阿卡迪亚，永远生长在他身体里的一个金色希望，他凭感觉的门望向长长走廊的一次试验。他第四任妻子离开之后，只有阿斯特里德每天去看他。胖胖的埃里克一年造访父亲三次。老年人修理厂，阿斯特里德这么叫那个护理室。但是那儿有游泳池，有自助餐，也可算得是个完美的地方，在某种意义上。

打破沉默，汉娜开口说话了。她的头发依然软软地垂在脸旁，只是白了。黑色的衣裙像个袋子装着她，她戴的珍珠跟她的肤色一样灰黄。我只想要一件事，她说，就是不要成为负担。快而且不痛，我本想这么走掉。

不过宇宙还是召唤你回来了，阿斯特里德说。

没有理由，汉娜道。

你会找到理由的，阿斯特里德厉声说，快结束自怨自艾，向前走吧。

比特很意外自己竟笑了。格蕾特开始哭，这样太狠了，外婆，她小声说。阿斯特里德没理会他们。首先，我雇了一个护士，她宣布道。她明天开始上班，她叫路易莎，一位很不错的女士。如果需要更多的帮助，我们可以请更多的人。第二，她说，瑞德里，你今天必须跟你的系里说，这个学期剩下的时间你要请假。第三，我已经跟格蕾特在市里的学校谈过了，她要在这里上学。一切都安排好了。她星期一就可以去上课。

等等，不，格蕾特说，我有我的生活。我不能待在这里。我明天还有预科的课程。对吧，爸爸？我们要回家。

哦，是这样，阿斯特里德说，你的父亲已经决定了。我很奇怪，他竟然没有告诉你。

我是要说的，他说，躲闪着女儿的逼视。但是你出去跑步了。

不，格蕾特喊着，我才不要。

比特身体里涌起一阵奇怪的怒气，他听到自己用严厉的声音说，格蕾特，出去，马上。他的女儿闭上了嘴。他们穿过羊齿蕨走到枫树林中，格蕾特的脸覆着暗夜的颜色。爸爸，她终于转身冲着他，难道这些对我来说还不够惨吗？

从什么时候开始，比特问，这件事就只跟你有关？

我完全不必待在这里。你可以守在这儿，我可以回家，跟玛蒂尔德一起，或者夏洛特，或者哈珀，你喜欢哈珀，她是个十足的书呆子。

我需要你的帮助，他说。

她愣了一下。但是我的东西怎么办？她说。

我今晚赶回家，他说，列个单子。我会在你们醒的时候回来。

那学校呢？我才不想上什么乡下的学校。他们肯定没有我们学校教得那么快。我已经在学初级微积分了。我会无聊死的。

只不过是这个学期剩下的那几天而已，宝贝。也许是。

我不能。我不能，爸爸。格蕾特说，她的声音尖细，我不能待在这个房子里。她闻上去就像她正在腐烂或者怎么样。我不能待在该死的我祖父自杀的地方。爸爸，我做不到。你不能逼我。我会逃走的。

她看到他缩了一下身体。像妈妈那样，她盯着他说，我会逃走的。

比特转过身，他几乎看不清地面。我怎么会养了这么一个自私的孩子，他说，声音很轻，他不确定她是否听到。但是当他走进父母的房子，他能听到她的啜泣，然后是提图斯和莎莉的树屋前门被用力地关上，反反复复。

其他人睡着之后，比特取出汉娜的老式车。路上的第一个小时，他享受着从打开的车窗吹进来的强劲的风，吹走他恐惧的云团，不过后来太冷了，他摇上了玻璃，打开收音机。经典摇滚，显然，是他在20岁时喜欢的音乐。他发现自己敞开许久不用的粗哑嗓子跟着唱。播音员的声音出现，之后，三和弦的音乐让比特惊喜地微笑：那是一支放克风格的歌曲，科尔的一首大热门。他奋斗了很长时间，搞过好多个乐队，这首偶然蹿红的曲子毁了他。他不再做音乐了，却买下了一家夜总会。最近，他正在写关于帕莱斯特里纳[1]的论著，还有别的什么。

歌曲快结束的时候，比特关掉了收音机，好留住科尔年轻声音里的快乐。城市的灯火在挡风玻璃上升起。他从灯光闪烁的街道上穿过。疫病袭来，现在路上的行人更少了，多数行人的脸上都戴着口罩，像发光的枪口。他开进照明暗淡的街区。从车里走出来的时候，他听到城市发出深沉低缓的声音，像咆哮，也像在消化。他只有从宁静的乡村回来，才会注意到这种声音。

屋子里凉凉的，有种发甜的垃圾腐烂的气味，他走的时候忘记把垃圾拿出去了。他洗了盘子，付了一些账单，转寄了信件，把水闸关掉，把灯光设置成夜间偶尔打开的模式，确认一切都安全。

他把一个冷藏盒拿出来，留给台阶旁边的那家人。他们躺在一块防水布下面两个连在一起的睡袋里。父母的头在孩子的头上面弯着，两个小家伙紧紧地依偎。他注视了他们一会儿，希望他能有勇气叫醒那个父亲，悄悄告诉他，格蕾特和他要离开一段时间，为不能每天留食物给他们而道歉。但是他又不敢冒险，担心他们会破门而入，躲在他房子里。他悄悄走开，心绪不宁。

他只用几分钟时间给自己打包。在格蕾特屋里，他拿出来所有他猜想女儿会用得着的东西：那些他记忆中她最近穿的一些衣服、鞋，还有格蕾特还是小婴儿时他给她和她妈妈拍的照片，额头顶着额头，像两个密谋者。她们曾经那么相像，如同

1　乔瓦尼·皮耶路易吉·达·帕莱斯特里纳，意大利音乐家，文艺复兴时期杰出的作曲家，被称为"教会音乐之父"。

一个灵魂的两个截面。他把女儿小时候很喜欢的毛绒青蛙也带上了，知道也许她会需要它。她现在看似成年，但身上还有小女孩的影子，那是比特拼命想要保护的东西：她谈到男孩子时表现出的那种不确定，他给她买粉色东西的时候她脸上的喜悦。她放下电子阅读器望向窗外的时候，咬着长而苍白嘴唇的一角，露出像她母亲一样如在梦中的恍惚表情。

他盯着那件黄色雨衣看了好一会儿，雨衣的大口袋鼓囊囊的。他伸手进去。手再拿出来时，他看到有他自己很久以前用的"Zippo"打火机、卷烟纸，还有一大袋大麻烟叶。好像有什么东西像鱼刺一样，卡在比特的喉咙。直到比特距离阿卡迪亚只剩半小时车程，日出在后视镜里燃烧的时候，那东西还是如骨鲠在喉。他拐到一条又长又直的大路上，在自己膝盖上迅速卷起一支烟开始吸。感觉到头开始晕了，他把一寸长的烟和剩下的大麻叶，朝着一棵聚满乌鸦的枫树，从窗子扔了出去。一英里之后，他已经异常兴奋，他想着那些乌鸦吃了大麻也嗨了起来，它们的翅膀不再扇动，它们懒洋洋地从天空坠落。

黎明的宁静在比特习惯了城市喧嚣的耳畔回荡。他开始煎薄饼，想把格蕾特吵醒，不过自己没忍住狼吞虎咽地吃了前四个。阿斯特里德给汉娜的药瓶做好标记，然后他们喝用粉末冲饮的橙汁。柑橘枯萎了之后，他们也只能找到这个喝。他怀念真正的鲜榨果汁，有果肉，还有在嗓子眼酸酸的灼痛感。

小蜜蜂，阿斯特里德突然冒出一句。

小蜜蜂？比特说。他想这大概是个理性的想法，只是他被大麻刺激后晕晕的脑袋跟不上。

候鸽，她说，美洲牛蛙。我想搞清楚我们到底是什么，我们这些阿卡迪亚人，就要灭绝了。我们当中那么多人死了，快要死了，消失了。

我们是渡渡鸟，比特说完就笑了。仿佛看到艾彼出现，动作迅速冷静，穿过房间。

我还是觉得像蜜蜂，阿斯特里德说。你还记得它们死之前吗？它们可笑的嗡嗡响的身体。一直以来，它们对我而言，就是快乐的象征。

我记得，比特说。不过，死去的又不只是阿卡迪亚人。过不多久我们全都会死去。

阿斯特里德冲着手里的瓶子皱起了眉头。疫病还没有影响到我们这里，她说。它会被控制住的，总是这样。

我不是说疫病，他说，那只是一种征兆。太多的人口，太少的土地，海洋被污染，动物在灭绝。这让我觉得，我们简直不配被拯救。

她放下药瓶，向他射来冰冷的蓝色目光。如果这就是你的想法，她说，我真不知道你到底是谁，瑞德里·斯通。

他张开嘴，但是说不出一句话。无论如何，他想不起能为秃鹰、牛蛙、蜜蜂说些什么，来填补他的喉咙。

房子里很安静，只有房顶上太阳能电池发出轻轻的滴答声。

汉娜进到自己的屋子里；阿斯特里德开着她租来的车去机场了，承诺会在需要她的时候回来，还抱怨说现在飞机票可真不便宜；格蕾特又出去快跑了。

经过这么多天的人来人往，比特庆幸终于有了独处的时刻。他在汉娜和艾彼的小办公室闲逛。办公室里窗明几净，甚至艾彼用来当写字台的制图桌也相当整洁。艾彼在一个架子上摆了比特最初拍摄的一些照片：维尔达的脸，映在一堆已经失去光泽的银器里；赫勒，站在池塘边的大石头上，加上水中的倒影，就像一对脚踝相连的修长女孩；汉娜，美丽，年轻，高挑，她坐在艾彼的膝盖上，两个人笑着，艾彼的轮椅用所能达到的最快速度，带着他们从桃源屋的山上猛冲下来。

他伸出手指，抚摸照片上汉娜的脸。他不能相信他们也曾像顽童那样。几个月前，他漫步城市街头，在一家老唱片商店的橱窗里，他发现了一张詹尼斯·乔普林的海报，她戴着一副圆眼镜，发间插着羽毛，看着她刚刚出道的样子，比特几乎哭出来。而现在，就在他的照片后面，他看到了他的第一部莱卡相机，那是他在肯塔基的外祖母寄给他的。他拿起相机，惊异于它的轻盈。自从他极不情愿地开始使用数码相机以来，也就是几年前，他开始做一些更商业的、而少些他所谓纯艺术品位的作品，他自己的模拟装置也被闲置在架子上。他开始习惯数码生活的简单了。

他翻开艾彼的抽屉，看到一个装满彩色胶卷的鞋盒。某种可能性奔涌而来，令他眩晕：这些胶卷应该有30年了，而且完全无用，没错，不过时间太久的变形也能带来意想不到的效果，那种崇高的画境：感光乳剂裂开或者化开，塑料太脆弱而导致的易损，都可以造成独一无二的效果。在他头脑里，画面一个接一个像半透明的薄纱一般依次展开：灰白和红色的波纹，一朵水彩画的云里一棵树的剪影，一片草木葱葱的景致。

他想唱出来。多么违反常理啊，这美的可能性，竟在他最不可能期待的情况下出现。世上应该还会有这样的惊喜。他走出来到阳光里，他身体里某种东西变得柔软，继而沉淀下来。

比特最后一次走进森林，是在莱弗失踪前的那个冬天。他在阿卡迪亚通常只做短暂停留，要么是夏天来送格蕾特在这儿待一个月，要么是假日来过一夜。那一次，他们一起走在20英里长的乌有乡保留的小径上。他的父母精神矍铄，阿斯特里德和汉迪也在，莱弗甚至还千载难逢地露出了笑容。比特在结冰的路上轻松地推着艾彼，他父亲不时转回身向他微笑，灰白的胡须里全是冰凌。偶尔有公司的员工经过，穿着雪鞋，或者跑着，或者一身黑色闪亮的越野滑雪服，像只高瘦的鸟儿从山上滑翔下来。格蕾特那时候还是个小女孩，她长长的腿像小鹿般笨拙。她努力把雪捏成雪球，扔到大家脸上去。他们呼出的气儿在头周围飘，乌鸦的羽毛太黑太亮几乎变成墨绿色。这是一个被遗忘的年末，一个平常的昏暗的冬日下午，但是那一天，每个人都很开心。

现在池塘已经被遗弃了，救护椅歪倒在进口来的沙子上。两块岩石中间的一个浮标，在风吹动的波浪中发出悲伤的撞击声。比特想起在另一片湖水旁的另一个人，很久以前；那时梭罗看到月光洒在新犁的田地上，他知道地球是值得栖居的。

比特没有那么确定。再说，这里也没有田地。在他记得原先种着向日葵的地方，他找到一些大概有30年树龄的树，比他少年时的那些树要高大许多，也更绿，垂下更浓密的影子：用来抵御空气中多余的碳。他进入荆棘丛，费了些劲，找到了西蒙给汉娜做的那座雕塑，在一片野覆盆子林中。铸剑为犁，一番痛苦的真诚表白。哦，他想，无助地站在低矮的雕塑前。这可以作为展现80年代早期的海报。它像个图标，几乎已经在丝网印刷之上。

他笑了，令他思念到骨髓的这片森林，也向他回报以微笑。他什么都感觉到了，鸟儿在空中飞旋，早长的蕨类植物舒展着茎叶，蹲伏在什么地方的动物正盯着他。他加快了脚步，几乎跑起来，穿过一度曾是玉米地的树林。他还记得，天体主义者们弯下他们被阳光晒成铜色的身体，除着野草。他来到莱弗建起的网球场边，那里曾经是片大豆地。小树已经在泥土上扎了根。它们挺立着，勇敢地发了芽，像小孩子的恶作剧。

回到树林里，朝着他依稀记得应该是瀑布的方向走，小路变得越来越窄，越发杂草丛生。汉娜，在她还能走的时候，大概没能到这么远来除草。两年的疯长，几乎让杂草吞没了小路。天色渐渐暗下来。有蜘蛛网黏在他的脸上。

他来到一片天然的林中空地，突然传来一阵叫声，惊得他心怦怦跳。

格蕾特远远地站在那儿，像拿着棒球拍一样握着根棍子，她的脸苍白得像纸。

爸爸，她声音发颤，喔，真高兴原来是你。

迷路了？他说。他忍住笑。在他并没有四处找女儿的时候就能发现她，真是件走运的事。

她耸耸肩。有点儿，她说，主要是，我以为你是一头熊呢。

她在落日的最后一缕余晖中穿过草地奔向他的时候，他给她拍了张照片。快到他近前的时候她停了下来。她身上有很大的汗味儿，脸上有划痕，粉色发辫上有树枝，她的脸看上去僵僵的，似乎哭过。她一定在这里困了好几个钟头。他们离枫林还有几英里。如果是她一个人，肯定无法在深夜前赶回来，甚至得等到天亮了。

应该走这边，他说，指着林中的窄路。

好的，她说。她准备上路，但是又停下来，转身朝着他。我只是想说，对不起。

我明白，他说。

我害怕，她说，我真不想看着奶奶死去。

我也不想，他说，把她拉到身边。

格蕾特的牙直打颤。这里远离城市，冷多了，虽然现在是冬末，他还记得多年以前夏天的夜晚，也弥漫了同样的新鲜的湿气，就好像从地下冒出来的。他们天黑以后才进入枫林，月光在树杈间漂移，仿佛带着起伏的呼吸。其他的房子都浸在黑暗中，没有主人：米琪大部分时间都在博卡拉顿[1]，提图斯和莎莉几年前在一场可怕的车祸中丧生，斯科特和丽萨有太多的豪宅，根本无暇顾及这12年前为抗议乌有乡公司而建起的小房子。

---

1 博卡拉顿，美国佛罗里达州的一个城市。

比特和女儿站在绿屋的门廊上，不想将汉娜悲伤里糟糕的种子呼吸到肺里去。

前面的行车道上，有车前灯照过来。车停下，引擎关闭。下来一个女人，她问道，斯通？这是斯通的房子吗？

是路易莎护士？比特道，想起阿斯特里德昨天提到的名字。他打开门廊的灯，看到一个身材矮小的女人走上台阶。她的脸上显出一个大大的笑容，她背着一个高耸的儿童双肩包，像在她肩上长了个大鼓包。我迷了半个小时路！她说，能找到你们真是太高兴了！

护士给了格蕾特一个惊喜的大拥抱。她转身向他，使劲捏了捏他的腰然后说，我来是帮你们减轻负担的。现在，有谁吃过晚饭吗？

没有，比特说，路易莎用嘴发出脆响。快进屋，她说，做些晚饭。

哦，比特说，今天太累了。大家也都不太饿，我想是的，路易莎。

她冲比特的脸一笑，然后说，在这种时候？时间表就是救生船。做晚饭，做早饭，铺床睡觉。这样会帮助你对自己严格些。

他喜欢这个好发号施令的路易莎，这个率直的棕色皮肤的女人，一个像姨妈一样熟悉的陌生人。她拍拍他的胳膊，把他轻轻推进了屋。

他给母亲端来一碗汤。她没有睁开眼睛，但是接受他用勺子喂，喝下了半碗。她多么像一只幼鸟，他想，看着她张开嘴，紧闭双眼，脸上的皮肤那么纤薄紧贴在骨头上。或者简单说，像个小孩子：就像小格蕾特面对满满一汤匙豌豆泥时会郑重其事地盯着他。

他去衣帽间想为汉娜再找一张毯子。夜很冷，窗户开了太长时间，房间一时很难暖和起来。衣柜门一打开，艾彼衣物里他的气味就向比特扑来，他干净的汗味儿，他金属的气味儿。父亲消散不去的幽灵袭击了他。他知道这样很怪异，但他还是关上门，为了能多留住一点父亲，给以后的日子。

整个周末，除了拖着自己的身体去洗手间，汉娜都不愿意起床。她抿了口比特做的汤，只在吐司上轻轻咬了一下。路易莎每天晚上九点过来，早上五点离开，虽然打扫不是她的分内工作，但是比特清晨醒来的时候，房间总是被收拾得井井有条。

汉娜还是不跟他说话，一句话也不说。

星期一早上，格蕾特正在吃罐子里最后的格拉诺麦片。她的脸很仔细地涂了粉底，比特好奇地盯着她。她摸了下自己的脸，皱起了眉头。上战场前化个妆，她说。

你会让那些乡下孩子神魂颠倒的，比特说。

如果他们不呢？她说。

那他们就是脑死亡，他说，他们没有神魂让你颠倒了。

她叹了口气，把碗洗了。我们拿汉娜怎么办？她问。她得起床，如果她放弃努力像人一样生存，我们在这里也就没有任何意义。

如果她到今天晚上还不肯起床，我们就把她弄起来，他说。

好的，格蕾特说。她背上她的双肩包，用汉娜过去那种腔调说，太好了，这样我回来就有事情做了。

他们开车去学校，一句话也没有说，她开始咬指甲的时候，他轻轻地拿开她的手。在中学低矮的砖楼前停车的地方，比特和格蕾特坐在车里，望着学生们的身影。

这些男孩们，格蕾特说，皱着眉。他们看着男孩子们互相打闹，然后格蕾特说，我想我已经开始怀念纯女生的教学模式了。

比特笑了。让我回想起我第一天上真正学校的难过情景，他坦白说，如果我可以给你什么建议的话，那就是微笑，要酷。

微笑，要酷，她模仿他说话。她捏了捏他的手。然后她端正了一下自己的肩膀，像站在跳板末端的跳水者那样，优雅地踏出车门。像块磁铁，他高高瘦瘦的女儿，梳着粉色发辫的女儿，被吸进了宽松运动长裤和狩猎迷彩的海洋。即使在他的车里，比特还是能够感到女儿有多么受关注。他不得不把车开走，才能阻止自己不因为太怜惜格蕾特而把她拉上车载回家。

他和汉娜一起坐在黑暗的屋里。一整天，他都试图着把他刚烤好的新鲜软嫩的面包喂给她吃，给她读《项狄传》[1]想逗她笑，但她两件事都拒绝了。她呼吸得很吃力。收音机，她命令

---

1 《项狄传》全名为《绅士特里斯舛·项狄的生平与见解》，是 18 世纪英国文学大师劳伦斯·斯特恩的代表作之一，是闻名世界的一本奇书。

道，他跟她一同听一档家政节目（如何制作蒲公英酒，如何给自己接断骨），在他还能待在自己座位上的时候，还听了阵子新闻。他们现在称这种传染病为SARI，即严重急性呼吸道感染。呦，比特说，对不起！但是汉娜并没有笑。

有超过七千人死亡，疾病已经扩散到中国香港、中国大陆、新加坡，以及美国的旧金山、澳大利亚的阿德莱德。享受低联邦税率的疾病控制中心，发出措辞激烈的警告，让大家避免去医院和乘坐飞机，没有人能做更多的事。比特站起身，焦虑不安。虽然这个时间接格蕾特还太早，但为了躲避新闻他还是出了家门。首先，他要到城里去买一些蔬菜、咖啡、豆腐和米浆。玛芬的妈妈们还在城里开着一家自然食品的商店，比特进去的时候正好跟她们撞在了一块儿。他发现自己被夹在闻起来有止咳草药水和芹菜气味的一对中年女同性恋三明治中间。这一次，谢丽尔和戴安娜哭了，虽然她们在艾彼的葬礼上并没有哭。

艾彼是最为实际的人，谢丽尔说。像地狱一样令人生畏，但总能够按自己的意志行事。

他是我以为这个世界上最不可能会自杀的人，戴安娜说，我们一直以为会是汉娜……然后她声音突然低下来，冲她的妻子使眼色。

这就是为什么艾彼成功了而汉娜没有，比特说，感觉悲伤的潮水涌了开去。

她们给他看玛芬孩子的照片，八个孩子个个戴着眼镜，面孔严肃，衬衫的纽扣一直系到喉咙口。像传教士，谢丽尔用鼻子哼着说，看看我们这样的两个老异教徒，会让你奇怪，孩子们身上的那些宗教味都是从哪里来。

比特离开之前，戴安娜拥抱他，在他耳边说，你会让你母亲走出来的，你总能够做到。

然后她从她们的花园里采下一个胡萝卜。萝卜形状很奇怪，那个畸形就像正在欢爱的两人纠缠在一起的身体。给汉娜看看这个，她说，我们的爱神胡萝卜。我们一直留着这个，希望能派上特别的用场。比特一个人在车里，手里拿着这个看上去有点猥亵的植物，他耳边响起女人欢愉的声响，这让他高兴了一点儿。

格蕾特从学校出来，比特有种如释重负的感觉，手竟然还有点抖。她慢慢走过来，可是下巴却抬得很高。她钻进车，一句话也没有说。

回家的路走了一半，比特忍不住说，至少你还四肢完整，她短短来一声"哈！"，然后她说，我们暂且管它叫作一个有趣的社会学试验好了，然后她又一句话也不说了。

比特的车还没有停稳，格蕾特就跳下了车。她快步走到汉娜的房间，拉开窗帘。就这样，她说，够了。她又钻进卫生间，开始给浴缸放热水。

比特把母亲从床上扶起来。他以为她的身体会很轻，但事实上她很沉重，他几乎失手把她摔下来。用了很大的力气，他才把她拖到洗手间。哇！他叫了一声。格蕾特在水里放了太多泡泡浴液，泡沫足有一英尺高。

不要生气，格蕾特说，奶奶，但是你闻起来太臭了。

你们才臭，汉娜小声说。她哭了。你们两个，你们才臭。

两人配合，把汉娜的衣服解开，露出了她的胳膊和肚子。他们帮她脱下十年来已经没人再见过的内衣：像一副导弹一样的尖尖的胸罩，可怜的疑似橙色的裤袜，内裤像个装土豆的袋子。他们弯曲她僵硬的四肢，把她放进到浴缸里。她还戴着艾彼在他们35周年结婚纪念日那天送给她的珍珠项链。那天晚上她甚至还为此生气，说这简直太浪费了，还问艾彼她是不是那种会戴这样珠串的女人。当时在座的每个人都憋住不笑。戴着这串珍珠，影子汉娜变得清晰可见，那个住在老嬉皮士身体里的初次社交的少女。如果她爱上的是另外一种男人，汉娜现在也许正在主办同城聚会，喝冰薄荷酒到微醉，然后想着，在她装饰华美的屋顶之下，为什么这个世界感觉如此空洞。

比特努力不去看他已经看到的东西，汉娜的右腿和手臂已经萎缩变形，左臂也有萎缩的趋势。她的皮肤上有种奇怪的灰色调。

汉娜把自己的脸藏在泡沫里。格蕾特在她头上堆起了一对恶魔角。比特拿起热毛巾，在母亲的身体上擦洗，除去她哀伤的气味。他给汉娜洗脚的时候，汉娜抬起她的脸，她面无表情，像躲在香皂里的阿米什娃娃。格蕾特轻轻地洗她的眼睛，还有沾了皂泡的嘴。坏女孩，她只留下了她的恶魔角。

干净了，现在，汉娜坐在桌前。她的头发已经干了，编成了辫子，穿着一件年代久远的运动服，比特给她穿上的时候，觉得衣服质地柔软就像她自己的皮肤。她努力吃下一块牛油果大豆软乳酪，喝了印度奶茶。比特放上一张老唱片，当琼·贝兹的歌声柔柔地弥漫在屋里时，格蕾特又逃出门到暮色中去跑步。她的脚步声飘远，汉娜转身朝着比特。这样太残忍了，她说道。她的舌头在嘴里显得异常厚重，她下巴上的肌肉发颤。她说，你真自私，让我经受这一切。

自私，他重复道，声音很轻。一只长腿蜘蛛从地板毡布上光线的边缘绕过。

等他终于做出回应，已经是很久之后了，他冲着厨房的窗户。被放在框子里的这个世界，让他感到平静：麻雀从绿色的田野上掠过，糖枫林的树干，桃源屋最后的晚霞，那小小的方块是他所能接受的全部，此时此刻。

我小的时候，他说，你也会变得很忧伤很疲倦，整个冬天都睡着，我总是看你躺在那儿。夏天，你是那么大声，那么阳光和开心，但是突然有一天你就会离开。你会变成躲在我母亲身体里那个被掉包的苍白丑陋的婴儿。面包卡车里太冷了，除非艾彼早点回家，我总是从早饭到晚饭间什么东西都不吃。有时候我试着用亲吻唤醒你，但是我的吻从来都没有用，我从来没有能够唤醒你。在内心深处，我相信这是我的错。

这不是你的错，她哼了一声。这也不是我的错，如果你想说是我自私的话。这是一种脑化学。你们也懂的，比特。

他看着她。她的下颌僵硬：她在拼命用力。那扇窗子里，世界是蓝色的。

那些时候，你都把自己隐藏起来，他说，我全部的心愿就是能让你再回来。

他看着她试图用手掌上有肉的地方粘起桌上掉的面包屑。她放弃了，她的手在瓷杯旁边弯下来。

但是我的确回来了，她说。回来，这一次也是。你不在那儿，你看不到。那里有一片海，那儿非常温暖。我抱着艾彼，然后波浪在我们中间翻滚，他被冲走了。我努力想游向他，但是他不见了。我却回来了。

他们听到格雷特在门廊上，用力把跑鞋上的泥巴磕掉。她用从赫勒那里遗传的独特嗓音没调地唱着什么。在餐桌昏暗的光线下，比特和汉娜都不由震颤了一下。

我太累了，汉娜说，压低着声音。我太累了，比特。

哪怕不是为了我，比特用快速和低沉的语调说，是为格蕾特。

他的女儿现出窗玻璃上的一个剪影。汉娜探出身子，用她那只好手摸摸比特的脸。格雷特跑了进来。她在汉娜的盘子上撂下一捧野水仙，刚从地上拔起来，还带着鳞茎和泥巴什么的。奶奶，她叫道，双颊透出开心的粉红色。鲜花，二月的！

汉娜笑了，是一种干干的、不那么确定的笑容，但是她从面包屑中捡起一枚小小的白色花朵，把它放在比特的手背上。送给你，她说。汉娜问起格蕾特这一天是怎么过来的，格雷特的脸在祖母的关切下兴奋地放光，比特就让花朵在他的手背上那么放着，直到他的手有点抽筋。

他们去散步。一天两次，他们都会出去走走，汉娜靠在比特身边步履蹒跚；起初，她还没等走到米琪的房子，就要跌坐在洞屋前面那张饱经风霜的草坪长椅上。她望着自己的脚说，加把劲啊，你们这又老又笨的家伙，然后使劲撑起自己的身体，痛苦地把重量压在双脚上。她坚持自己洗澡；她给自己穿衣服，这要花一个小时的时间。她吞下她的抗抑郁药、止疼片和缓泻剂，一粒接一粒，带着执拗且满意的表情将它们轮番咽进去；她去洗手间，一待就是半个钟头，出来的时候鞋上还沾着卫生纸。太难了，现在，她不得不抓住一切能够得到的东西。用不了多久，你就可以帮到忙了，她告诉比特。用不了多久。

夜里独自睡在简朴的房间里，比特梦到了城市。那里人口锐减，湿湿地泛着亮光。街道漫长而昏灰，商店的橱窗那么漂亮，让他浮想联翩：人形模特们身体发亮，做得像极了真人，穿着用纸裁剪而成的衣服。他走着，听到后面有声音越来越近：指甲的脆响，倒吸的凉气，什么重的东西从墙上滑落。但是当他转过身来，就只看见街道在身后向黑暗延伸，没有任何东西在动，他既孤独却又不是孤身一人，在恐惧中僵立。

格蕾特去上学。她本来就很瘦，现在已经皮包骨头了。一个星期来，他把耳朵贴在她的门上，听她在枕头里偷偷哭。她总是在用汉娜的电话，她的手机在这荒郊野外没有信号。她的朋友一定已经听腻了她的诉苦，格蕾特开始留更多的短信，电话粥煲得少了。朋友们忽视她已经有好几天，他真希望自己能够把他们所有人赶上跳板。长着一张娃娃脸的海盗比特，他刚伤害了自己的女儿，看看他还能有多残忍。

医生打来电话，她平静的声音在接下来的几个小时都让他舒缓。

谢丽尔和戴安娜来看望，汉娜做义工的图书馆里也来了女同事看望，汉娜许多城里的朋友来看望。有个下午金茜和她的男孩儿们来了，他们在提图斯的树屋里玩，出来的时候他们的脸涨得通红。晚饭桌上，双胞胎搂着汉娜，使劲亲她的脸颊，直到金茜让他们停下来。让汉娜好好吃饭，她说，然后他们一起气也不喘地看着汉娜努力将一枚圣女果塞到嘴边，再顺着嘴唇滑动，终于吃进嘴里。

球进了！她说，逗得孩子们直笑。

金茜道别的时候，她说，这大概是这段时间最后一次过来了。我在《时代周刊》的朋友说，过不了几天我们也要实施隔离了。她在他鼻子上亲了下说，我一点儿都不意外，你能在这么糟糕的时候找到最安全的地方。

留在这里，他说，这儿很安全。但是她忧伤地摇摇头。我们的生活在别的地方。

下午，比特和女儿去城里的药店，格蕾特向他要了20元钱，她买了什么东西藏在自己的背包里。当她出来吃晚饭的时候，头发已经变成了黑色，额头苍白的皮肤上还有染发剂留下的蓝色印痕。她盯着汉娜和比特，看他们会做何评价。

汉娜放下搅着空心粉的叉子。黑色，她仔细想了想说，它更能衬托你漂亮的绿得金黄的眼睛，格蕾特。格蕾特开心地皱了皱脸。汉娜试着把叉子再度送到嘴边，没有成功，三个人眼睁睁地看着面条慢慢从叉齿滑下来又回到盘子里。吃饭，这些天来简直成了恐怖影片。给，奶奶，格蕾特说着，用自己的叉子挑起滑溜溜的面条，比特注视着这一切，几乎无法安坐在自己的椅子上，他看着女儿一口又一口认认真真地喂自己的母亲吃饭。

中餐馆外卖很冲的气味从后座扑来，格蕾特带笑望着窗外说，今天我们在体育课上跑了一英里。我跑得最快，比那些男孩都厉害。她用漫不经心的语调说话，但说完并没有换气，似乎在等待比特接茬儿。

我像你这个年纪时跑得也很快，他说。

她盯着自己的手指甲说，真够无聊的，但是教练希望我参加校队。

比特说，太棒了。

她把头转向他。但是爸爸，这就是说，你要一整天一个人陪着奶奶了。你太累了，每天要再多陪两个钟头。你看着已经够糟糕了。

谢谢你，他说，我的朋克。

我说真的，她说，我觉得我应该拒绝。

你当然要答应。看你跑我会开心的，比特说，汉娜看到你用健康年轻的双腿奔跑也会开心的。他想象他的母亲困在离经叛道者的身体里，看着格蕾特在跑道上飞奔。将她的羁绊与格蕾特的自由相提并论，这样将是痛苦的。但是他说，她将通过你获得重生，他真希望这话能成真，他看到格蕾特将脸转向车窗藏起自己的笑容，她泄露秘密的胳膊上泛起了鸡皮疙瘩。

比特在一阵刺耳的锉声中惊醒。路易莎今晚不上班，起初他以为是风吹在玻璃上的声音。他坐起来，心跳在耳际咚咚地敲。声音是从隔壁的屋子传来的。他赶紧推开汉娜房间粗糙的木门。即使在黑暗中，也能看到她因恐惧而僵直的身体，他打开灯，她的脸色发青。他扶她坐起来，支撑起她沉重喘息的身子，看她慢慢平缓安静下来。他把枕头放在她背后，让她舒服地靠在床头板上。

哦，比特，她说，我坐不起来，喘不上气。

吓死我了，他说。

傻孩子，她啐道。她的恐惧已经化解成为怒气，他能看出来。她说，真是浪费了你的潜力，比特。你这一辈子都试图成全别人。你本来可以大有作为，如果你不是为了照顾每个人，赫勒、格蕾特、我、学生，你本来可以成为一个艺术家。

他说，声音轻轻的，我是一个艺术家。

她用那只好手轻轻敲他，没有再说话。当她的眼皮变得沉重，头开始垂到前面打盹时，他走到厨房，找到在医院里那个可爱的医生草草写在餐巾纸上的电话号码，握在手里。这么晚给她打电话，他实在过意不去，心似乎在喉咙狂跳。但是她却在第一声铃响后接起了电话。声音平静而且清晰，只能听出那么一丁点儿睡意。他想象她的卧室，简朴又整洁，想象睡裙的吊带从她的肩上滑落。我很高兴你能打电话来，她热情地说道，他说话的时候她发出同情的应声。

他端详在床头灯下睡着的汉娜。他感觉到自己的悲伤在深夜里蹑手蹑脚地潜行，窥视着绿房子亮着的那扇窗，伺机而动。

就好像她正在慢慢变成一大团黏土，他说，变成一大块石头。

嗯，医生开了口却犹豫要不要说下去。他能听到电话那头背景声里有呜咽，像是个婴儿的声音，比特突然感到羞愧难当——自己太不像话啦！当然，她是有家的人！——但听到她说，趴下，奥托，他又笑了，知道那不过是条狗。她说，你的母亲可不是石头做的，暂时还不是。

他太疲倦了，疲倦到无法入睡，他蒙着一层鸭绒毯坐在门廊的摇椅上，观察黎明悄然而至的过程。他已记不起上一次这样静静观察是在什么时候了，是什么事情如此重要，让他忘记这样做？从什么时候起他开始变得不再冷眼旁观？先是月亮暗淡下来，然后在东方，天空的腹地现出一道狭缝。光点洒在山丘上，洒在阿米什人的农场上，洒在乡间小道上，洒在阿卡迪亚的边缘，大片大片的森林，唤醒了鸣禽，照亮了林子里的露珠。他想到了林奈的花钟用花开记录钟点，从菊苣到蒲公英到睡莲到紫繁蒌，那是以一种更温柔的方式来度过时间。转眼，白昼已经在头顶全然铺开。汉娜在床上用微弱的声音呼唤他，在她的声音里，他能听到歉意，他没有想到自己竟然那么渴望这份歉意。

医生的车在停下时溅起了不少泥。透过挡风玻璃，他们向彼此微笑，直到她走下车子也没有人停止笑容。他们拥抱：他臂弯里是她单薄的身子，以及她冰凉的手。他的母亲正在门廊下沐浴着一道阳光。医生给汉娜做检查的时候，汉娜的眼睛轻轻眨着，挺开心，目光从比特的脸到医生的脸再回到比特的脸。

但是汉娜回答的问题越多，医生的表情似乎就越严肃，之后她让汉娜对着机器做呼吸。这是呼吸量测定器，她解释说，用来测肺活量的。当汉娜再一次躺下来做测试时，医生的脸色变得沉重。失去了她标志性的微笑，医生看上去比他所想的要老一些，三十出头，而不是二十大几了。斯通夫人，她异常严肃，你仍然反对治疗吗？利鲁唑、干细胞疗法？

改善一下，没错，汉娜说。缓和一下，她说，然后顿了顿。接着说，见鬼，不如弄点吗啡来。

医生松了口气。好，她说道，不应当高估受难的意义。

汉娜大声笑，很久以来比特第一次听到汉娜笑得这样明显。对一些人来说是这样，她说，对我儿子，这就像呼吸一样自然。

这一次，批评里融入了暖意。比特心中，虽然，有一丝苦涩像鸟一样腾起。这不公平，他说。她挤了下眼睛，他几乎可以听到她说，我开玩笑的。

说到呼吸，医生说着，快步走向自己的汽车。她真是娇小又整洁，让他联想到一只身形敏捷的棕色猫咪。他避开汉娜知情的笑。医生回来，拿着一本小册子。我想让您试试BiPAP呼吸机，她对汉娜说，这样您可以在睡眠时好好呼吸。昨天晚上您可把您的儿子吓坏了。

她结束了检查，但似乎还不愿意离开，于是汉娜向她问起传染病肆虐的事情。医生耸耸肩，SARI，她说道。听听这名字，让人搞不清到底谁应该对这事儿负责。她坐在台阶上，开始谈起隔离、疾病的线上追踪，还有预防措施。现在在医院里我要戴口罩了，她承认。每个人都戴。它主要是对免疫系统受损的人、新生儿、老年人和病人有致命的威胁，也包括一些健康的成年人。但是病情发作得很突然，就在一两个小时之间。我是从家里直接赶到这里的，路上一个人也没有见到。她笑的时候，嘴边就像长了一对括号。她抚摸汉娜的手。如果我怀疑自己也被感染，我当然不会出门，我不会让您的健康受到威胁。

如果您感染了，汉娜笑谈，直接到这里来，这样可以节省我们的时间。

比特研究着手里的小册子。疫病致死，与渐冻人症致死：两者都是严重的肺部感染病，汉娜正在被她自己肺部的海洋所吞没。但是，在慢慢陷入自己的身体泥沼和仅半天时间的溺亡之间，她的选择或许是对的，越快越好。

他听到路上传来的马蹄声，于是抬起头张望。一辆阿米什人的双轮马车在枫林中奔驰。汉娜也看过去，她用手遮着眼睛。什么好日子，她说。

马车停住，那个参加过艾彼葬礼的莓果圆盘脸女人从座椅上下来，把马拴在树旁。格劳瑞，汉娜叫出声来，起初比特以为这是一声惊叹，但那个女人挥手致意。她来到门廊台阶前，一个拿布包着的馅饼正在她手里冒着热气儿。她温柔地将馅饼放在汉娜的腿上。她的眼神哀伤，轻轻掠过汉娜的脸。

汉娜伸出她的好手抓住女人的手腕。她望着这位阿米什朋友说，你们年轻人去桃源屋逛逛吧，到午饭时再回来。看起来我要在这里做一点救赎的事情。

没错，小个子阿米什女人用低沉的喉音说道，你要的。

太阳暖暖地晒着比特的肩。医生那双精致小巧的凉鞋沾上了泥巴，比特真想用他的手脱下它们，在草地上把泥巴磕干净。她的脚趾中间也进了不少泥土。他的脚也因此同情地不舒服起来，但她自己似乎一点儿也不在意。他们一同走上了古老的石板岩台阶。站在门廊前望向阶地上弯曲的苹果树之前，他们俩一句话也没有说。莱弗在阶地最低处种了些幼苗，以替换那些年纪太大已经不再结果的老树，但是小树被饥饿的鹿嚼成了残根，于是现在的阶地就像用画笔涂鸦出来的样子。

医生将一束头发掠到耳后，她的手微微一动，比特的胃就涌起暖意，并且蔓延开来。这个地方，她说，我叔叔说嬉皮士村瓦解以后有一阵子，中学生们常跑进来胡闹。有个故事说有两个孩子正在亲热时，看到一个身材魁梧的嬉皮士扛着斧头盯着他们看。

那一定是提图斯，比特说，想到他的老朋友，他有种被针扎到的感觉。

之后，当然，动画电影公司来了，医生说道。我们小学时常常到这里郊游。世界上的其他孩子想做饶舌歌星或者海洋生物学家，但是我们想成为做动画的。每个人都爱上了金发的CEO。我还做梦嫁给了他，我们整天在这里骑马游荡。

那是莱弗，比特说，他妹妹曾是我妻子。

哦，她用眼扫过他的脸，他可以看出她决意不就"曾是"或是"妻子"追问下去。她继续说，公司撤离这个地方对萨默顿来说是个打击。我们本来就快要拥有一个闹市了，结果它又沉寂了，像这附近的其他城镇那样。我开过很短时间的诊所，但后来关掉了，我搬到了罗切斯特。

莱弗是愿意让公司留在这里的，比特说，不过你知道那些股东们。

他到底发生了什么事？她问，这里的人好像都不知道。你应该听过那些传闻，他被熊给吃了，他被国土安全局引渡了，简直不着边际。

真相其实更不同寻常，他是在高空气球上消失的，比特说，这个家族的人有不翼而飞的天赋。他看着她的侧影，牙齿微咬着下唇，她眯眼望向山峦时，眼角泛起鱼尾纹。我妻子也消失了，他说。十一年前，她出去散步，再也没有回来。

对不起，她说。他注意到她胸前掉落着一根卷曲的金色短发，忍住没有伸手去碰它。她脸红了，自己拿掉它。我的狗，她说，我本以为它是独居女人的好保镖，没想到它什么都怕，闪电、陌生人、冰雪，还有黑暗。

我从来没有养过宠物，比特说，我小的时候完全不被允许养狗，我们认为那是对动物的奴役。

奥托大概认为我才是奴隶，她说，我要给它收拾粪便，不管怎么说。

他们看到一只小红狐狸从森林的边缘跑出来，它蹲伏一会儿又猛扑了一下，嘴里叼着一个灰色的东西。医生的小手碰了碰他的胳膊。

比特，她开口道，语调过于庄重，有什么东西猛揪住比特，她要说出口了，那些他早已深知但又无法承受去听的话：他母亲将不久于人世；不出一个月她就只能靠轮椅生活；她仅仅是凭借顽强的意志才撑到现在；她不是以他所惧怕的方式被病魔慢慢吞噬掉生命，而是将以可怕的速度猝然离去。如果他听到，他想，这些话就会成真。他必须在内心挣扎中应答。什么事，艾莉丝医生？他终于说。

艾莉丝是我的名，她说着，想忍住却又没能忍住笑。艾莉丝·基佛。在医院时我就没纠正你。我想说的是，我能看出你为什么热爱这个地方，她指着一直蔓延到远方山脚下的森林。恍惚间，比特望见桃源乡曾经的景象，人丁兴旺，歌声飘荡。而现在，空空如也。没有了人，土地只不过是土地。

就这些？他问，我以为你会说汉娜的病情发展比预想的要快。

她侧眼瞟了他一下，撇了撇嘴。

哦，他说。

我可以想办法一周过来几次，如果你希望的话，她说，我

315

喜欢这里。

经常见到你我们会很开心的，越多次数越好，他说。

她转过头来看着他。他真真切切地感受到她在身边的事实，确定而且真实，她轻柔的吸引力，她拂过他面颊的呼吸。我也愿意见到你，她说，然后羞涩地望向别的地方。

在以前是绵羊草坪的那一小块开垦地，汉娜坐在毯子上，吃着格劳瑞送来的苹果酱。比特给她照了相，汉娜还刻意打扮了一番。趁汉娜没注意抓拍她的脸，现在已经成了比特最新的强迫症。她嘴里说出的词已经含混不清，但他感觉还是听懂了她的话，你肯定给更漂亮的封面女郎照过相。

从来没有，他说，你是迄今为止最漂亮的一个。她尽其所能地绽放笑容，摆着姿势。

很快她就累了，想回家去。她挣扎着，招呼他回来。她缓慢地用一只胳膊在膝上一撑，颤颤巍巍地站起来。他收拾他们午餐的时候，汉娜做了些舒展的动作。她向前迈出第一步，比特赶紧举起了照相机，却发现她消失在镜头外，这才知道她瘫倒在地上。

汉娜，比特叫。

我知道，她说，我知道。他搀扶她走回家去。

格蕾特走进来，还穿着她的跑步衣，浑身散发着汗水的气味。她看到祖母坐在艾彼的轮椅上，什么话也没有说。然而到了晚上，格蕾特和路易莎却凑在一块儿密谋许久。晨光照亮窗子时，可以看到轮椅上，原先放艾彼一件老旧羊绒衫的地方，已经换成了靠枕；轮子用指甲油涂得亮闪闪的；两个把手上拴了啦啦球。一个轮子的轴心镶了张红桃Q纸牌，汉娜移动轮椅时，皇后就随之旋转。这样你就不能背着我们偷偷摸摸走了，格蕾特说。汉娜用好手的指关节让一个轮子来了个空转，她笑了又哭，哭了一会儿又破涕为笑。

这些天来，屋子里总怪异地回荡着汉娜的笑声。任何事情都会让她发笑：比如她说不出话的样子，比如收音机里播放的一则趣事，比如格蕾特不小心被自己的鞋子绊到的时候，比如她和格蕾特用她祖母漂亮的骨瓷杯喝可乐，结果汉娜的手不听使唤打碎一个杯子的时候。

现在开心些了？比特问，这夸张的笑让他担忧。

没有，她故意说，我是酩酊大醉啦！[1] 这句话，再次让她捧腹大笑。

田径场的跑道是用回收轮胎造的，风吹过路面，比特闻到了美国人喜欢开的高速公路的气味。他却一心只想驻留。在这个地方，这晴朗的日子，像闪亮蝴蝶一样飞来飞去的穿着校服的孩子们，随时喷发的汉娜的笑。他在她腿上盖了一层毯，主要是为了挡住轮椅而不是为了防寒。甚至他们聚在这赛场边本身就是个奇迹：上午十一点了，学校负责人看到SARI毕竟离他们还遥远，于是勉强给予了许可。

---

1 原文为 I'm pertrified！这句话一语双关，也有石化的意思。

汉娜的脖颈今天有点虚弱，她把头放在比特的手掌上休息。她的头很重，而且出奇地热。真高兴来这里，她咕哝着说。

他看那些男孩子们，拼命投掷着像大理石一样的铅球。一个女孩在转着铁饼，投掷的时候她手臂上的肌肉剧烈地抖动。孩子们跑步经过时，他们的父母跟着起舞尖叫。重新焕发青春，比特想象着，在半空中撑起长竿，用爆发力从沙坑和土地上飞过，这感觉会是什么样？他珍爱时间宝贵的沉淀，不愿意用任何东西去换得重新体验青春期成长的痛。但是，有那么一刻，比特好想成为这些跑着、跳着和飞着的年轻人中的一员；成为站在那里的恋人之一，那个拥抱苗条女孩的男孩子，因为一个靓丽的年轻人愿意亲密相依，便能如此轻易地将整个世界抛诸脑后。

要跑一英里了。格蕾特向他们这边投来了紧张的一笑，她的黑发在班丹纳头巾下飘动。比特甚至有点儿不敢看集合在起跑线上的选手。发令枪响了。只见一片尖尖的臂肘在挥动。不出一百码，人数已经见少。最弱的一些人已提前放弃，格蕾特的腿比跑在她前面的两个女孩长，她的脚步开始放缓。运动员们第一次经过时脚步的哒哒声，仿佛就踏在比特心上。他们消失在跳高区之后；他们又重新出现。第二个姑娘打了个趔趄，落到了后面。现在就只剩下格蕾特和领跑女孩之间的竞赛了。田径场静了下来。人们看到前面的两个女孩争先恐后，拖着跑得比较慢的女孩们，像一列加长的火车。

加油，格蕾特，比特小声说，但是汉娜说的似乎是，聪明，等机会。

又一圈了。当她们经过时，可以看到领跑女孩的脸上泛着汗水的光泽；格蕾特的脸色则干爽带着警觉。

人们开始大声加油。最后一个弯道了，还剩100米。在直道上，格蕾特和领跑者步调一致，轻松，她的腿快得看不清。现在是并排了，两个女孩开始准备最后的冲刺，所有的人都在尖叫。比特也用自己的声音给格蕾特加油，上下跳着，激动不已，享受这无意义的叫声中某种奇怪的释放感。两个女孩挺胸跑过了最后十米，强壮得像骏马。她们慢慢减速变成走路，几乎要跌倒在已经透支的双腿上。比特很难判断到底是谁赢了。

她们等着，后面的女孩也跟着跑了过来，格蕾特被一堆拥抱抚摸的手臂所包围。一名裁判气喘吁吁地跑过来，与教练们协商了几句，然后转向两个女孩，说了些什么。

格蕾特喊了声，该死！揪下她的头巾，扔到了一旁。

比特不得不等待他的心从猝然坠落恢复到平稳状态。看来，他说，我的女孩成了可怜的失败者。

但是汉娜的脸反射着阳光。她只是沾上了我的鬼运气，她说。

比特倚身凑近她。你也是个不幸的运动者？他问，说这话的时候，他知道这是真的。

不，我可快着呢，汉娜说。他们一道望着格蕾特在护栏那儿让自己平静下来。快，快，快，汉娜说，她用好手拍着已经废掉的双腿，似乎在表扬它们曾轻而易举完成的每件事情。

比特在黎明时分的森林里，呼吸水的芬芳，有鱼和甜甜腐叶的气味，太阳从树顶升起，在他站立的地方抚摸他，竟让他忘了拿起相机。他那么安静，母鹿没有注意到他，优雅地低头啜饮溪水。有红色闪过：是一只狐狸飞快地奔跑，它向后看着，斜撞到母鹿的尾部又弹回来。两个家伙盯着彼此，都被吓坏了。比特大笑，动物们转身逃遁。只剩他一个人了，比特有点喘不上气，他笑得太用力，这让他头晕。他身上有什么东西正在破碎，而这破碎，最终，令他感觉好极了。

　　格蕾特有个朋友。她的名字叫洋子，长一张甜美的纸杯蛋糕一样的脸，笑起来声音发颤。她是这个小小乡下的一个日本交换生，现在格蕾特上学，洋子总是在房子里。她本应该回去，但日本正处于隔离期，已经有一万人死去，街道的图片上几乎没几个行人，一些能花得起钱的人甚至背上了氧气罐。洋子在萨默顿的接待家庭是迟钝、严格的基督徒，他们让她在晚上唱诗时间弹奏管风琴，给他们伴奏。每次他们到绿房子来接她，都会不耐烦地按喇叭，从来不进屋。在格蕾特的房门后，有抽泣声，还有格蕾特温柔的安慰。当她们重新出现的时候，总是面孔浮肿。格蕾特和洋子烘焙饼干，看电影，为英语课的经典短篇故事设置场景：一个男人和女孩坐在小桌子前，远处有山、白象；地板下边藏着一颗心，卷在心里的，是写在纸条上的故事文字，这是一颗讲故事的心；一个像颅相学图例的大脑，一粒穿透大脑的子弹，每个章节都有一幅小小的极乐世界的画面。
　　比特用几个小时来研究最后的那个项目。在那些不眠之夜，他将鞋盒拿在手中，仔细端详它纹理中精细的快乐图案。如果时间足够长，他自己的画面就会浮现出来。白色床单下赫勒舒展开顽长的身体，科尔第一次听到《圣屋》[1]时年轻无邪的脸，格蕾特和他某次海边旅行时在蓄潮池看到的一只海胆，在格蕾特胖胖的粉色小手中就像一粒多刺的马栗。

汉娜的话已经没有人能够听得懂了。她必须拿格蕾特的电子阅读器，用还能动弹的两个手指打出字来。她绝望地叫嚷，无缘无故地掉下泪来。晚饭时分——豌豆和烤豆腐，大豆乳酪墨西哥卷，比特已经按照老阿卡迪亚的标准做了三十年的晚饭——洋子和汉娜之间的对话如同一出超现实的戏剧。

汉娜：个娃泊位以偶欧阿亩皮恩哦啊一哇，欧扣。

洋子：搜服尼，格拉纳！哈哈哈！

她们忍不住大笑，格蕾特和比特抬起头，迷惑不解。她们会彼此交换眼神，发出开怀的大叫；有那么一刻，比特对口齿不清的人充满嫉妒。

四月里花繁叶茂，阿卡迪亚显得更加人烟稀少了。大风在林间扬起，树枝弯曲得就像女孩洗头发的样子，桃源屋的玻璃咯咯作响。在楼上房间里晃荡了一天，比特甚至在莱弗巨大的浴缸里发现了一只浣熊，用它像人一样的手爪将一块香皂转来又转去。

---

1 《圣屋》(*House of the Holy*)，摇滚乐队"齐柏林飞船"(Led Zepplin) 的单曲及唱片名。

如果他仔细听，越过吹打在窗玻璃上的风和远处空中的飞机，他几乎能够听到他所记得的那个阿卡迪亚，桃源屋深处汉迪随意弹奏的吉他，女人们在餐厅厨房里一边做饭一边说笑。还有他自己年轻的声音，急切而高亢。他竭尽全力倾听，几乎伤到了自己的耳朵，可他仍旧不能听明白，那个很久很久以前的比特，会对现在的他，或者，对那个将来会站在这里的人，那个随着这座房子改变而改变，随着时间流逝而倦怠，被重力逐渐拖拽下去的人，说些什么。如果他足够幸运。如果他们都能够足够幸运。西海岸的学校已经关闭，机场几乎空掉。狗在洛杉矶的公路上悠然散步。在萨默顿，邮差们戴上了手套和口罩，所有的商店里，都成堆地码放着发条收音机、速食汤和瓶装水。但在阿卡迪亚，有井水、菜园和装满食物的地窖，他们如同置身于安全岛。他们可以坐等疫病在世界上扫荡一遍又一遍，直到再次安全时才出门。

　　重新开始，将是怎样的一种解脱；多么希望能够变得更好。在关于诺亚的古老故事里，第一步，踏上被洪水冲刷一新的世界。

　　浣熊望着他，伸出可怕的黑爪，香皂条反射着窗子的光亮。比特慢慢靠近，抢过了香皂。虽然这家伙放弃了香皂，它还是皱起黑色嘴唇，露出它的牙齿，比特判断不出它是在笑，还是在表达自己的恐惧。

　　艾莉丝穿过羊齿蕨，踏在比特旁边的一块石头上。这是个周六，格雷特照看汉娜。做完检查——汉娜的身体功能正在衰竭，体重也不可救药地锐减——艾莉丝看上去也被吓到了。比特在门厅里对她说：我们散步的时候告诉我吧。

这是个约会？也许吧。他们在她上次来的时候就约好了。他想带她去看瀑布，看春天一到就会变宽的那幅飞流直下的水，在风中飘逝的一席白色床单。但是等他们走到那儿，发现它只是一小条缎带罢了。他望着瀑布的"鬼影"，心里不好受。

很美，艾莉丝说。

不，不是的，比特生硬地说。她冲他皱起了眉头，他忙说，对不起。只不过，这水本来应该更多的。我还是孩子的时候，它会发出轰鸣声。我们在一英里之外就能听到。他尴尬地笑，想掩饰他的忧伤，我家里的每个人这些天似乎都有点儿过激的反应。

艾莉丝按了按他的手臂。可以理解。格蕾特才14岁。你也正在经受母亲病痛的压力。汉娜的延髓性麻痹会导致她有强烈的反应。

哦，比特说，我还以为母亲是更开心一些了。

艾莉丝坐下来，拿出她带过来的三明治。鸡，还是鸡蛋？她问。

不好意思，比特有点沮丧地说，我从生下来就是个严格的素食主义者。

艾莉丝很好看地大笑，笑声在悬崖回荡。我是说，她说道，谁知道是哪个在前，哪个在后。汉娜的确应该更开心。她有两个爱她的人守在身边；她正在服大剂量的抗抑郁药。现在是春天，你要保证她每天坐在阳光下几个小时。也许所有疯狂的大笑本身能让她更开心，激活她大脑中的某种神经通路。不管怎么样，就当是个礼物。

礼物，比特说，他坐下来。这个礼物将是一顿午餐。到底是什么三明治？

花生酱和果冻，她说，我不会做饭。

这是我的最爱，他说着，把一个苹果切开分给两人吃。

艾莉丝把光着的脚伸进小水洼里。她冲他微笑，嘴里一边嚼着。听着，她说，这也许不是你想听的。但是，一定要知道，在事情变好之前它一定会变糟。

你的厨艺？比特说。

艾莉丝没有笑。她的眼睛在阳光下是幽幽的深蓝色。她把身体倚向他，他能够感到她在等待他，靠紧她或者躲闪开。我知道，他说着，一边紧靠着她。

厨房的窗户上，出现了一个戴着怪异的紫色口罩的女人。汉娜在厨房里嘟囔着，见鬼，然后转着轮椅进了自己的房间。那个女人走到汽车后面，从后备箱往外搬着什么东西。比特跑过去帮她，她发出了尖叫。哦，谢谢，她喊道，我正愁没人帮忙呢！

她是图书馆女士中的一员，这样的生物在哪里都爱用蓝色药蜀葵来护发。比特抱着一个大箱子进了屋，她给自己倒了一杯水喝了下去。方才戴口罩的一圈粉印儿还在，她脸上湿润的皮肤沾了一些尘土，唇边泛起的皱纹里也积了一些粉尘。我放下这东西就走，她说，你是这里的隐士，你肯定不会染上 SARI 的。你的母亲在吧？

她正在休息，比特说。

我们搞了一个募捐，女士说道，用纸巾往脸上拍了拍。全城都参与了，你的母亲很有人缘，你知道的。我们给她买了台电脑。

哦，比特说，有点困惑。轻声地，他又说了句，可是她已经有电脑了。

女士说，这一台可不一样，她一定没有。然后她把头斜向一边说：你还好吧？你看上去可不太好。你睡觉吗？你吃饭吗？谁在照顾你？你有女朋友吗？我认识一个可爱的年轻姑娘，头发特别美，你们管那叫什么？哦，赭色。你确定吗？快收下她的电话号码。她转身离去，剩下比特拿着一张小纸条在原地，女人刚一消失，比特就把纸条扔掉了。

大约一个小时的时间，比特盯着小册子研究。如此精密的表盘，如此精妙的技术！这台电脑可以敏感地追踪到目光落在全息键盘上几无重量的触感。说明书上介绍，熟练操作的人可以一分钟读出 20 个词。比特想起艾莉丝从瀑布散步回来时说的话：汉娜只有一个月时间了，也许稍微多一点。比特算了一下，如果汉娜从现在起一刻也不停顿的话，她可以完成另外一部受欢迎的历史短剧，她还是教授的时候写了不少，或者完成一篇长论文。时间所剩无几了。

比特一直在埋头组装，直到格蕾特结束了晨练回到家里。格蕾特，这个数字时代的孩子，也一同折腾到吃午饭。他们一边吃沙拉，一边盯着屏幕和那一团数据线，格劳瑞站在门前说，我看你们需要帮助。

格蕾特用鼻子哼了一声。格劳瑞的羊毛衣服发出一种潮湿的热气，她的帽子上插着一根稻草。他们没有听到她骑马走在路上的声音，因为枫树旁围着粗声大气的鹊。

哦，比特说，这是，嗯，一台电脑，格劳瑞。

格劳瑞说，我知道，我做了五年IT。

格蕾特低声说，这是个笑话吗？

不是，格劳瑞说，弯下腰摆弄了起来。

他们吃完了各自的午饭，还待在那儿，好奇地看着格劳瑞的一双粗手鼓捣那些线。你为什么离群索居，格劳瑞？比特问，你为什么回来？

她站起身，耸了耸肩。太孤独了，她说，五年里，我很孤独。然后我意识到自己并不快乐，我希望做任何事，能带来点归属和被爱的感觉。这就好像公平交换，你明白吗？自由还是集体，集体还是自由。你必须决定生活的方式。我选择了集体。

你为什么不能两者同时拥有？格蕾特皱着眉头问。我觉得你可以同时拥有。

你要想什么都拥有，格劳瑞说，那你就注定会失败。她望着比特。我记得你们这些人还在这里的时候，我家里曾有过很激烈的争论。怎么办？我们带着恐惧旁观！赤裸的人群、毒品、吵闹的音乐！你们就像婴儿，你们什么都不会做。你们不知道怎么去犁地。但我们不能让你们饿死。最后，我们开了一次会，大家同意提供足够的帮助让你们免受饥饿之苦，但任由你们自己分崩离析。后来你们真的解散了，我们当中有些人感叹自己料事如神。太多自由，会腐蚀掉集体生活中的东西，非常快。这就是你们阿卡迪亚的问题所在。

比特想起儿时最后几年的贫困，那些有着皮包骨头的四肢和难看牙齿的孩子，迷幻剂，那些援助救灾、助产学校、瘾君子趣皮士们和离家出走者的现金。他想起逍遥自在的汉迪，还有引发分裂的他的傲慢。

这个，比特慢条斯理地说，我想倒是一个很好的解释。

对，不过这并不说明你们阿米什人就是完美的，格蕾特说。你们也是人。我的意思是，即便是你们，也有生病的时候。如果你们感染上SARI怎么办？我打赌你们的村社也会受罪。

疾病总是有的，格劳瑞说。你还太年轻，不会记得麻疹、水痘和小儿麻痹肆虐的时候。西班牙流感在1918年曾让几百万人丧命，可是没人听说过它。我们还曾经挺过了其他好些灾难。

格劳瑞冲着她带来的饼干点了下头。来，吃你们的甜点吧，她说，让我集中精神，谢谢了。十五分钟后，格劳瑞让电脑运转起来了。她安顿汉娜坐在机器前。他们等着汉娜开始神奇的操作。

比特发现自己不知不觉地屏住了呼吸，在脑子里催促着电脑，甚至还跟它谈起了条件。如果你能让母亲说话，他想，我就要推翻我对技术的不信任。

一个平稳、轻松的声音突然响起，几乎吓到了他们，这是完全不同于汉娜的声音。只在它响过之后，比特才回过神来那声音对着满屋的困惑说出的是：是格劳瑞吧。[1]

谢丽尔和戴安娜来找他们，不停地哭，说玛芬一家在马达加斯加失踪了，他们所能得到的全部消息就是陈尸街头的照片。两位女士离开的时候，又想起另外一件伤心事，维尼住在西雅图的两岁大的孙女在夜里突然死去，家人都在隔离中，也没办法前去一同悼念。这些事情痛入骨髓。

她们来拜访时，艾莉丝在角落一张椅子上静静地看，睁大了眼睛。他在走廊经过她时，她叫他停下来，捧着他的脸，轻柔地让它倚在自己的肩头。他就那样待着，直到格蕾特从自己的卧室出来，看到他们，又关上了自己的门。

在这段平静的日子里，房子里总有斜射进来的阳光，还有从古老的唱机里转出来的音乐。汉娜从来都只想听巴赫。比特弄了一勺巧克力派喂到汉娜嘴里。她现在吞咽困难，咀嚼则完全不可能。为了不让她太快消瘦，他们把几乎所有的时间都用在了让她吃东西这件事上。

汉娜望着她的新电脑，用眼睛说出了一些话。生病的第一个好处是，电脑声音激动地说，我像小时候一样吃得津津有味。

1　此处原文为"Glory be"，这句话也有"荣耀归于……"的意思。

生病的第二个好处是什么？比特问。

他看到汉娜的眼睛重新回到键盘上。第二个好处……声音说道，然后是很长的停顿。他到水槽那儿去洗碟子，回来时他瞟了眼屏幕，想着也许汉娜忘记让那个声音说话了。但是屏幕上只有"第二个好处……"，省略号后什么也没有。

最后，他终于明白了她的玩笑。

艾莉丝每隔一天来一次，多数是在晚上她沐浴和晚饭之后，病一样的牵挂悄悄涌上来时。比特和她一起在厨房里，一坐就是几个钟头，喝茶，吃格劳瑞带来的馅饼，而路易莎和汉娜在汉娜房间里低声细语，格蕾特睡着年轻人的觉。艾莉丝一点一点告诉他，关于她自己的事情。乖乖的小女孩，父母人到中年生下的唯一爱女，弹钢琴，去教堂。那时候的萨默顿似乎更大些，有一家Farm and Home，一家Newberry's，一家凯马特，一家从阿卡迪亚逃出来的人开的嬉皮士服饰店。[1] 她17岁就直接上了大学，21岁开始读医学院。她想治病救人。她目睹自己的母亲从风湿科医生那里回来时容光焕发的样子，她的手曾被温柔地握了一个小时，这就是触摸的力量。但是她的父母都是在她住院实习的时候去世的。她非常孤独。她曾经三次订婚（她脸红了），每次都是她取消掉，就在婚礼几个月前。他们都是好人，她说，她不爱他们。

---

1 Farm and Home、Newberry's 和凯马特都是美国著名的连锁超市。

比特将她褐色的小手握在自己手中。她的鼻尖变红，眼皮也红了，她在自己肩头擦脸上泪水的时候，很有兔子的感觉。我实在不知道，她低语道，我是不是有能力去爱什么人。

艾莉丝，比特说，哦，亲爱的，你当然有。

他将她的手指关节拿到唇边，亲吻着它们，品味她皮肤的苦杏仁味道。她突然站起来，匆匆说了声再见就开车离去。第二天一整日，比特都在担心是不是自己把她吓跑了。但是那天晚上九点，她又来了，她走进屋子，衣袖间还带着寒气，她郑重其事地在他两颊上、唇边，吻了他，然后将她的头贴在他胸前，贴了许久，像在试探着什么。

后来她说，有个惊喜给你，她跑出去到自己的车旁，一只大个儿的金黄色拉布拉多犬跳了出来，暗夜中的房子里仿佛突然射进了一束阳光。它把嘴巴搁在汉娜的膝上休息，路易莎从厨房拿了把扫帚追了进来，它又和格蕾特较量了一会儿，直到两个都气喘吁吁才停下。奥托可以留在这儿吗？格蕾特问，抓住奥托狮子般的头摇晃着，狗轻轻在她腕上咬。艾莉丝冲比特露齿一笑。这次还不行，她说，可能很快。

可能性，在这个疾病笼罩的屋子里听来异常陌生的东西，让比特浑身一颤。很快，他附和道。

艾莉丝开车离去时，一扇门似乎在她身后关闭。在墨西哥城，停尸间已经爆满，尸体被堆积在一家玩具公司的库房里。格蕾特的阅读器上，景象则更为恐怖：婴儿被裹在帆布的尸衣中，被堆在不会眨眼的布娃娃下面。这景象在夜里纠缠着比特，逼迫他只有坐在窗前，望向黑暗以求得慰藉，一直到他的视线随着睡眠而变得模糊。

比特几乎很难有机会和女儿单独碰面了。十点钟她进了门。他站起来，身体像个沉重的口袋，他看见格蕾特在厨房的水槽边。

嗨，爸爸，她轻声叫。他们可以听到汉娜在自己屋里冲路易莎嚷着"不！"，这是她能说的最后一个字。路易莎总是用柔和、友善的声音回应。格蕾特的运动衫发出篝火一样的气味。她呼出的气息，则像是威士忌。

哦，格蕾特，比特说。

别担心，她答。

我担心，他说。现在是疫病隔离期。再说你才14岁。而且你还有遗传基因。我是说，你的妈妈就是在比你现在还小的时候……

爸爸，她打断他。在昏暗的厨房，她笑出声来，听我说。

她像只小灵狗般玲珑的身躯，倚在水槽边。她说起了跑步。说起她如何用力奔跑，让疼痛在四肢堆积，直至变成一种狂喜的释放；说起她本来是如何紧张，在这里，在家中，但是奔跑的时候她可以从焦虑中松弛下来；说起这感觉如何从她的骨髓传遍全身，让释放感在她体内燃起，让她感觉到某种幸福。

我不愿意让任何事情威胁到这种感觉，她说，任何事情。

他一定看上去半信半疑，因为她盯了他一阵，忍住了什么。你可真像那个叫"爱生气"的小矮人，你知道吧，她说。你总是要照顾每个人，却不让别人来照顾你。这其实有点侵略性。

侵略性？他说，吃了一惊，我？

我要说的是，如果你不让我照顾你，至少也应该照顾好你自己。她转身，把自己关在了自己的屋里。

早上，比特听到她走动的声音，他翻身下床，穿上了自己的运动衣。天刚蒙蒙亮，格蕾特来到门口看到正在做拉伸运动的他，轻轻说了声："喔！"

我们要跑多远？他问。

一直到你掉队为止，小老头，说话间她带着无比的轻盈消失在正在苏醒的森林中。他只能远远地跟在她跑过的路上，矮树丛依然还因为她的经过而晃动，他的每一步都成为它自己的奖励，这一天自身的荣耀，他的肺感到一种舒服的痛，而她的女儿正在回来，终于，在爱他的路上。

格蕾特出门的时候汉娜做了一个无声的叫嚷动作。格蕾特不耐烦地等着，电脑声音传出来：你，我亲爱的，可没穿内衣。

格蕾特脸一红，嘟嚷着，奶奶，我的天。我忘记洗衣服了，而且这也不关你的事。

汉娜抽了下鼻子，话音响起，我可以看到你的事，小野妞。

五朔节，他真希望看到手舞缎带的女神在花柱上起舞，但眼下却只有一种灼痛，这种痛曾经毁掉他年少时的那个八月。收音机是房子里一只嗡嗡作响的昆虫，报告着多个城市发热致死的病例，已有50万人死于SARI，大范围的隔离检疫，医院仅收治外伤病人，机场关闭。在个人的故事开始之前，他把收音机音量关掉。他只能忍受那些抽象的悲剧。

格劳瑞这个早上过来，让空气里又充满了烤馅饼的温馨。它们覆盖了汉娜新近增加的一些气味：治疗褥疮的药膏，严重的口气，还有她终于可以成功排便时洋溢在这座房子里的臭味儿。

路易莎跟他们一起，住在汉娜房间的一张帆布床上，这对她来说更安全，像是在流放。医院都启动了危机模式，但每个人都惧怕SARI，除了重病，没有人愿意去医院，因此医生和护士多闲来无事，靠打牌和看电视消磨时间，直到后来院长宣布，非关键医护人员可以自愿停职。艾莉丝做了这样的选择，这样她就可以每天早上来；如果轮到格蕾特看护汉娜，她就在比特旁边，在被套上小睡。格蕾特的学校停课了。洋子和格蕾特用阅读器一天要聊个上百次。到了晚上，全家就吃汉娜早前腌制的蔬菜，品尝以往夏天晒进去的阳光。

有时候汉娜看起来很遥远，他感觉她在试着做祈祷。身体每况愈下，如此这般也完全自然。比特也试着祈祷，但是当他无法入睡的时候，他总睁着眼睛，因为一旦他闭上眼，就会看到上帝以最不像上帝的汉迪的样貌出现。他转身面向窗子，朝着月亮冰冷的币面，倾诉他这一天来的经历，以便将他无形的时间转变成某种可存储的形式。

最后，比特表情平和的时候，他回到汉娜面前，他问她在做什么。那个声音回答，**练习**。

什么？比特问，她的代理嗓音优美平缓地飘出来：做豆腐。缝纫。弹奏肖邦。洗衣服。剥豌豆。梳马毛。烤饼。做爱。揉面包团。游泳。

他坐在她旁边的摇椅上。女人们的噪声充斥着他身后的房子。他决定在脑子里做覆盆子酱，孩童时代他还真没做过什么腌制的事情。他闭上眼睛。起初他忘记了步骤，不得不退回到挤柠檬的阶段，洗莓子，再量出适量的糖，从烧开的水里取出玻璃瓶。他一放松，东西就变得鲜活起来。他感到新鲜覆盆子在手指间那种毛茸茸的暖意，果香飘上来，甘甜，刺激，在回忆中变得更加闪亮。

阳光和风倾泻在晾着的床单上，那里翻卷着瞬间造就又消失的形状。他用他破损的胶卷照了一张又一张相片，为了留住它们。

这就是，很久以前，他对摄影一见钟情的原因：注意力的集中，对时间的捕捉。他已经淡忘了这一点。

他抱着一堆衣服走进屋，突然听到格蕾特叫他。他把衣服扔在厨房台子上，袜子掉在了地砖上。他看到女儿站在浴缸里，汉娜靠着水槽，面色发青，喉咙窒息。

是她推我的，格蕾特说，我想帮她，但她把我推开了。

比特也被汉娜的尖胳膊肘撞得东倒西歪。她的口水对她来说太重了，她自己已无力吞咽。比特拿起一块布，抓住汉娜的头，去刮她舌头的背面。她终于开始喘气：脸上慢慢恢复了血色，眼泪顺着面颊滚下来又掉到地上。比特把汉娜的头抱在自己怀中。她恢复平静之后，他推着轮椅到厨房她的电脑前。在午后的闷热中，那个声音终于响起：我的身体，她轻巧地说，想要杀死我。

大暴雨时，林中的风听起来就像动物的喘息。比特记得提图斯喜欢管他自己的悲伤叫作"老黑狗"。多么准确：长着毒牙却又奴性十足，既非野生却也不具人性，一个古怪的文明副产品，饥饿难耐，总在附近鬼祟徘徊。他甚至可以看到狗从噼啪作响的狂风暴雨中跑出来，潜逃到更为黑暗的树影里。他甚至可以感觉到他手下毛皮的柔软。

格蕾特在汉娜珍藏的那六只皮肤般精细的瓷杯里倒了水，放进几枚雏菊。它们在晨曦中闪着光亮。这段日子里，他们每餐都用古董桌布和银质餐具。用她母亲和外祖母碰过的东西，会让汉娜得到一些慰藉。

趁着路易莎换床单的工夫，比特和汉娜单独待在一起。

汉娜急促地向电脑瞟了一眼。声音传出的时候，却听来温柔而且平静，我的小比特，你会原谅我吗？

比特的沉默，因为太过于吃惊而被拉长了。原谅什么，到底？在她许多的挫败中，她说的是哪一桩？

他盯着她皮包骨头的手，之后他似乎明白她指的是阿卡迪亚，他们共同的伤，她曾一心一意想令其完美但是后来因为厌倦而放弃掉的东西。的确，多数阿卡迪亚出来的孩子都走向了反叛。狄兰成了新保守主义者，科尔做了朋克，金茜到城郊寻觅乡村的感觉，莱弗变得有洁癖而且内向。这并不新鲜：恰逢长大成人的青春期，总是习惯于有意抗拒。房屋的寂静中，路易莎的鞋子吱吱作响，知更鸟开始歌唱。

比特感到有东西在他身体里膨胀。爱，他曾转身离开的东西，开始呼吸、眨眼、吞咽。这个生物，在刺激下起死回生。他不能离开。这不可能。他是这个整体的一部分。

他看着羸弱的母亲说，没有什么需要原谅。

在她与自身对抗的肉体中，汉娜放出光彩，那种难以承受的闪亮，甚至让比特的眼睛受不了。他仍旧望着她。目不转睛。

汉娜曾一度比整个阿卡迪亚还要大，她的身体那么宽阔，足以容纳他；她的温暖、她的食粮，那么伟大，仿佛太阳在她身上升起和落下。如今日渐萎缩的她，只是个粗布麻袋和一堆枯柴；她是磨损不堪的躯体，是悲叹哭泣的痛。

他带她去了池塘。她浸湿自己的手和腿，装作游泳的样子。他们听到格蕾特跑过来的脚步声。她蹚水进来，还穿着衣服，牛仔裤和船鞋、漂亮的小上衣。她钻进水下，又在他们身旁冒出来，头发贴在脸上，眼影晕成了黑色，顺着脸往下滑。她说，让我来，然后背着汉娜向赫勒石的方向去。她转身时，唱起了以前比特曾唱给她的歌，那时他们在阿卡迪亚度夏，她还那么小，害怕池塘的深水……一天到晚的游泳，在那宽阔的海洋中，现在到了休息的时刻，我们就随着浪漂动，嗨吼，小小鱼儿不要哭，她唱道。

路易莎很镇静地开车在乡间穿行，速度快得让比特感觉那些树在黑暗中飞奔。比特抱着他窒息的母亲。他们来到急诊室。只一会儿时间，穿着绿色医师服的医生，拿起小手术刀，在汉娜的喉咙开了个小洞。棉球仿佛落在了比特的脑子里。很久很长的时间，那里都是空白。

他们又把汉娜推出来。她身上安了个换气装置。她流着泪。我不要这个，如果在家，她一定会揪着管子这么说；但是，即使她现在说不出话，意思也显而易见。路易莎叨叨着，拒绝谈论生前遗嘱。汉娜。什么的。比特发现自己在车上，开往家的方向。

他可以用灌肠剂，可以一只胳膊架着母亲上厕所，为她擦屁股。他可以为她梳理长长的白发，帮她挫脚趾甲，按摩她抽筋的肌肉直到她松出一口气。他可以从黎明到黄昏用他所有的耐心喂她喝汤，尽管她噎住的时候越来越多，而不是更少。就算是在医院，当他们问她是否要用饲管时，她仍然那么着急，他们都明白她的意思是**不**。他可以看着她一天天消瘦下去。与她肉体的问题讲和，对他来说并非难事。但在他内心深处有一种东西，抗拒她喉咙里那个新开的伤口，因为它散发出死亡的气味。

他看着他的手试图清理那儿，不管怎么样。他把自己隐藏起来，让他的日子可以在自己的一个碎片中度过。其余的他则在外面的什么地方等待，观望着结局。

但是汉娜研究着比特剩余的部分。在他收缩的时候，她却在扩展它。她是个杯子。她满溢着爱。

汉娜无法吞咽食物。她总是噎住，拼命把口中的东西一点点往嗓子眼里挤。比特想起一个故事，在哪里看过的，一个女人被砌进了墙里。而这是他的母亲，被活埋的母亲。

艾莉丝跪在汉娜旁边。她也没有睡，她苍白，脸浸在阳光里。比特隐约听到她小声说：饿死……饲管。

不，电脑里的声音欢快地说。我很高兴有这几个月的时间。这样很好。但是已经足够。让我饿死吧。

艾莉丝把她的棕色小脸儿搁在汉娜的手上。你是对的。这是更温柔的离开方式，汉娜，她说。我们会给你一些类鸦片，让你舒服一些。只要你乐意做这样的决定。

汉娜的眼神投向比特。电脑唱出来，我很乐意，现在，离开。

女人们，在比特的小家庭周围，打紧一个结。路易莎和格蕾特，总是在家；格劳瑞，每个下午都来。这天早晨，谢丽尔和戴安娜，还有图书馆女士们，聚在一起对隔离表示嗤之以鼻。格蕾特出去跑步已经几个小时了。艾莉丝前一天晚上来的时候，用自己柔软的脸颊贴着比特的脸，他能感觉到她脉搏的跳动，还有某种承诺。竟然在这样一个糟糕的时间，才明白他自己的渴望。她把她的东西放进他的衣柜，然后钻进他的床单里，她的身体像药膏一样凉。他起身拿了一杯水，听到格蕾特在自己房间，对着奥托脖子上的毛低语。

午饭前，经过格蕾特的提醒，阿斯特里德匆匆赶过来。比特一开始没有看到她，但他感到房子里充满她冷冷的蓝色火焰。然后她用布满老茧的手捧着他的脸颊。她吻了他的前额，结果这之后的一整天他都带着这吻，像顶着一枚奖章。

烧饭，看护，清扫：像苍蝇一样无处不在的，女人们的手。

感到自己多余的时候，他就到池塘去，把自己浸没在过于温暖的水中。水草缠绕他，在他身上滑来滑去。一头鹰从树枝俯看他，爪子里有一只蓝松鸦。确认比特无意伤害之后，鹰向着爪中的鸟垂下头去，鸟的羽毛落在水面。比特爬出水的时候，小小的蓝色羽毛贴在他的皮肤上。

回去的路上，他看到一个男人坐在斯科特和丽萨家的门口。即便是隔着一段距离，比特也能看出他是阿米什人：这么热的天还穿得严严实实，白色的衬衫外套着条黑色背带裤。比特小心翼翼地走向他。那人站起来，冲他点点头，下巴上的胡须摇动着。他金色头发，面颊红润，肩膀方阔结实，就像从橡树上砍下来的。比特曾在艾彼的葬礼上见他挽着格劳瑞的手，应该是她的丈夫。比特靠近时，男人的眼睛闪着光亮。他用手指做了个一小撮的动作，再把它送到唇边。如果比特没猜错，他可能要说这是世界通用的关于吸一口的动作。

您说什么？他问。

阿莫斯，男人说，指着他的胸口。他又做了一个手势，这次只能让人以为是瀑布的意思。它就像一记耳光击向比特，让

339

他想起阿卡迪亚快要终结的时候，艾克、科尔还有他在瀑布下看到从沉浸柔和微光中的树林里走出来的两个阿米什男孩，燃烧的篝火，大麻烟。他一定是其中的一个男孩。

比特吃惊地张大了嘴。男人四处张望后冲他使了个眼色，然后他又做了一次吸口烟的动作。等一下，比特。他从后门走进屋里，在艾彼的办公室里翻找，他知道那里应该有个网球，他找到了。

他走出屋子，那男人神情古怪地看着他。比特使劲挤了一下球，球上一处隐蔽的切口像嘴一样张开，从里边掉出一小袋大麻。比特卷起一支来，他们两个吸。和另一个男人一起，站在心照不宣的沉默中，这感觉真不错。阿莫斯变得眼皮沉重，说了句"格劳瑞"。他们一道朝绿房子的方向走。格劳瑞走出来，用帽子笼着她松散的头发，比特和阿莫斯正抚摸着马，莫名其妙地咯咯笑。

她吸了吸鼻子，冲比特皱起了眉头。她说，你对我丈夫做了什么？

比特想了想，只说了句，我想吃掉世界；他的新朋友阿莫斯还在他身边咯咯笑。

傍晚，格蕾特回到家里，身上有划痕，有太阳晒过的色泽，胳膊上还有不少蚊虫叮咬过的痕迹。房子里人气十足。艾莉丝正在给汉娜修指甲，她抬头向比特微笑，他在门口回了她一个飞吻。格蕾特凑到比特跟前小声说，为什么到处都是老女人？

他又往嘴里送了一块饼干，逃避回答这个问题。

不过汉娜听到了格蕾特说的话，电脑的声音轻快地响起：这是一种传染。

　　汉娜的消瘦，一天比一天加剧。她的肚子，却胀大了起来。她的脸皱巴巴地勉强覆盖在骨头上，她的皮肤上遍布斑点。比特努力做到不在看她的时候颤抖。格蕾特如果不闭上她的眼睛，甚至不敢和祖母共处一室。

　　然而奇怪的是，随着肉体的消逝，她的灵魂却浮现在表面。他看到，那儿似乎有火焰在燃烧。有一种狂喜。他很痛苦地意识到：以前在哪里也曾见过？晚上他找到了答案。在他沉醉于知识的青年时代，大学的图书馆里，偏僻的艺术类图书陈列处，精致的画面，令人眼花缭乱的色彩。圣徒们的脸孔，女性圣徒的：瑟纳的圣加大利纳，圣维罗妮卡，列蒂的真福高隆巴。神圣节食，放空肉体欲求而用圣餐去填充的身体。

　　比特将脸埋在他父亲的毛衣里，企盼艾彼能够出现，他来接手，让这一切好起来。

　　他走出衣帽间。路易莎正在厨房走来走去。汉娜的房间黑着，只有他和汉娜两个人。透过浓稠的空气，一个平静的声音轻柔地说，不要害怕，比特。我不害怕。

　　他装上一整卷胶片，他凝视午后的光线斜斜地洒在他母亲憔悴的脸上，凝视着她的手像蛇一样蜷缩在面团般的肚腹上边。

　　将来，他会在一间彩色暗房漆黑的静默中将这些照片冲洗出来；他会在光亮下，将母亲再度拥在手中，他碎裂而多皱的母亲，她破损的身体在破损的胶片上显得如此完美。

阿斯特里德坐在汉娜身后，轻抚着她的头发。她们曾如姐妹，而现在，却是天壤之别。阿斯特里德是肉，汉娜只剩了骨。他们拿掉了呼吸机。汉娜的眼皮是淤青的紫色。她没有醒。她的身体正在缩回到最初的形状。她如一缕发丝，会在轻风中飘逝。

睡不着，他来到了起居室，看到艾莉丝在折叠躺椅上。她醒来的时候见他正望着自己。她想说些什么，但他把手放在她的嘴上，捂在那里，感觉她嘴唇温暖的动作，她的牙和她的呼吸。她站起来，她的香水让他晕乎乎的。他拉她出去，到黑夜里，走过铺着断树枝的路面。米琪房子的门，开在山腰上，他用手掌一推便开了。他仿佛带着一股怒气，带着她冲进了最里边的一间卧室，那儿没有窗户，只有清一色的泥土。他把她压在冰凉的混凝土墙上；她透不过气；他把她的裙子粗暴地掀起来，发现她已经在等他。他们倒在一张低低的床上。他身体里的黑暗突然复活，狂躁。结束之后他挪开身，让压在她骨头上的他不至于太沉重，让她短促的呼吸得以变长。他觉察到腿下黏湿冰凉的床单，她的嘴温柔地在他湿润的脸颊上滑动，紧握在他胸前的她的拳头也松开了。

如若没有羞耻感，这件事，还不错。在这样一个糟糕透顶的世界里，人与人之间的这种欢愉应当保留。

我很抱歉，他说。

不必，她说，我不觉得该抱歉。

我是个混蛋，他说。她的手在他的颈、肩和背上。他的耳朵靠着混凝土。艾莉丝温和地说，没有关系。

他不再说话，最后还是她说了。听着，我爱汉娜。但是你知道我此刻在这里并不是因为她。她潮湿的眼睫毛在他颧骨上扇动。这事总有一天会发生。

他咕哝着，我会补偿给你的。他的唇贴在她小巧的、有点苦味儿的耳朵褶皱上。她的笑在他颌骨边缘收紧。她喃喃低语，她的声音仿佛在他脑壳里的什么地方。

这是个安静的时刻。他能听到遗忘在桃源屋的风铃的声音。

阿斯特里德看了下钟。路易莎很快就到，她说。

比特握着他母亲一只手上像叶子般的手指。

阿斯特里德走到放着吗啡的桌子跟前。我要给她很大的剂量，她说，大到足以让她晕倒。她向汉娜俯身下去，像株垂柳。

结束后，她将手掌放在比特的脸上。我不会记录这次注射的，她说。沉默在他们之间膨胀。你必须说你理解，她说。

我理解，他说。那声音来自很远的地方，很久以前，来自太阳。

阿斯特里德走开了。路易莎进来，她借着苍白的月光浏览了一下日志。嗯，忘记注射吗啡，这可不像阿斯特里德的风格，她说，但是她很小心地不去看比特。

他什么也没有说。他看着路易莎准备药剂，找到针管。他看着药液缓缓淌入。

没有用太长时间。睡着了，汉娜更紧地蜷缩起身子。

闪动了一下，仿佛某种重量从她胸口被移开。

他母亲走了。

天气炎热，无风，明亮。日落最后的辉煌时刻，这是汉娜的日子。

许多人曾在艾彼的葬礼上对汉娜说过再见。这一次的仪式规模更小。死党们在这里，还有女人们。阿米什人在这里，夹杂在人群中。艾莉丝握着比特的手。格蕾特苍白而沉静，穿着她答应汉娜要穿的绿色裙子。它很衬你的眼睛，汉娜曾经说过。它让格蕾特看着像汉娜。

阿斯特里德站在池塘里，池水在她的白色衣裙上掀起徐缓的暗色漩涡。她弯腰拿起一片树叶，在上面放一支点燃的蜡烛，再推开它。蜡烛以一个涟漪的长度漂向了池塘中央，然后停下来。阿斯特里德唱起来，她的声音沙哑。渺小浮生，飘向生涯尽处；欢娱好景，转瞬都成过去；变化无常，周遭何可留驻？恳求不变之神，与我同住。

没有一丝风。格蕾特独自蹚水，倾倒着篮子。汉娜的遗骨进入池水，它们很快沉了下去。重的部分打破水面，水不治而愈地回复平静。骨灰中较轻的部分漂浮着，在水面缓慢地流动中，它们像花一样绽放。

回到空空的房子里，黑狗到来。比特向它敞开了臂膀，迎接它的牙齿和爪。屋外是人声，人们在糖枫林喝着果汁，吃着蛋糕。

一星期，比特告诉格蕾特，给我一个星期的时间，然后再来找我。

格蕾特抱着她瘦削的臂肘点点头，她望着他走进自己的房间。

一切都还在，墙壁布满了给人慰藉的昏暗。床就像一双捧着的手，欢迎他。

他脑子里有一幅图景。精致的山峦，流淌着血的河。

没有了人，这地方毫无意义。比特熟识的人都是随意而至。艾彼，阔步赶来，挂工具的腰带叮当地响；格蕾特，是划向树林的一道闪电；维尔达，由树边的阴影聚合而成，还有她那条长着斑点的白狗；提图斯，他迎向比特，把他举向天空；汉娜，探出手臂要去拿什么东西，她年轻，金色，圆润。

他需要的一切都在这里。

如果他不能成为无穷——他的爱找到枯竭，他的光找到他的影——这是这画面的本质所在。森林遇到山脉，海洋遇到岸。大脑遇到骨骼，遇到皮肤，遇到头发，遇到空气。白天将不是白天，如果没有黑夜。

每一个边界，一个睿智的女人曾经写道，既是开始，也是结束。

格蕾特从后面攀上他的身体，用她瘦弱的臂膀抱住他。但她的身体是用来高飞和深潜的，赫勒和汉娜的都是，暮色降临时只剩下他一人奔跑。

路易莎走进来，抽泣着，吻他道别。

金茜走进来，带着双胞胎。他们靠着他睡，金茜自己在椅子上睡，她的脸映着月光，嘴张着，黑得像个洞穴。

狄兰走进来，科尔走进来，比特所在院系的系主任走进来。

艾莉丝走进来，她手中打开的精装书像准备起飞的鸟。她待了许久，许久。她在他耳边低语。

夜晚走进来，格蕾特走进来，阿斯特里德走进来。

格劳瑞带着松饼走进来，用她的喉音跟他说了些什么，祈祷文，也许是。

透过窗，月亮走进来。

在阅读器上，格蕾特给了洋子一个拥抱。洋子终于被准许回日本的家，她在拉小提琴，但拉得很糟糕，格蕾特哼了一声，关掉了窗口。

阿斯特里德走进来，拿着牛油果和蘑菇汤。

艾莉丝走进来，把他的头放在自己膝上，用她凉凉的手梳理他的鬈发，喃喃低语。

格蕾特走进来，格蕾特走进来，格蕾特走进来。带着一首新歌和一只被太阳晒暖的番茄，带着苹果酱和冰水，带着一个骨雕工艺品，易碎而又发黄，汉娜的脸不停地被刻在那块骨头上。格蕾特，就如同水，如同世界，总是会让自己进来。

第一件事情就是茶。玫瑰果的异香让魂灵进入，茴香味的小饼干，白毛狗用来小憩的软垫，他自己故事里那在附近冒着烟的小小农舍。

接着，窗外的星星在枫枝间倏地一现。一张摇椅下，有只老鼠。它正用粉色的小爪做祈祷状，眼望着比特，它伸展肥硕的腰腿就像一个穿着新裙的主妇。比特笑出声来，这笑声倒把两个当事者都吓到了，老鼠溜走。它走的时候比特感觉很孤单。

很快，有一页书黏在眼前不走，一句话引向下一句。他可以在读懂一个段落后吞掉它。此刻到了一个故事，是篇小说，一场附着在封面上的全部人生。

当他再次醒来的时候，他们都在屋里。

已经过去一个星期了，爸爸，格蕾特说，她的声音发紧，带着些急切。

该起床了，艾莉丝在椅子上说。她头发凌乱，奥托在她脚下打盹。

阿斯特里德在楼道，她有属于自己的光柱。

爸爸，格蕾丝说，好吗。

他要使出力气仿佛是将自己从泥沼里挖出来。他只是要坐起来。

这是个凉爽的早晨。春天已入尾声，比特看到了。格蕾特把她的电子书放在外边让他用，他注意到疫情已经悄然减轻。隔离也告停：共有75万人死亡，美国只有3万。多数死亡病例都是在有限的几个区域发生，主要在城市。总统对科技在追踪病情和及时决策方面的表现赞誉有加，显示在电子阅读器上的他，眼睛下面有蓝色的拇指印儿。总统说，没有技术，这将蔓延成地球上有史以来最大范围的传染病。我们必须心存感激。比特是感激的。

格蕾特的脸是健康的红润颜色，还带着晒过太阳的小麦光泽。回家吧，她说，脸上闪过一种渴望。他能看出，十年前他们买的褐石公寓对于格蕾特的意义，就如同阿卡迪亚对于他自己。很快，他们会让家具恢复它们在绿房子原先的位置，让衣物整洁地挂在衣帽间。他们会封上窗户以防漏风，拉上窗帘。他们还会像锁上无谓的事后遐思一样，锁好房门：提图斯、米琪、斯科特还有丽萨的，绿房子的门，让它们静下来，只余下阳光的滴答声。他们会把车重新装满。艾莉丝会再留一周帮他们搬家。褐石那儿赫勒的东西所剩无几：一把椅子，同样的餐桌，同样的床。他想象由褐色的艾莉丝来填充这些位置，他很吃惊，因为这想象完全没有带来一点点苦痛。

他会想念这充满喧嚣的宁静：夜莺，树林呼吸的声音，那些在黑暗中发生的不易觉察的变化。但是他会把那些装满破碎画面的容器随身带走，享受重温它们的愉悦。它们并非无物，它们是记忆。

他们离开前的那个晚上，他无法入睡，观望着月亮边缘细微的变化。黑暗中，他在艾彼和汉娜的书架上寻觅，最后他终于找到了想要找的东西。那本书比他记忆中的小，他手指下的页角破损不堪，像千层酥面团。但是烫金着实令他惊喜：那颜色太醒目了，漂亮得不得了。他不曾记得有这般美。

在沉睡一般的屋子里，他读着这些古老的故事，一看就是几个小时，读到故事们彼此交融在一起。之后他放下书。他关上灯的时候，月亮重新在窗上显露它的光亮。此刻深深打动他的，已经不再是那些故事本身。它们就像坚固的木盒子，它们自身的价值，远远不如它们所藏纳的东西。真正触动他的，是故事后面的影影绰绰的人，是劳作一天的工人们，晚上聚集在慰藉人心的火焰旁，牛奶正在发泡，孩子们已经入睡，婴儿们被摇着入眠，大人们自己的筋骨，终于，可以在椅子上放松休息了。那个时候的世界同样令人不安，与当今世界充斥爆炸、疫病和技术战争的梦魇一样，没什么分别。任何事物都有可能引发恐惧：一枚掉落在干草上的钉子，逡巡在树林周围的狼群，疲倦的子宫里又新添的胎儿。他的心，在被夜色笼罩的父母的房子里，感应着那些很久以前的人们，那些在阴影中辨不出姓名的人，感应着让他们走在一起、共度患难的信念，以及他们无论快乐与否、从此休戚与共的耐心。

比特在房子里走了一圈，关掉格蕾特粗心忘关的灯。就这样，他让黑暗进来取而代之，那是它们本应归属的地方。

六月初的树林即将热闹起来。看到比特和格蕾特系上靴子的鞋带，艾莉丝也准备穿自己的靴，但比特脸上仿佛有什么东西提醒了她，让她又拿本书坐回到门前台阶上。带上奥托，她说，它还是条城里小狗的时候，做梦可都想有这样的散步呢。比特停下来看着投在书页的阳光映照她的脸。我会待在这儿等你们回来，她盯着书笑说，放心吧。出于感谢，他快步回来在她柔软的发间吻了一下。上午时分，鸟儿们已吃饱喝足，望着用小嘴所破解的那个世界，在最凉爽的枝杈间栖息。如此明媚的阳光下，不可能再用他还是一个迷路孩子的眼光去看待树林，那个贪婪攫取的、惨烈的、随时要吞掉他的树林，那变成手指甲的树杈，还有从地上蜿蜒盘起似乎要抓他进去的树根。

格蕾特给他讲学校里孩子们那些又冗长又好玩的故事。她已经以某种令人战栗的超脱熬过了这一年：现在她又转向其他人的遭遇，帮他们褪去自身的恐惧。女孩们是具有女性外形的刀锋；男孩们摇摇摆摆穿过厅堂，像熊一样粗鲁。老师们则是狼吞虎咽的阿米巴虫，贪食着他们不明白的东西。奥托跑回来，小腹上沾着泥巴，它在他们腿间钻过，然后又跑开了。

他们走向这么多年来比特一直刻意回避的地方，爬上一棵被风暴击倒的橡树，想找到路。长满树木的岛屿还在那儿，环绕小岛的，曾是齐膝深的小河，现在却只剩下蜿蜒的水道。房子还在那儿。古老的墙垣依然竖立，房顶陷了下去：一棵树从维尔达的小屋正中长出来，好像一株巨大的石头盆栽。一扇窗户出奇地完好。门口的樱桃树已经成为一片果园，去年的果核铺了一地。比特推门，门轻易地敞开来。屋里，完全是一片森林。地上是尘土和落叶，门梁变成了爬满苔藓的圆木。他们坐下，打开他们的午餐，狗在他们脚下喘着气儿，他把维尔达的故事讲给女儿听。

嗯，她只说了一句。

他望着她，充满诧异。我没有撒谎，他说。

我并没有说你撒谎，她说，只是觉得，这太奇妙了。我的意思是，她在每一方面都完全是你的反面。她像个巫婆，充满魔力，老而自足，还有宠物相伴。而你，个头小小，满脑子都是群居村，就盼着一个女人带你回去。真有意思，她耸耸肩。

你以为维尔达是我想象出来的朋友，比特说，沮丧地笑。

这地方看上去像是被抛弃了几个世纪，爸爸。但是不管怎么样，没关系。当你需要的时候你找到了你的所需，她说，抓住他的膝盖。

她已拥有的，远远多过他将拥有的。她已然，能从一个合适的距离去看待生活。这是他给予她的一份天赋。

平静，他知道，可以被打破成一百万种不同的形式：对结局太过美好的憧憬，一场灰烬的雨，风中的疾病，远方的暴虐，即将熄灭的煤油灯一般的落日。或者以更细微的方式：一句无意间听到的话语，他女儿的坏心情，他自己身体的衰弱。预期某一种模式是毫无用处的。他将等待进入生活中那些秘而不宣的空间，等待艾莉丝在黑夜中的鼻息，等待格蕾特猝不及防的吻，等待画廊里温暖的灯光，他画在墙上的、超越美丽而成为气泡和碎屑、之后再回到审美视角里的形象。夜晚街上女人的声音，是笑声，他一直爱听女人的声音。留心，他想。不是去留心什么宏大的姿态，而是留心那些短暂经过的呼吸。

他坐下。让这个午后时光沉淀下去。泥土的清新扑面而来。

一只袋鼠在树枝高处叫着。城市依旧遥远，满是赶路回家的好人们。时光如花盛放又凋谢，转瞬即逝的那一刻，他心满意足，而世上的一切也正安好。

致谢

　　我的谢忱献给在《世外桃源》漫长的创作过程中给予我帮助的每一个人：给在亥伯龙出版公司的所有朋友，特别是芭芭拉·琼斯、伊丽莎白·迪瑟加德、克莱尔·麦吉恩和艾伦·阿彻；献给在英国威廉·海尼曼出版公司的杰森·阿瑟和风车书屋的斯特凡尼·司伟妮；还有在法国普隆出版社的玛蒂尔德·巴赫和卡琳娜·席谢罗。献给我精力充沛的代理人比尔·克雷格，感激他的诚信、耐心和友善，还要感谢他的助理邵恩·多兰。献给艾瑞卡·芮克思，她为此投入了许多时间。送给那些为我的写作提供物理空间的人：格罗夫一家、卡尔曼一家、德鲁蒙一家、派迪一家、亨顿一家、麦昆-帕瑞什一家，还有为我提供有益资助的汉娜·朱蒂·格雷兹奖金和雷格岱基金会。献给"长面包"作家会议和在夏洛特皇后大学艺术硕士专业的创意写作项目。也献给我的读者们：莎拉·格罗夫、斯蒂夫·贝福德、凯文·A.冈萨雷斯、海梅·缪尔、阿什利·沃里克、詹姆斯·维莱特和露西·雪佛。献给我的家人、朋友、那些使这部小说得以丰富的可爱图书的作者们：名单太长不便一一列出，但是我必须感谢你们。

　　最重要的是，我对我的男孩之家感激不尽：克雷，我的根基，还有我的两个儿子。这本书献给贝克，是他告诉我，小男孩的心胸也可以是那般广阔。